periplaneta

DAVID WONSCHEWSKI: „Geliebter Schmerz"
2. Auflage, August 2021 Periplaneta Berlin, Edition Periplaneta

© 2014 Periplaneta - Verlag und Medien
Inh. Marion Alexa Müller, Bornholmer Str. 81a, 10439 Berlin
www.periplaneta.com

Lektorat & Projektleitung: Franziska Dreke
Coverfoto: Marion Alexa Müller
Autorenfoto: Masha Potempa
Cover, Satz & Layout: Thomas Manegold

Gedruckt auf FSC- und PEFC-zertifiziertem Werkdruckpapier

print ISBN: 978-3-943876-70-3
epub ISBN: 978-3-943876-41-3

DAVID WONSCHEWSKI

GELIEBTER SCHMERZ

MELANCHOLIEN

periplaneta

PROLOG: SCHWARZGEMALT GLÜCKLICH

Zur Geburt gibt es Glückwunschkarten.

Stirbt jemand, schickt man Beileidsbekundungen. Wir feiern die Geburt und fürchten den Tod, lachen hier, flennen dort und beschweren uns dazwischen über die Mühsal unserer Existenz, doch am Ende tragen nur wir selbst die Schuld daran, dass sich so viele von uns derart mies fühlen in ihren eigenen Leben, dass wir unser Dasein auf diesem Planeten als verdammte Plackerei empfinden, als endlose Aneinanderreihung von Tiefschlägen. Dabei ist doch gerade die bornierte Ansicht, die Geburt zu preisen und den Tod zu verdammen, der hauptsächliche Konstruktionsfehler unseres Lebens.

Betrachten wir unsere Lebensanordnung anhand eines simplen Diagramms. In der Horizontalen liegt unser Alter, in der Vertikalen sehen wir die entsprechende Wertigkeit. Nun tragen wir als Erstes die Geburt ein: klar, ganz links, ganz oben. Und dann den Tod, ebenfalls klar: ganz rechts, ganz unten. Nun ziehen wir eine Gerade, verbinden die uns so wertvolle Geburt mit dem uns so verhassten Tod, und stellen fest, dass es bergab geht. Oder anders: Es muss bergab gehen, denn durch unsere Kreuzchensetzung geben wir unserer Lebensgeraden gar keine andere Chance.

Man stelle sich nun einmal vor, wir würden diese Vorzeichen ein wenig ändern. Im abstrusen Fall die Geburt herab- und den Tod heraufsetzen. Es ginge stetig bergauf. Angenommen, wir könnten das Neugeborene nicht länger als reines, unschuldiges Wesen sehen, das im Laufe seines Lebens diverse Fehler begehen wird, sondern als von Grund auf verkorksten Menschen, der es im Laufe seines Lebens zu Freundlichkeit, zu Selbstlosigkeit, zu Hilfsbereitschaft brachte. Wir könnten endlich aufhören, unseren Fokus immer nur auf das zu legen, was wir alles nicht geschafft haben, wo unsere Niedertracht und unser Fehlverhalten zutage traten und wo wir erneut enttäuscht haben.

Stattdessen wäre das Leben mit einem Mal eine Ansammlung von dem Schicksal sauer abgetrotzten Erfolgen, jeder Tag ein echter, ein wahrlicher Sieg der Menschlichkeit, auf einer Lebensgeraden, die steil nach oben führt. Wir müssten lediglich die Grundkoordinaten unserer Lebensmeinung neu setzen und endlich Vorzeichen einführen, die unserem Dasein dienen – und nicht von vornherein derart angelegt sind, dass am Ende nichts anderes als Scheitern dabei herauskommen kann.

Ein einfacher Paradigmenwechsel als Weg zur Glückseligkeit? Das Sympathisieren mit Schmerz und Tod nicht mehr als schattige Abgründigkeit, sondern als Haltung, die unser Leben wesentlich erholsamer und sinnenfreudiger macht? Ein Misanthrop zu sein und weder von Menschen noch von der Menschheit sonderlich viel zu halten, muss demnach nicht automatisch eine lebensverneinende Grundhaltung sein.

Es mag Vielen trotzdem als seltsam, vielleicht sogar unlogisch erscheinen, dass es Individuen gibt, denen düster-apokalyptische Aussagen nicht nur ein Lächeln ins Gesicht zaubern, sondern sie sogar befreit aufatmen lassen und sie seelisch derart sanieren, dass sie sich in der Folge nicht nur Stunden oder Tage, sondern gleich über Wochen wonnevoll ihrer Existenz widmen können.

Dieser beglückende Hang zum Unheil ist jedoch weder Wahn noch Psychose, sondern eine Attitüde, die in jedem Einzelnen von uns steckt. In der simpelsten Ausformung ist es jener wärmende Umhang des Selbstmitleids, in den wir uns ganz gerne hüllen, wenn etwas mal wieder nicht so läuft, wie wir uns das ursprünglich vorgestellt hatten.

Eine wesentlich grobere Spielart ist die Schadenfreude, die vielleicht nicht jedem, aber doch den meisten Menschen sehr geläufig ist. Leid kann gute Gefühle, Freude, mitunter sogar ausuferndes Gelächter erzeugen, doch trotzdem wird es weithin gefürchtet. Schmerz, Angst, Wut, Trauer, Tod – nur auf den ersten Blick sind es Zutaten, die uns unsere Existenz verleiden.

In Wahrheit jedoch bilden sie das so wichtige Salz unserer Lebenssuppe. Sie warnen und schützen uns, treiben uns an und sorgen dafür, dass der Mensch nicht auf der Stelle verharrt, nicht untergeht im Stillstand. Die stetige Beschäftigung mit Tod und Schmerz, die immerwährende Erinnerung an unsere Verletzbarkeit, unsere Verwundbarkeit und an die Tiefen, in die es uns ziehen kann – sie sind demnach die tatkräftigsten Gehilfen für das Überleben.

Wohlan, verneigen wir uns in den folgenden Erzählungen vor unseren Kerkermeistern und gleichzeitigen Befreiern. Widmen wir uns dem Tod, unseren Gebrechen und Ängsten, der Panik und der Pein. Greifen wir unserem Scheitern direkt ins Gesicht und ziehen ihm die Maske von der Fratze.

Bekennen wir uns zur Misanthropie und begreifen wir den Seelenschmerz und das Schwarzmalen als einen tatkräftigen und zupackenden Griff nach Emotionen, denn kein Gefühl fährt uns derart durch Mark und Bein wie der Schmerz. Kein Gefühl lässt uns – erstarrt in Macht- und Hilflosigkeit – auch nur annähernd empfänglich werden wie der Schmerz. Und kein Gefühl ist so lebensbejahend wie der Schmerz, ist er uns von der Natur doch als wirksamstes Überlebenswerkzeug eingepflanzt worden.

In deiner Liebe kannst du dich täuschen.

In deinem Schmerz nicht.

Geliebter Schmerz.

ABSCHIEDSBRIEF EINES SCHÄNDLICH VERLASSENEN

Mein lieber Manuel,

nun, wo die Sonne meine kleine Dachgeschosswohnung erhellt und der Schnee vor meinen Fenstern zu einer weiß glitzernden Perlenkette wird, finde ich endlich die Kraft, dir diesen Brief zu schreiben. So unverfroren viel Zeit ist durch uns hindurchgesickert, seit wir zuletzt beisammensaßen, uns umarmten, uns küssten. So viele Monate, Jahre sind vergangen – ungenutzt und ungelebt.

Erinnerst du dich noch? Wir saßen und redeten, und um uns herum zog die Zeit ihre Kreise – gänzlich unbemerkt von dir und mir. Nie haben wir die Zeit gespürt, Manuel, nie.

So viel ist geschehen seitdem, mein Lieber. Und doch so wenig. Denn du bist fortgerannt, während ich immer nur hier geblieben bin. Ja, das alte Menschenspiel: Einer muss gehen, einer bleibt zurück.

Du warst der, der gegangen ist, Manuel. Doch als du gingst, hast du mich nicht einfach verlassen. Du gingst und nahmst unsere Sommer mit dir. Und mit diesen Sommern die Ausgelassenheit und das Lachen jener Tage. Unserer Tage. Mir, der ich immer hiergeblieben bin, hast du lediglich die Winter gelassen.

Ja, vielleicht hätte ich dir viel früher davon erzählen sollen, vielleicht wäre es nur „freundschaftlich" gewesen, dir von der Leere zu berichten, die du hinterlassen hast. Damals. Als du gingst und dann einfach nicht mehr zurückkamst.

Doch verdammt, du wirktest so glücklich auf jener Fotografie, die du mir zugesendet hast, kaum dass du angekommen warst in Juan-les-Pins. Erinnerst du dich wenigstens noch an diese Fotografie, Manuel, mein Lieber? Braungebrannt stehst du dort, der Wind legt sich über dein Haar, dieses wundervolle Haar, das ich immer so geliebt habe. Und das du scheinbar hattest wachsen lassen just von jenem Moment an, an dem du dich entschieden hattest, mich hinter dir zu lassen. Und direkt hinter deinem weichen Gesicht erstreckt sich das weite blaue Meer. *Schau dir nur das Wasser an!*, hast du damals auf die Rückseite der Fotografie geschrieben. Nur diese eine Zeile, Manuel. Nur diese eine verdammte Zeile.

Doch, doch, ich hab's versucht, wirklich versucht.

Habe versucht, mir das Wasser anzuschauen auf deiner Fotografie, aber es ist mir nie gelungen, bin ich doch immer nur hängengeblieben in den Zügen deines schönen Gesichts. Und dann, eines Tages, bist du mir vor den Augen verschwommen, Manuel. Als wärest du direkt vor meinen Augen ins Wasser gehüpft, so verschwommen bist du mir.

Weggeschwommen bist du mir.

Und einfach nicht mehr aufgetaucht.

Einer ist immer der Matrose, Manuel. Sticht in See, während ein anderer allein an Land zurückbleibt und wartet. Und wartet.

Hättest du mich damals gefragt, ich wäre mit dir gegangen. Ein Aufschlag deiner großen braunen Augen hätte ausgereicht, und ich hätte hier alles stehen und liegen lassen. Alle meine Winter hätte ich abgestreift, nur um dich und deine Sommer begleiten zu dürfen. Doch du hast mich nie gefragt, sondern immer nur gelacht.

Dass einer wie ich nicht geschaffen ist für ein südfranzösisches Leben, hast du gesagt. Und dass an keinem Strand der Welt Platz wäre für all diese in mir wohnende Schwere. Und vielleicht hast du sogar Recht gehabt, Manuel. *Männer sollten keine kurzen Hosen tragen,* habe ich immer zu dir gesagt. Du hast jedes Mal nur gelacht, und dann, inmitten deines herrlichen Lachens, bist du gegangen. Einfach so. Du öffnetest die Tür, gingst hinaus und kamst nie wieder, und hier bei mir brach dieser tiefste aller tiefen Winter aus, stülpte sich über mich und machte mich starr und sprachlos.

Nein, ich mag dir nicht davon erzählen, wie und wo ich die vergangenen Jahre verbracht habe. Doch ich möchte dir davon erzählen, dass ich in diesem März meine Fenster aufgerissen habe. Oh Gott, du hättest mich sehen sollen, ich, wirklich ich, habe sie aufgerissen, weit, ganz weit! Habe dort gestanden, geatmet, gelächelt, geblinzelt und habe hinuntergeschaut auf die Straße, die Menschen beobachtet. Habe nicht angewidert weggesehen wie früher, sondern habe geschaut, Manuel, richtig hingesehen, alles begierig in mich aufgesogen! Den Drang der Bewegung habe ich erspürt und auf meinen Lippen das Licht geschmeckt. Salz auf unserer Haut, Manuel. Salz auf unserer Haut. Du hättest mich sehen sollen.

Du hättest mich sehen sollen.

Uns bleibt keine Zeit mehr für Lügen, Manuel. Meine tiefen Winter, sie sind noch immer bei mir. Natürlich sind sie das. Auch das Üble, das Schlimme und das Schwere, das ich so lange und so hingebungsvoll hier bei mir gebunkert habe, bis du eines Tages gar keine andere Wahl mehr hattest, als ans Meer zu fliehen, auch das ist noch immer hier. Es steht direkt neben mir, während ich dir diese Zeilen schreibe.

Trotzdem hat all das begonnen, mich zu langweilen. Möchtest du mir das glauben, Manuel? Jene düsteren Momente, die dich so oft erschreckt haben, während ich immer nur kopfüber hineingesprungen und begeistert hindurchgetaucht bin, so wie du in das weite blaue Meer hinter dir gesprungen bist – sie bedeuten mir nichts mehr, öden mich nur noch an.

Ich werde alt, Manuel. Endlich werde ich alt.

Ich weiß nicht, ob mein Brief dich jemals erreichen wird, ob du noch unter jener Adresse zu finden bist. Und so du noch immer dort bist, ob du diesen Brief überhaupt lesen, mir antworten wirst. Doch wenn du ihn liest, so bitte ich dich: Geh jetzt sofort hinunter zum Strand für mich und fülle ein wenig Sand in eine kleine Flasche. Nimm dir Zeit dafür, Manuel, ich bitte dich. Lass die Körner einzeln durch den glasigen Hals hinabrieseln. Langsam, ganz langsam.

Unsere Zeit vergeht, Manuel. Sie kreist noch immer um uns herum, in wilden Bahnen. Aber ich spüre bereits, wie sie ihr Interesse an uns verliert. Lange wird es dich nicht mehr geben. Du weißt es. Und auch ich weiß es, habe es erfahren. Auf verschlungenen Wegen ist die Nachricht über deine schwere Erkrankung zu mir gedrungen. Mein Winter wird bald enden, ich kann sie schon sehen, die Wärme, sie kommt direkt auf mich zu. Betrachte ich nun deine alte Fotografie, so taucht auch dein verschwommenes Gesicht wieder auf, immer klarer und deutlicher wird es mir. Doch dein Winter, der beginnt gerade erst. Ich weiß, dass du die vielen Schläuche und Kanülen nicht ertragen wirst.

Und auch die vielen Tabletten, du gottverdammter Sommer-Idiot in deinen blöden kurzen Hosen, du wirst sie einfach nicht nehmen, denn dafür ist dir das Meer zu blau dort unten, der Wind zu frisch, der Himmel zu weit.

Und dein Körper noch immer zu schön.

Vermutlich hast du wieder einmal Recht. Du bist nicht wie ich, bist nicht geboren worden, Leid zu bündeln, Qual zu ertragen. Bald schon wirst du die vielen seltsamen Schläuche von dir reißen, wie durch ein Gestrüpp wirst du dich durch sie hindurchkämpfen und sie dann ins Meer werfen.

Du wirst gehen, Manuel. Und ich werde zurückbleiben.

Wie immer. Für immer.

Geh hinunter zum Strand für mich und fülle mir eine Flasche mit Sand. Aber langsam, Manuel. Ganz langsam, Geliebter.

DIE VERÄNDERUNG MEINES VATERS

Seit mein Vater Krebs hat, schreibt er mir wunderliche Briefe. Er schreibt von Kraft und innerer Stärke, davon, dass er an mich glaubt und den Kampf sieht, den ich hinter, aber auch noch vor mir habe. Er schreibt, dass er mich jetzt sieht und erkennt. Und versteht. Was und warum – ich bin. Und was und warum – ich schreibe. Wie ich bin und wie ich schreibe, sagt mein Vater in seinen Briefen, er versteht es jetzt.

So kenne ich ihn nicht. Hatten wir uns nicht darauf geeinigt, ein Leben lang nur über Ballsportarten zu sprechen? Hatten wir nicht ausgemacht, uns gegenseitig ganz wohltuend in Ruhe zu lassen, kein Wort zu viel zu verlieren?

Wir haben uns immer so gut verstanden – schweigend. Und nun? Nun kommt der Krebs. Und macht uns unsere ganze schöne Idylle kaputt.

Seine Trauer darüber, dass ich selbst es nie über mich gebracht habe, mit den anderen Jungs Fußball zu spielen, hing über uns, so, wie es stets nur die unausgesprochen Narben sind, die über uns hängen.

Und jetzt? Jetzt ist all das vorbei. Denn jetzt ist der Krebs da, und unsere Zeit bekommt mit einem Mal Gesichter. Der hochdekorierte Beamte, der immer alles im Griff gehabt und immer funktioniert hat, das ist er. Der am Boden zerstörte Schriftsteller, der um ein Haar verreckt wäre, erst an sich selbst und dann an allen anderen, das bin ich. Unsere Rollen, ein halbes Leben lang sind sie klar verteilt gewesen zwischen dem Vater und dem Sohn. Doch auch das ist vorbei, denn nun trägt mein Vater den Krebs in sich.

Jetzt ist er es, der mit dichterischer Leichtigkeit Adjektive erschafft, während ich den Tumor sehe, der in seinem alt gewordenen Körper wächst und gedeiht und feststelle, wie mir selbst mit einem Mal – die Worte ausgehen.

Seit mein Vater Krebs hat, bleibt er des Öfteren auf halber Strecke stehen. Bleibt stehen, schaut sich um, atmet durch, lächelt und geht weiter. Mein Vater ist nie ein Mann des Augenblicks gewesen. Aufgezogen worden bin ich in einer Welt aus Vorwärts. Aber jetzt ... jetzt hockt er sich nieder auf einen Stein am Wegesrand und sagt Sachen wie: „Gleich geht es weiter. Nur kurz. Schauen." Ich bleibe mit ihm stehen, denke noch: Was gibt es hier schon zu sehen?, und weiß doch im gleichen Augenblick – ich verstehe noch nicht. Die Vitalität meines gesunden Körpers hindert mich daran, auch nur irgendetwas zu begreifen.

Nur eines sehe ich, es steht mir klar vor Augen: Erst die Gebrochenheit lässt aus Menschen Lebende werden.

Seit mein Vater Krebs hat, reden wir anders. Aber vor allem: noch weniger. Vielleicht ist es die Luft, die nicht mehr reicht. Vielleicht ist es auch der Ernst, die Angst, der Tod. Sehe ich meinen Vater an, so sehe ich nur noch den Krebs. Mit einem Mal kann ich meine Hände ausstrecken, meinen Vater berühren und diesen Krebs betasten. Ich erkenne zum ersten Mal: Das Leben ist nicht absurd, grotesk und schemenhaft. Es ist konkret. Es ist jene einfache Rechnung aus brutto und netto, die uns kaum noch die Kiefer auseinanderbringen lässt. Wir reden weniger. Und sagen mehr.

Erst seit mein Vater Krebs hat, stehe ich nicht mehr allein in der Welt. Bin nicht mehr abgekoppelt von der Ewigkeit. Erbaue mir selbst feste Strukturen und tragfähige Rahmen. Erst seit mein Vater Krebs hat, ist aus ihm mein Papa geworden.

Die Angst, ihn jetzt, ausgerechnet in der für jedermann offensichtlichen Blütezeit seines Lebens, zu verlieren, lässt mich jene berühmten drei Worte denken.

Worte, die Männer niemals denken, niemals sagen. Und schon gar nicht zu ihren Vätern.

DIE SELBSTBESTIMMTE FRAU

An jenem Tag, an dem Alison sich ihrer Einsamkeit endgültig bewusst wurde, war sie im Bett eines Mannes erwacht. Sein Wecker hatte schon gegen sechs Uhr in der Früh geklingelt, und er war sogleich aufgesprungen und ins Bad geeilt. Auch Alison war sofort wach geworden, hatte sich jedoch schlafend gestellt. Durch ihre geschlossenen Lider hatte sie kurz versucht, sich zu orientieren, dann aber sogleich bemerkt, dass es für sie schon keinerlei Rolle mehr spielte, ob sie sich gerade bei Bob, dem Investmentbanker, befand oder vielleicht doch eher bei Tom, einem Highschool-Lehrer, den sie unter merkwürdigen Umständen als Fahrer eines Taxis kennengelernt hatte, in das sie wenige Monate zuvor in Greenwich gestiegen war. Ausgerechnet auf dem Weg zu einem weiteren ihrer vielen Liebhaber: dem Professor James.

Kaum war der Mann im Bad verschwunden, schaute Alison sich um, erkannte, dass es ganz sicher das Schlafzimmer von Bob war, und versuchte, sich daran zu erinnern, wie der Sex in der vergangenen Nacht gewesen war. Sie kam jedoch lediglich zu dem Schluss, dass dieser Sex halt *stattgefunden* hatte, wie es seit längerem auch schon keine Rolle mehr spielte, ob der Sex mit einem ihrer Liebhaber gut oder schlecht war – solange es überhaupt dazu kam und irgendetwas passierte in ihrem Leben.

Der Tag, an dem Alison sich ihrer tiefen Einsamkeit bewusst wurde, war also einer jener Tage, von denen es in ihrer Biografie viele gab. Zu viele. Noch während sie in Bobs Ehebett lag, musste sie an ihre Mutter und ihre Schwestern denken, die allesamt nichts von dem Doppelleben ahnten, das Alison führte. Im Gegenteil, so oft es nur ging, ließen sie Alison spüren, dass sie sie für frigide und verstockt hielten. Ja, in den Augen ihrer Familie war sie ein auf Geld und sozialen Aufstieg fixiertes „Rühr-mich-nicht-an", das eines fernen Tages freud-, lust- und vor allem kinderlos ins Gras beißen würde.

Es war genau der Moment, als Bob, der Investmentbanker, direkt aus dem Schlaf heraus unter die Dusche sprang und Alison weder berührte noch überhaupt eines Blickes würdigte, in dem sie wusste, dass es, obwohl noch so früh am Morgen, längst an der Zeit war zu gehen.

„In der Liebe müssen Dichtung und Verrichtung nach Diebesgut schmecken", murmelte sie, als sie sich ihren Rock anzog, zügig und geübt ihre Bluse zuknöpfte und mit wenigen Handgriffen ihr Haar herrichtete. Ihr väterlicher Freund, der Galerist Broc, hatte diesen Satz des Philosophen Montaigne vor 15 Jahren einmal verschmitzt lachend zu ihr gesagt. Alison erinnerte sich, wie sie ihm, anstatt ihm Recht zu geben oder zumindest mitzulachen, eine Standpauke gehalten und dabei auf Moral, Sitte und Romantik verwiesen hatte, woraufhin Broc in seinem gutmütig-wohlwollenden Tonfall jedoch lediglich: „Komm erstmal in mein Alter", gesagt hatte. Nun, in aller Klammheimlichkeit in Bobs Schlafzimmer stehend, erinnerte sich Alison mit Schaudern an ihre damalige Naivität und Selbstgerechtigkeit. Wie schnell war ihr beides in der Zeit danach abhandengekommen, waren die folgenden Jahre doch nur so an ihr vorbeigeflogen. Alison hatte Karriere gemacht, viel Geld verdient, zahlreiche verheiratete Männer entehrt und dann mit einem Male ganz verdutzt feststellen müssen, dass sie Mitte 30 geworden war. Und dass der Spruch von Montaigne es längst – in kalligraphischer Schönschrift auf einer Postkarte notiert – an ein Brett in ihrer Küche geschafft hatte.

Als sie wenige Minuten später lautlos die Haustür hinter sich ins Schloss zog und in den noch verwaschenen Morgen von Queens hinaustrat, fühlte sie sich wie immer, wenn sie das Haus oder die Wohnung eines ihrer Liebhaber verließ: schmutzig, gebraucht und schuldig.

„In der Liebe müssen Dichtung und Verrichtung nach Diebesgut schmecken", wiederholte sie, um sich ein wenig Mut zu machen, während sie sich hinter das Steuer ihres Dodge Charger klemmte und langsam Bobs Garagenauffahrt hinabrollte. In nur wenigen Stunden, das wusste Alison, würde die Frau, deren Name sie nicht kannte und für die sie sich auch nicht sonderlich interessierte, die gleiche Auffahrt hinaufrollen. Genau so, wie Alison diese Auffahrt erst am gestrigen Abend hinaufgerollt war. Doch aus jenem Auto würde dann nicht nur diese Frau steigen, sondern mit ihr zwei kleine Kinder, ein Junge und ein Mädchen, die Alison zusammen mit der Frau auf einem Foto in Bobs Hausflur gesehen hatte. Sie würden aussteigen, ins Haus gehen, Bob um den Hals fallen, sich mit strahlenden Gesichtern umarmen und gemeinsam zu Mittag essen. Denn Bob war, so hatte er es Alison ganz zu Beginn ihrer Liaison erzählt, ein begeisterter Koch, der es liebte, für seine Familie mehrgängige Mahlzeiten zuzubereiten und im Anschluss daran Gesellschaftsspiele mit seinen Kindern zu spielen.

„Keine Frage", dachte Alison am Steuer ihres Wagens, „ein richtiger Familienmensch, der Bob."

Anders als sonst stand Alison nicht der Sinn danach, Bob den kompletten Rest der Woche, in der sie ihn nicht auf seinem Handy anrufen und ihm auch keine Mails senden durfte, mit Verwünschungen zu überziehen. Auch hinüber nach Brooklyn in ihre Wohnung zu fahren und sich, bis sie zur Arbeit musste, selbst zu bemitleiden, erschien ihr diesmal zu anstrengend und nervenaufreibend, so dass sie sich also direkt auf den Weg in ihre Galerie in der 57sten machte.

Als Alison, ausgestattet mit einem Kaffee und einem viel zu süßen Croissant, eine knappe Stunde später ihre Galerie durch den Hintereingang betrat, war Tara noch nicht da, was Alison jedoch als sehr angenehm empfand. Damals, als junge Berufsanfängerin hatte sie es nicht ertragen, allein zu sein, hatte sich andauernd mit Künstlern und anderen Galeristen umgeben, sogar einen Haufen unnötiger Geschäftsessen anberaumt und aus eigener Tasche bezahlt, nur um so selten wie möglich allein sein zu müssen. Mit den Jahren hatte sich das gegeben. Erst war sie erfolgreich geworden und darauf aufbauend schließlich souverän genug, um das Alleinsein als solches neu zu definieren. „Einsam bist du immer nur dir gegenüber, nicht einem anderen", war ein weiterer Sinnspruch, den Alison in dieser Zeit bei Emile Michel Cioran gefunden und ebenfalls an ihr Küchenbrett gepinnt hatte.

Sie schrieb Tara eine SMS, um sie zu informieren, dass sie bereits in der Galerie angekommen war und ihre Assistentin sich daher nicht zu beeilen brauchte. Während sie die vielen kleinen Tasten ihres Handys drückte, blickte sie hinaus auf den bereits um diese frühe Uhrzeit rastlosen Verkehr von Manhattan. Sie dachte an Bob, wie schnell er ins Badezimmer gestürzt war und wie leidenschaftslos sie sich in der vergangenen Nacht geküsst hatten.

„Vielleicht", dachte Alison, während sie ihre SMS an Tara

abschickte, „vielleicht ist es genau das. Vielleicht gibt es gar kein Ankommen, kein Ziel. Sondern nur diese Rastlosigkeit, ein lebenslanges Hin- und Herlaufen. Die Aufrechterhaltung von Sehnsucht und Fernweh, darum dreht sich alles." Männer wie Bob, der Investmentbanker, und James, der Hochschulprofessor, hatten alles erreicht, waren angekommen, ja sogar glücklich. Und suchten doch verzweifelt nach einem Ausweg aus diesem Glück, strebten mit aller Macht zurück in die Ungewissheit, so sehr, dass sie dafür alles aufs Spiel setzten und sogar eine große Verantwortungslosigkeit in Kauf nahmen.

Das vibrierende Handy riss Alison aus ihren Gedanken. Tara hatte ihre Nachricht erhalten und kündigte ihr eigenes, leicht verspätetes Erscheinen in der Galerie an. „Du weißt schon – Broc", lautete ihr letzter Satz, und Alison konnte sich eines kleinen, unschicklichen Lachanfalls nicht erwehren, kannte sie doch die Marotten ihres guten alten Broc aus eigener Erfahrung nur zu gut. Antonio Broccicchio, kurz Broc, war vor vielen Jahren Alisons Lehrmeister und Mentor gewesen, war dann jedoch auf den etwas dämlichen Gedanken verfallen, anstatt einer richtigen Galerie in einem angesagten Viertel wie Greenwich Village oder SoHo gleich zwei Galerien in der Bronx zu eröffnen. Komplett ab vom Schuss, weit weg von der Szene – und vor allem von solventen Kunden. Alison wusste, dass Broc ein Fuchs war und selbst in fortgeschrittenem Alter noch wendig und einfallsreich. Trotzdem hatte sie ihre Zweifel gehabt, ob die Bronx wirklich der richtige Ort für eine Galerie sein konnte. Doch Broc, der in Genua aufgewachsen war, aber bereits seit den frühen siebziger Jahren in New York lebte, hatte auf ihre Warnungen hin immer nur entgegnet, dass „seine Zeit" schon noch kommen werde und dass es überhaupt keinen Sinn ergebe, sich dort zu niederzulassen, wo eh schon jeder säße. So hatte er sich dann als erster und einziger Kunsthändler mit gleich zwei Galerien auf der Katonah Avenue platziert, direkt zwischen den vielen italienischen Feinkostläden. Und wie immer dieser Altersstarrsinn – ein Begriff, den Tara sehr gerne im Zusammenhang mit Broc gebrauchte – nun zu bewerten war: Broc hatte es mit seinen beiden Galerien über die Jahre nicht nur geschafft, sich wirtschaftlich zu konsolidieren, sondern zudem dafür gesorgt, dass er angenehm auffiel mit seiner Halsstarrigkeit. Sogar eine Auszeichnung hatte er für seine beiden

Galerien bekommen, verliehen zwar nur von einem schnöseligen Apparatschik, der in den neunziger Jahren vom New Yorker Bürgermeister David Dinkins dazu auserkoren worden war, den miesen Ruf der Bronx aufzupolieren, aber immerhin. Broc war auch der Erste gewesen, bei dem Alison einen praxisbezogenen Einblick in die Arbeit und das Leben eines Galeristen bekommen hatte. Großmütig und begierig darauf, sein eigenes Wissen und seine eigenen Erfahrungen an die nächste Generation weiterzugeben, war vor allem er es gewesen, der Alison fast alles beigebracht hatte, was an guten und an schlechten Dingen nötig gewesen war, um es mit viel Fleiß und Ausdauer zu einer 180-Quadratmeter-Wohnung in Brooklyn zu bringen. In der Tat gab es nur den einen kleinen Nachteil am alten und gutmütigen Broc: Er hatte sich seiner amourösen italienischen Urinstinkte einfach niemals entledigen können – worunter nun allerdings nicht mehr die aus Brocs Sicht in die Jahre gekommene Alison, sondern zunehmend Tara zu leiden hatte. Dem alten Rosenkavalier erschien kein Kunstthema nichtig genug, um die arme Tara nicht zu sich in die Bronx zu locken. Alison wäre ihrer Angestellten mit Sicherheit längst hilfreich zur Seite geeilt, wüsste sie nicht aus eigener Erfahrung, dass Tara außer einer Kanne Tee, vielen Komplimenten und noch viel mehr interessanten Geschichten aus der Welt der Kunsthändler vom guten alten Broc nichts zu befürchten hatte.

Ihren ersten großen Sprung in die Selbständigkeit hatte Alison Ende der neunziger Jahre getan, indem sie mit Broc bei diversen Ausstellungen kooperiert hatte. Noch ganz wackelig auf ihren eigenen Galeristen-Beinen hatte Alison die Expertise des erfahreneren Broc ausnehmend gut gebrauchen können, und sie war sich sicher, dass sie ohne seine Hilfe in den ersten Jahren mit Sicherheit ganz fürchterlich baden gegangen wäre. Mit der Zeit aber hatte Alison ihren ehemaligen Lehrmeister, es war nicht anders zu sagen, nicht nur überholt, sondern schlichtweg abgehängt. Die berufliche Beziehung zwischen Alison und Broc stand längst nicht mehr unter der Prämisse, Alison zu helfen oder für beide Galeristen etwas Gutes zu tun, sondern war einzig und allein der aufrichtigen Dankbarkeit Alisons Broc gegenüber anzurechnen. Beide, Alison wie auch Broc, wussten, dass sich die Vorzeichen geändert hatten, doch sie sprachen nicht darüber, hielten es auch gar nicht für nötig, es zu thematisieren, gab es doch ein viel stärkeres, unsichtbares, generationenübergreifendes Seil, das sie beide verband und ihnen Sicherheit gab. Dass Alison nie einen Vater und Broc nie eine Tochter gehabt hatte, tat sein Übriges.

Aus genau diesem Grund hatte Alison schließlich auch Tara in ihrer Galerie angestellt. Zwar konnte sie sich eine tatkräftige Hand nicht nur leisten, sondern auch wirklich gut gebrauchen, doch der Hauptgrund, Tara einzustellen, war für Alison gewesen, nun, mit Mitte 30, das nächste Glied in dieser Kette anzuknüpfen. Bewerber hatte es viele gegeben und eine ganze Reihe davon waren mit Sicherheit auch qualifizierter gewesen als eben Tara, die mit ihren 20 Jahren abgesehen von Enthusiasmus, einem fast schon wahnsinnig zu nennenden Interesse für Kunst und einem schier unzerstörbaren Eigenantrieb genau genommen gar nichts in die Waagschale zu werfen gehabt hatte. Dennoch hatte Alison sofort gespürt, dass Tara, ebenso wie Broc, ein Mensch war, auf den sie sich komplett verlassen konnte und bei dem es kaum vonnöten sein würde, große moraltheoretische Diskussionen zu führen, um im Denken und Handeln auf einen gleichen Nenner zu kommen. Ihr Bauchgefühl hatte sich, zumindest was die bisherigen ersten zehn Monate von Taras Anstellung betraf, bestätigt, denn das Mädchen arbeitete gut, zuverlässig und gedankenschnell. Für Alison erwies sich Tara als ein Mensch, den sie gern traf, sah und sogar gern sprechen hörte. Lediglich die Casanova-Avancen von Broc, die auch Alison vor vielen Jahren noch selbst abbekommen hatte, für die hatte Tara offenbar noch immer kein Abwehrmittel entwickeln können.

Alison blickte an die große, kahle, weiße Wand vor sich, auf der noch im Laufe dieser Woche das Grundgerüst einer neuen Clichés-verre-Ausstellung von Matt Saunders entstehen sollte. Sie stand auf und ging zu einem der Regale, in dem sie die diversen Fotokopien der Saunders-Werke verstaut hatte. Dann nahm sie sich eine dicke Rolle Klebeband, lief zu der großen, kahlen Wand zurück und befestigte das erste Blatt direkt in Kopfhöhe. Sie schritt wenige Meter zurück und ließ die Fotokopie auf sich wirken, versuchte sich vorzustellen, was für einen Eindruck das Original in einigen Tagen an exakt dieser Stelle hinterlassen würde.

Alison mochte Momente wie diese. Momente, in denen sie sich selbst beweisen konnte, wie gut sie, einer echten Künstlerin gleich, mit nur wenigen Handgriffen auf einer kahlen Wand

Leben erzeugen, ja diese aussagelose Fläche zum Sprechen bringen konnte. Sie wusste, dass viele Galeristen und Kunden sie für diese Konzeptionsfähigkeit beneideten, bewunderten oder doch zumindest einfach nur achteten. Doch wie unfähig Alison war, dieses Gestaltungs- und Entwurfstalent auch auf ihr eigenes Leben anzuwenden, das schien außer ihren Schwestern und ihrer Mutter niemand zu bemerken. Zwar vermochte sie es, sich in einen kahlen Raum alles hineinzufantasieren, doch ihr farbloses Leben entzog sich ihrer Handhabe. Sie hatte es im Griff, doch gestalten konnte sie es nicht. Alle pittoresken Gemälde, die sie in den vergangenen Jahren an die nüchternen Wände ihres Lebens zu hängen versucht hatte, waren umgehend wieder heruntergefallen, und nicht ein einziger Bilderhaken war verblieben. Ihr Leben, so erschien es Alison, entzog sich ihr – und das so sehr, dass sie längst einen Zusammenhang herstellen konnte zwischen ihrem Erfolg als Galeristin, den vielen gefeierten Vernissagen und Finissagen, den Treffen mit Malern und Illustratoren, Grafikern und Zeichnern – und der lähmenden Stille ihrer 180-Quadratmeter-Wohnung. Vollkommen geschockt von den barbarischen Umgangsformen der Intellektuellen und Künstler hatte Tara die New Yorker Kreativenszene einmal als „bigottes Flüchtlings- und Angsthasenpack" beschimpft, worüber sich Alison in der Folge noch wochenlang vor Lachen ausgeschüttet hatte. Nun aber, als sie sich inmitten ihrer Galerie stehend als wahrhaft einsame Frau begriff, kamen ihr erstmalig Bedenken, ob nicht vielleicht auch sie selbst damit gemeint sein konnte. Schließlich hatte sie zuletzt mit derart vielen Männern Sex gehabt, dass nicht Selbstbestätigung, sondern Selbstzweifel daraus erwachsen waren. Derart große Selbstzweifel, dass Alisons Glaube, eine moderne und selbstbestimmte Frau zu sein, zunehmend von ihr abzubröckeln begann.

Seit viel zu vielen Jahren hatte Alison ihr Liebesleben ganz bewusst auf Sand gebaut und sich dafür ebenso gezielt Männer erwählt, von denen sie vom ersten Moment an geahnt hatte, dass dabei emotional nicht sonderlich viel für sie herausspringen würde. Männer wie Bob und James. Alison hatte diese Herangehensweise ganz nüchtern und opportunistisch betrachtet, schließlich hatte sich auf diese Weise doch auch der für sie günstigste Weg zu einer guten und einträglichen Karriere als Galeristin ergeben, befreit von den traditionellen Bürden, den Hindernissen und den Verpflichtungen, die schon die Leben ihrer Mutter, ihrer Schwestern und fast aller ehemaligen Mitschülerinnen zerstört hatten. Ja, sie war sehr lange verdammt gut gefahren damit, jederzeit kommen und gehen zu können, Spaß zu haben und Zwang zu vermeiden. Es war ihr nicht nur befriedigender, sondern auch vernünftiger erschienen, so zu handeln, denn sie glaubte nicht an Männer. Ihr war nie etwas Schlimmes widerfahren, doch bereits als junges Mädchen hatte sie den Glauben an Männer verloren, eine Einstellung, die sich im Laufe der Zeit noch gefestigt hatte. Schließlich kannte sie die Männer inzwischen, hatte mit ihnen Bett und Galerie geteilt, auf diese Weise die Metzger, die Henker und die Künstler unter ihnen kennengelernt und festgestellt, dass sich unter ihren jeweiligen Verkleidungen doch der gleiche märchenerzählende Grundcharakter verbarg. In der Tat erkannte Alison die Männer längst an ihrem Geschwätz; vier Sätze reichten ihr aus, um zu wissen, dass sie einen Kerl nach Belieben gebrauchen, manipulieren oder schlimmstenfalls auch meiden musste. Sie hatte das System durchschaut, das Miteinander von Mann und Frau, die Berechenbarkeit von Aktionen und Reaktionen, und gelernt, anstatt fortdauernd über die Schlechtigkeit und Verkommenheit der Männer zu jammern, einfach Lust und Kapital aus ihren vorhersehbaren Verhaltensschemata zu schlagen.

Doch nun, als sie mit einem Male als bekennend einsame Frau inmitten ihrer Galerie stand, wurde ihr klar, dass ihr Wissen und ihre Cleverness gar keinen Trumpf darstellten, sondern das Haupthindernis. Die kahlen Wände ihrer Galerie, die konnte sie nach Belieben gestalten, nichts erschien unmöglich auf diesen Flächen. Ihr eigenes Leben jedoch verhielt sich starr und eingefahren. Und schuld daran waren sie selbst und ihre verdammte Männerklarsicht. Kunst hingegen war für Alison spannend, unvorhersehbar, und radikal. Sie gab ihr permanent Rätsel auf. Eigenschaften, die Alison mit Männern, die sie genau genommen einfach nur langweilten, nicht in Verbindung bringen konnte.

Der Morgen verstrich, und obwohl Alison weiterhin dieser neu in ihr entfachten Einsamkeit nachhing, wurde sie von ihren Gedanken nicht gelähmt. Sie war diszipliniert genug, um sich niemals von Stimmungen aus dem Konzept bringen zu lassen, und so stürzte sie sich wie eh und je in ihre Arbeit, so dass sie, als Tara endlich auftauchte, bereits das gesamte Saunders-Konzept erstellt und sogar einen Kundentermin für den Nachmittag ausgemacht hatte.

„Ich bin doch nicht auf der Erde, um von einem Mann weggeheiratet zu werden", sprach sie sich in diesen Stunden mehrfach stolz und auch ein wenig trotzig zu. Dabei war diese Aufsässigkeit keineswegs grundlos entstanden, stand ihr doch die eigene Familie als schlechtes und mahnendes Vorbild stets vor Augen. Ihre Schwestern betrachten noch immer jeden einzelnen Tag, an dem sie keinen Mann an ihrer Seite hatten, als verschwendeten Tag. Ihr ganzes Leben hatten sie dem Ziel untergeordnet, so viele Tage wie nur möglich mit einem Mann zu verbringen, was ihnen zum Großteil auch gelungen war, sie jedoch keineswegs zu glücklichen und zufriedenen Menschen hatte werden lassen. Seit Jugendtagen war es Alison mitunter vorgekommen, als hätten ihre Schwestern und ihre Mutter diesbezüglich in einem Wettstreit miteinander gelegen. Sogar Abrisskalender hatten sie sich besorgt, an denen sie immer genau ablesen konnten, wie lange eine ihrer Partnerschaften schon andauerte – oder aber wie lange sie schon allein waren. Alison erinnerte sich daran, wie Deborah einmal zwei Monate lang ohne Freund gewesen und daraufhin tatsächlich depressiv geworden war, was Alison mehr bestürzt hatte, als sie es selbst für möglich gehalten hatte. Sie hatte bis dato immer geglaubt, dass Deborah in einer Eitelkeit lebte. Dass die Tatsache, immerzu einen Freund zu haben, dementsprechend genau die Bestätigung war, die ihre Schwester zum Atmen, ja überhaupt zum Existieren brauchte, ja, das hatte sie schon immer vermutet. Dann jedoch zu sehen, wie Deborah binnen weniger Wochen richtiggehend in sich zusammenfiel, bei lebendigem Leibe zu verwelken schien wie eine Blume, die auf einmal kein Licht und kein Wasser mehr bekommt, das hatte Alison damals, als ganz junge Frau, dann doch sehr erschrocken. Und so war aus einem inneren Unverständnis für ihre Schwestern etwas noch viel Grässlicheres geworden: Mitleid. Ja, Alison hatte großes Mitleid mit ihren Schwestern, die sich über ihre Männer definierten, während sie selbst hervorragend allein klarkam.

Alison brauchte keinen Mann an ihrer Seite. Sie kam nicht nur wunderbar, sondern sogar besser ohne festen Partner durchs

Leben. Da konnten Amy, Deborah und ihre Mutter noch so felsenfest glauben, dass sie lediglich nichts auf die Reihe bekäme oder niemand sie wollte.

„Ich sollte aufhören“, überlegte Alison, als sie ihren Dodge Charger einige Stunden später mit Tara auf dem Beifahrersitz auf das Anwesen von Fabio Masetti in Glen Cove steuerte, „ich sollte aufhören, mit Männern zu schlafen. Diese verdammte Sexualität ist schuld an allem. Bringt nichts mehr ein und zieht mich nur noch runter. Dass Sex Glückshormone freisetzt, sagt man. Aber das stimmt nicht. Sex verursacht Wehmut und Kopfschmerzen. Ich bin eine moderne, selbstbestimmte Frau. Ich brauche das alles nicht mehr.“

Alison hatte den Kontakt zu Fabio Masetti erst vor wenigen Wochen aufgebaut und bisher nur einmal mit ihm telefoniert. Doch sie war stolz darauf, es endlich einmal zu einem wohlhabenden italienischen Kunden gebracht zu haben, ohne zuvor auf die verflochtenen Kontakte von Broc zurückgegriffen zu haben. Zumindest ging sie einfach davon aus, dass Broc in diesem Fall nicht seine Hände im Spiel gehabt hatte. Ihr listiger Ex-Chef verfügte zwar über unzählige, kaum zu entwirrende Kontaktfäden, an deren Enden er scheinbar mühelos ziehen konnte, so dass sich an einer ganz anderen Stelle eine für ihn oder manchmal auch für Alison günstige Konstellation ergab, als protzendem Italiener war es Broc zugleich jedoch nahezu unmöglich, ihr nicht bei der nächsten Gelegenheit unter die Nase zu reiben, dass er, Broc, mal wieder alles gedeichselt hatte. Bei Fabio Masetti hatte Broc allerdings alle Möglichkeiten, sich nachträglich aufzuspielen, verstreichen lassen, so dass Alison sicher war, sich hier eine weitere „Broc-freie Zone“ erschlossen zu haben. Andererseits konnte man bei „diesen Italienern“, wie Tara es etwas despektierlich ausdrückte, tatsächlich nie wissen. Und auch wenn Alison eigentlich frei von rassistischen Vorurteilen und Nationenklischees war, konnte sie Tara insgeheim nur darin beipflichten, dass „die doch alle irgendwie unter einer Decke stecken.“

Ein grobsteiniger Schotterweg, der für Frauen wie Tara und Alison in High Heels und Businesskleidern unangenehm zu laufen war, führte vom Parkplatz aus direkt zu Masettis Anwesen. Während Tara noch leise vor sich hin schimpfte und alle Mühe hatte, sich würdevoll auf Masettis Villa zuzubewegen, gab ihr

Alison eine erste Lektion ihres Könnens.

„Was habe ich dir über Galeristen gesagt, Tara?“

Tara runzelte die Stirn: „Jedenfalls nichts über Geröllwege und gebrochene Knöchel!“

„Dass Galeristen wie Detektive denken müssen. Immer und überall.“

„Stimmt, hast du gesagt.“

„Und?“, hakte Alison geduldig nach. „Was sagt dir dieser nervige Schotterweg über Fabio Masetti?“

„Dass er ein gottverdammtes italienisches Arschloch ist, das mir schon jetzt auf die Eierstöcke geht?“

„Sehr gut. Und was noch? Schau genau hin, Tara!“

Tara überlegte. „Hm. Gut aussehen tut es ja. Geschmack haben sie, diese Cannelloni. Nur laufen kann man hier nicht. Als Frau zumindest.“

„Richtig. Als Frau kann man hier nicht laufen. Und was folgern wir daraus über Fabio Masetti? Na? Konzentrier dich, Tara!“

„Tja, was folgern wir daraus? Masetti ist schwul, aber nicht tuckig?“

Alison prustete los. „Ich hätte es anders ausgedrückt, aber im Prinzip genau richtig. Gäbe es in dem Haus dort vorne eine Frau, dieser verdammte Weg wäre längst eingeebnet. Eine gute Kunsthändlerin muss so etwas sehen, Tara! Denn ob die Chemie zwischen dir und dem Kunden stimmt, das ist niemals Zufall, lass dir das bloß nicht einreden! Es gibt keine Zufälle, nirgends auf der Welt und schon gar nicht unter Menschen. Wer naiv und planlos auf andere Menschen zugeht, hat schon verloren, zieht immer den Kürzeren. Erst beobachten, dann Plan zurechtlegen, dann handeln – das ist der direkte Weg zum Erfolg!“

„Und wann kommt das Quatschen?“

„Wenn der Kunde männlich ist – ganz hintendran, Tara. Glaub‘ mir, reden ist wie Zuckerguss, schlecht für die Zähne, schlecht für die Hüfte, schlecht für die Gesamterscheinung.“

„Aber doch … lecker?“

„Ja, aber schmecken muss der Kuchen auch allein. Niemand wird einen Kuchen wegen des Zuckergusses kaufen, Tara, niemand!“

Am verwirrten Gesichtsausdruck ihrer Assistentin konnte Alison ablesen, dass Tara den Faden verloren hatte.

„Mach dir keine Sorgen, eines Tages wirst du es verstehen!“, sagte sie tröstend zu ihr, bemerkte jedoch, dass sie schon dabei war, sich Brocs gutväterlichen Tonfall anzueignen.

„Du glaubst wirklich, Masetti ist schwul? Nur weil er einen Schotterweg angelegt hat? Nicht dein Ernst, Alison!“, keuchte Tara, der der Gang über die vielen kleinen Steine deutlich mehr zu schaffen machte als der erfahrenen Alison.

„Keine Ahnung. Definitiv aber keine allzu kurzen Röcke, wenn du Masetti triffst, Tara!“

„Wieso nicht? Wenn er doch schwul ist, könnte ich sogar nackt herkommen.“

„Tara, der Mann hat Geld und er will Frauen lieber von seinem Grundstück fernhalten. Für solche Männer sind wir die personifizierte Gefahr und je weiblicher wir auftreten, desto heftiger wird seine Abwehrhaltung ausfallen. Darum: keine kurzen Röcke und keine zu tief ausgeschnittenen Oberteile, eher sogar hochgeschlossen. Und spar dir den ganzen Mist, den dir das Leben beigebracht hat. Kein Augenaufschlag, keine Piepsstimme, kein unschuldiges Mit-dem-Arsch-Wackeln. Wer einen solchen Schotterweg anlegt, hat keinen Bock auf Barbies. Unsere einzige Chance, hier zu einem guten Geschäftsabschluss zu kommen, ist zu sein, was wir wirklich sind, Tara!“

„Huch, das klingt gut. Und was sind wir?“

„Expertinnen und Beraterinnen, Tara! Kunsthändlerinnen!“

„Stimmt. Jetzt wo du es sagst, fällt es mir auch wieder ein. Kunsthändlerinnen sind wir. Keine Frauen. Genau genommen also eher Kunsthändler. Ohne das ‚-innen‘ hintendran.“

Aus den Augenwinkeln konnte Alison sehen, wie Tara auf den letzten Metern vor der Haustür schnell noch begann, an ihrer Bluse zu nesteln, den obersten Knopf zu schließen und auch ihren Rock ein wenig nach unten zu ziehen.

„So. Jetzt bin wieder ich selbst. Tara O’Donnel, Experte und Berater.“

Alison wusste, dass Tara zu jung und vielleicht sogar zu naiv war, um zu wissen, wie schwierig es für eine selbstbestimmte Frau sein konnte, sich in einer von Männern für Männer gemachten Welt zu bewegen. Auch Alison hatte Jahre gebraucht, um gleich eine ganze Palette an Charakteren zu entwickeln, um sich daraus bei Bedarf immer den genau passenden herauszusuchen. Nur indem sie sich perfekt auf die Welt der Männer eingestellt hatte, war sie nun in der Lage, nicht mehr abhängig von ihnen und endlich ihres eigenen Glückes Schmied zu sein. Tara war von alledem noch sehr weit entfernt, das spürte Alison. Sie war unschuldig in der reinsten Form dieses Wortes. Für sie glichen Männer noch immer einer Verheißung, einem fernen Ziel, wie sie auch noch immer ganz trunken von der spätpubertären Entdeckung ihrer eigenen Reize und Machtmittel war, mit denen sie dementsprechend verschwenderisch und ungelenk umging.

Auf ihr Klingeln hin war es Fabio Masetti persönlich, der ihnen die Tür öffnete, obwohl das Anwesen auf Alison so wirkte, als könnte hier ein halbes Dutzend Hausangestellte tätig sein. Eine von Alisons betuchteren Kundinnen hatte Masetti, der offenbar dringend ein neues Hobby suchte, mit dem er sein Geld unter die Leute bringen konnte, mit der Galeristin zusammengebracht. Alison schätzte Masetti nun, wo er vor ihnen stand, auf allenfalls Mitte 40 und fragte sich sofort, ob sein hervorragendes Aussehen wohl seinen italienischen, seinen vielleicht tatsächlich homosexuellen oder auch einfach nur seinen finanziellen Wurzeln zu verdanken war. Auf gesund und vital wirkende Weise gebräunt, mit bis zum Bauchnabel geöffnetem Hemd, in eine helle Leinenhose gekleidet und mit Filzpantoffeln an den Füßen führte er Alison und Tara in das riesige, offen angelegte Wohnzimmer. Sie nahmen auf der Couch Platz, und Masetti wies eine Stimme im Hintergrund an, alkoholfreie Cocktails zuzubereiten. Alison bemerkte sofort, wie der Italiener ihr während er sprach anstatt in die Augen ganz unverhohlen auf die Beine und die Brüste schaute. Verstohlen sah sie hinüber zu Tara und stellte fest, dass ihr diese Tatsache nicht verborgen geblieben war. Alison sah ihre Schotterweg-Theorie schon nach wenigen Minuten zerbröckeln. Sie verabscheute es, wenn sie einen Mann nicht sofort einwandfrei dechiffriert bekam. Alison hasste Desorientierungen.

Da Masetti keinerlei Anstalten machte, in Small Talk zu verfallen und Alison sich angewöhnt hatte, männlichen Kunden die Gesprächsführung zu überlassen, saßen sie bis zum Eintreffen der Cocktails wortlos herum. Selbstsicher und arrogant blickte Masetti sie an, während Tara und Alison etwas verlegen auf das große plüschige Bärenfell schauten, das wenige Meter weiter vor einem großen Kamin ausgebreitet lag und Alison aus irgendeinem

Grund an den Schauspieler Burt Reynolds erinnerte. Unverhohlen inspizierte Masetti Alisons Körper, wobei Alison sich nicht recht entschließen konnte, ob sie seine Blicke aufdringlich und belästigend finden oder sich doch eher darüber freuen sollte. Immerhin würdigte der schwerreiche Italiener ihre wesentlich frischere und knackigere Kollegin Tara, mit der Alison nach eigener Ansicht schon lange nicht mehr mithalten konnte, kaum eines Blickes.

„Sie haben einen außergewöhnlich schönen Geröllweg, Mister Masetti!", preschte Tara, die den Umgang mit solchen Gesprächspausen offensichtlich nicht gewohnt war, plötzlich hervor, den Strohhalm ihres Fruchtcocktails hatte sie zwischen den Zähnen.

„Ich bezweifle zwar, dass ich tatsächlich einen Weg aus ‚Geröll' besitze, wie Sie sagen, aber ja, ich habe mir Mühe gegeben, alles, was mit diesem Haus zusammenhängt, zu einem Vergnügen werden zu lassen. Ein Vergnügen für sämtliche Sinne. Wenn Sie verstehen, junge Dame."

Es war offensichtlich, dass Masetti nach Art aller neureicher Einwanderer versuchte, sich in Auftreten und Tonfall als leicht hochnäsiges, britisches Upper-Class-Mitglied zu präsentieren – ein Versuch, der in Alisons Augen allerdings kräftig misslang, roch hier doch alles nach Porno und sah auch danach aus.

„Für Frauen ist solch ein Weg aber nicht besonders angenehm zu laufen", erwiderte Tara, weiterhin den Strohhalm zwischen den Zähnen. Von ihrem Platz aus konnte Alison sofort genau jene weibliche Transformation erkennen, die sie auch von ihren Schwestern und so vielen anderen Frauen kannte. Denn Tara, ihre doch eigentlich so selbstbewusste und intelligente Tara, begann bereits jetzt mit ihrer Veränderung, ihren Anpassungserscheinungen an diese männerdesignte Welt. Masetti bemerkte es mit Sicherheit nicht, wie auch, doch Taras Stimme war bereits jetzt, nach wenigen Sätzen in Masettis Gegenwart, ein klein wenig höher und melodischer als sonst. Alison sah, wie Taras Augen von schweren Lidern verhangen von unten herauf über den Rand des Cocktailglases zu Masetti blickten. Taras lange und schlanke Beine waren nicht übereinandergeschlagen wie sonst, sondern standen parallel, wobei sie ihre Füße nach Teenagerinnenart auf fast schon ungesunde Weise nach innen verdreht hatte.

„Sie amüsieren mich, meine Liebe." Masetti warf den Kopf

weit nach hinten und lachte, so dass Alison und Tara einige Sekunden lang nur noch seinen Kehlkopf sehen konnten. „Mache ich ihnen etwa den Eindruck, als würde ich mich darum scheren, wie Frauen sich fühlen? Ganz sicher nicht.“

Alison war überrascht von Masettis Worten. Eine solche Klarheit war sie von Männern nicht gewohnt, und auch der erste Eindruck hatte nichts in dieser Richtung erahnen lassen. Sie beschloss, dass es an der Zeit war, die Kontrolle über die Unterhaltung zu übernehmen. „Was meine Assistentin lediglich sagen wollte, Mister Masetti, ist, dass ...“

„Dass jemand, der einen solchen, wie sagten Sie noch? Ach ja: Geröllweg. Köstlich, ganz köstlich. Dass also jemand, der einen solchen Schotterweg anlegen lässt, entweder nicht richtig nachgedacht hat oder aber ein übler Frauenquäler ist. Ist es vielleicht das, was Sie zu sagen beabsichtigten? Ich kann Sie beruhigen, gute Frau: Ich habe durchaus nachgedacht, bevor ich diesen Weg habe anlegen lassen. Mir ist völlig klar, was ich Frauen zumute, die wie Sie mit High Heels hierherkommen. Aber keine Sorge, ein Sadist bin ich nicht. Ich verfüge lediglich über ein klar definiertes, also gesundes Verhältnis zu Frauen. Das ist auch schon alles. Ich mag sie nicht, und sie mögen mich nicht. Es könnte so einfach sein, hätte ich nicht das Pech, ein stinkreicher heterosexueller Mann zu sein. Meine Sexualität treibt mich wider besseres Wissen zu den Frauen. Und umgekehrt treibt mein Geld die Frauen zu mir. Sie sind ja auch hier, obwohl Sie mich nicht ausstehen können.“

Masetti lachte ein lautes und ehrliches Lachen, das Alison wie das prototypische männliche Rechthaberlachen erschien.

„Und alles, was Ihnen einfällt, um sich vor Frauen zu schützen, ist ein Schotterweg?“

„Wer sagt denn, dass ich mich vor Frauen schützen will? Vielleicht will ich ja auch die Frauen vor mir beschützen. Davor bewahren, immer wieder hierherzukommen. Frauen sind so träumerisch veranlagt, so phantasievoll.“

Masetti hielt inne, nahm einen großen Schluck aus seinem Cocktailglas und stocherte mit dem Strohhalm energisch in den Eiswürfeln herum.

„Außerdem ist so ein ‚Geröllweg‘, wie ihre Assistentin es nennt, nicht nur hocheffektiv, sondern auch gesellschaftlich anerkannt. So wahnsinnig viele Möglichkeiten, gegen eine Frau vorzugehen, sind dem modernen Mann ja nun nicht geblieben. Alles, was ein Mann gegenüber einer Frau an Vorteilen besitzt, ist entweder verboten oder zumindest geächtet. Das hat aber auch sein Gutes, es spornt uns an, in unserer Kriegsführung endlich ebenfalls listig, hinterhältig und kreativ zu werden. Sie sind eine Frau, für Sie mag es lächerlich erscheinen, aber der Weg ist mein bisheriges Meisterstück. Meine Chinesische Mauer. Mein Limes. Wobei ich Ihnen überlasse, auf welcher Seite nun die kultivierten Römer hocken und wo die germanischen Barbaren."

Wieder lachte Masetti lauthals. Alison schaute zu Tara hinüber, die sich offenbar aus dem Gespräch ausgeklinkt hatte und nur noch damit beschäftigt war, mit ihrem Strohhalm in ihrem Cocktailglas zu rühren. Vermutlich hatte sie bemerkt, dass sie zu naiv an einen Großkunden dieses Kalibers herangegangen war und klugerweise beschlossen, von nun an die Klappe zu halten und einfach nur noch schön und dekorativ auf Masettis Couch herumzusitzen. Alison hingegen hatte sich längst daran gewöhnt, dass fast alle ihre Kunden einen Spleen hatten, und stinkreich und zugleich seelisch vollkommen abgestumpft waren. Die Menschen, für die Alison arbeitete, führten ein Leben so frei von Zwängen, dass ihnen ihre immense Freiheit zu einer Last wurde. Eine Last, die sie so lange zermalmte, bis nichts weiter von ihnen übrig war, als das, was sie grell, bunt und plakativ zur Schau trugen. Menschen wie Masetti hatten alles – und hatten zugleich doch nichts.

„Um es ganz klar zu sagen, meine Gute: Ich hasse Frauen", fuhr Masetti plötzlich fort. „Ich bin wahrlich nicht stolz darauf, aber vor ihnen sitzt der wohl größte Frauenhasser der Welt. Ich ertrage Frauen einfach nicht. Keine Sorge, ich habe niemals einer Frau wissentlich wehgetan, Gewalt ausgeübt schon gar nicht. Ich versuche einfach, mein Leben zu leben und dabei so wenig Kontakt zu Frauen zu haben, wie nur möglich. Mit Erfolg, wie Sie sehen können – oder erscheine ich Ihnen etwa unglücklich? Kommt Ihnen dieses Haus wie das Haus eines einsamen Mannes vor? Ich sage Ihnen, wo Sie einsamen Männern begegnen können: in Ehen und in Familien. Dort ist auch die häusliche Gewalt zu finden, aber doch nicht hier! Und warum? Ganz klar: Frauen zerstören Männer, ob gewollt oder ungewollt, spielt keine Rolle. Sie tun es einfach. Die Frau ist der natürliche Feind des Mannes. Und bevor sich nun Widerstand in Ihnen regt, meine Gute: Andersherum verhält es sich natürlich genauso, Männer zerstören Frauen."

Erwartungsvoll blickte Masetti sie an. Doch Alison verspürte gar nicht den Drang, ihm zu widersprechen.

„Nun, Sie sagen nichts? Das spricht für Ihre Intelligenz. Und Ihre Reife. Ich habe mich freigemacht von all diesem Blendwerk, das uns über Moral, Tugend und diese verfluchte Romantik beständig die Sinne vernebelt. Ja, auch Männer brauchen eine Freiheitsbewegung, und da es die nicht gibt und ich keine Lust habe, zu warten, bis ich alt und grau bin, habe ich mich einfach selbst befreit! Meine Libido ist alles, was ich noch an mir trage, denn meine Libido ist natürlich, ich habe nicht die Möglichkeit, frei über sie zu verfügen. Und auch wenn Ihnen mein Haus, meine Art zu sprechen oder mich zu kleiden vielleicht nicht so erscheinen: Vor Ihnen sitzt der vermutlich natürlichste Mann der Welt. Nicht therapierbar, weil nicht vernebelt, nicht verdreht und nicht einmal verkorkst."

In Alisons Augen schien dieser Masetti zwar ein wahrer Kotzbrocken von einem Mann zu sein, aber er war hellsichtig und auf seine theatralische Art vermutlich sogar ziemlich clever. Sie merkte, wie sie begann, ihn zu mögen, denn er war der erste Mann ihres Lebens, der ihr so vorbehaltlos die Möglichkeit gab, ihn nicht zu mögen. Sie konnte ihn hassen und widerwärtig finden, ohne sich dabei schlecht zu fühlen. Sie konnte ihn ansehen, ohne sich fragen zu müssen, welchen Affen- und Eiertanz er nun schon wider aufführte. Masetti war – Masetti. Ungefiltert ekelhaft, ungefiltert ehrlich.

Alison musste an ihre Schwestern denken, die sie beide für etwas beschränkt hielt. Nicht in intellektueller Hinsicht dumm, nein, dafür jedoch waren sie borniert und kleinkariert. Dieser Masetti hingegen mochte zwar ein Ekel sein, doch Alison konnte sich nicht des Eindrucks erwehren, dass hier jemand zu ihr sprach, der seine Existenz feierte. Der sich nicht vom Leben reiten ließ, wie ihre Schwestern und so viele andere Menschen es taten, sondern der selbst auf dem Rücken des Lebens saß und seinen selbstinszenierten Rodeo-Ritt zelebrierte. Wie konnte es nur möglich sein, dass sie einen ihr derart unsympathischen, ja gar widerwärtigen Mann wie Masetti zu mögen begann? Musste das nicht bedeuten, dass sie ihm ähnlich war? Eine durch und durch von Hass erfüllte, grässliche Person?

Sie streckte den Rücken ein wenig durch und versuchte, sich von all diesen Gedanken abzulenken, sich von Masettis Gerede nicht zu sehr davontragen zu lassen. Ihre morgendliche Melancholie verschwand, da sie sich auf eine seltsame Art und Weise von diesem Mann verstanden fühlte. Doch in gleichem Maße, wie die Melancholie schwand, wuchs ihre Einsamkeit, die noch am Morgen ein wenig unbestimmt und fragmentarisch gewesen war. Nun aber, nur wenige Stunden später, hatte sie bereits Konturen erhalten, Form und Farbe ausgebildet. Und es erschien Alison, als könne sie die Hand ausstrecken und bereits danach greifen.

„Aber freuen Sie sich, meine Damen – und erkennen Sie ruhig auch ihren Vorteil in meinem Betragen. Denn das Geld, das andere Männer in die sinnlose Belustigung ihrer Geliebten und Ehefrauen stecken, das investiere ich in Ihre fachliche Expertise.“

Masettis Lachen klang weder aufgesetzt, noch berechnend.

„Das wissen wir sehr zu schätzen, Mister Masetti, vielen Dank“, antwortete ihm Alison.

„Nun wollen wir aber!“, rief Masetti mit einem Mal, trank sein Glas in einem Zug leer und bedeute Alison und Tara, das gleiche zu tun. Dann führte er sie durch sein Anwesen und erläuterte ihnen seine künstlerischen Vorstellungen, an denen Alison und auch Tara sofort feststellten, wie wenig Ahnung er doch von Kunst und allem voran von Malerei hatte. Dennoch, natürlich, nahm Alison mit dem Zollstock an diversen Wänden Maß und murmelte eine Zahl nach der anderen vor sich hin, die Tara wiederum fleißig in einem Block notierte.

„Wenn ich Sie richtig verstanden habe, Mister Masetti, dann ist es Ihnen also wirklich vollkommen gleich, nach was für Bildern ich für Sie suche?“

„Absolut egal. Mir ist nur wichtig, dass ich damit angeben kann. Sie sollen interessant und schön zugleich sein, zum Nachdenken anregen und von einem gewissen Rang sein. Individuell natürlich, keine Massenware, bitte. Und um Gottes willen nichts aus Asien.“

Alison hatte alle Mühe, kein pikiertes Gesicht zu machen. „Und Geld spielt wirklich keine Rolle, Mister Masetti?“

„Sieht mein Haus so aus, als würde Geld eine Rolle spielen, meine Liebe?“ Masetti lachte und fügte dann hinzu: „Nein, der Preis der Bilder spielt keine Rolle. Es wäre aber schön, wenn man den besonders kostenintensiven Unikaten auch ansieht, dass sie besonders kostenintensive Unikate sind. Wenn Sie verstehen."

„Ja ", sagte Alison, „ich verstehe. Sehr gut sogar."

Masettis Haltung zu Kunst erschien ihr genauso verabscheuungswürdig wie sein Umgang mit Frauen, dieses neureiche Gebaren aber war ihr nur allzu vertraut. Doch so sehr sie es verabscheute, so klar war ihr auch, dass es hauptsächlich Leuten wie Masetti zu verdanken war, dass sie, Alison, gut von und mit der Kunst leben konnte. Einen derart solventen Kunden wie Masetti zu haben, der ihr freie Hand beim Ankauf von Gemälden ließ, war das Beste, was einer Galeristin passieren konnte.

„In dieser wunderbaren Villa wirst du dich austoben, entfalten und verwirklichen können", dachte Alison, als sie wenig später das Anwesen von Fabio Masetti verließen. Er brachte sie zur Tür, verabredete sich mit Alison für den frühen Abend in der Stadt und verabschiedete sich schließlich formvollendet von ihnen, ohne dabei jedoch zu versäumen, beiden beim Händedruck anstatt ins Gesicht wieder auf die Brüste zu schauen. Alison versuchte, es nicht zur Kenntnis zu nehmen und auch den Schotterweg, der nun wieder fies vor ihnen ausgebreitet lag, zu ignorieren. Sie überlegte, inwiefern auch Masettis enorm auffälliges Brustgeglotze nur Teil einer Inszenierung war, ein hilfloser Versuch des Italieners, sich als Ekel und Frauenhasser darzustellen. Alison und Tara hatten sich gerade erst umgewandt und waren einige Schritte gegangen, als Masetti ihnen, noch in der Haustür stehend, hinterher rief:

„Eines noch!"

„Ja, Mister Masetti?" Alison drehte sich um und ging einige Schritte auf ihn zu.

„Ich bin anders als alle anderen Menschen. Das haben Sie doch verstanden, oder?"

Alison war überrascht, wie unsicher, fast ängstlich, er mit einem Male klang. „Aber natürlich, Mister Masetti."

„Hervorragend. Dann möchte ich Sie höflichst bitten, mich nicht nach meinen Taten, sondern nach meinen Worten zu beurteilen. Ich weiß, gemeinhin sollen wir Menschen es genau andersherum halten, doch das funktioniert bei mir nicht. Vergessen Sie also stets, was ich tue; erinnern Sie sich nur an meine Worte. Bitte."

Alison versuchte, Masetti ins Gesicht zu schauen, doch ihr Blick wurde wie magisch von seiner Stirn angezogen, auf der sie meinte, nun tiefere Sorgenfalten entdecken zu können.

„Welche Ihrer Worte denn, Mister Masetti?"

„Wie, welche Worte?" Die Stirnrunzeln verschwanden und Masetti begann wieder, laut zu lachen. „Na alle, natürlich!"

Dann ging er zurück ins Haus und schloss die Tür hinter sich.

Als Alison gegen Abend ihren Dodge Charger durch die tiefen Häuserschluchten Manhattans steuerte, regnete es in Strömen. Verwaschen und grau hatte sich dieser eigentümliche Tag vom Morgen bis weit in den Nachmittag hinein präsentiert, doch kaum hatte Alison begonnen, in ihrer Galerie in aller Eile einen kleinen Ansichtskatalog für Masetti zusammenzustellen, war diese dicke Wolkendecke über ihnen, begleitet von einem kräftigen Donner und gleißenden Blitzen, geborsten. Unablässig prasselten nun kräftige Regentropfen auf die Windschutzscheibe ihres Autos. Als sie langsam die Amsterdam Avenue hinunterfuhr und an der Kreuzung zur 114ten das St. Luke's Hospital hinter sich liegenließ, musste sie daran denken, wie ein bekannter Fernsehjournalist erst wenige Tage zuvor während einer Livesendung gesagt hatte, dass der mit Abstand gefährlichste Ort für eine Frau noch immer die eigene Familie und das eigene Zuhause sei, ja dass, zumindest statistisch betrachtet, eine Nacht unter Junkies und Zuhältern für eine Frau wesentlich sicherer sei als eine Nacht im eigenen Bett.

„Frauen, die nicht vergewaltigt werden, werden verprügelt, und Frauen, die nicht verprügelt werden, werden noch immer als Haushälterinnen missbraucht", so hatte sich der Journalist ereifert, und Alison hatte sich etwas verstört gefragt, wie es sein konnte, dass ein Mann sich derart für die Rechte der Frauen einsetzte. Nicht, dass sie die Vorgehensweise des Journalisten nicht als löblich empfunden hätte, doch sie hatte an sich selbst feststellen müssen, wie sehr sie diesem Mann aus dem Fernsehen misstraute und wie sie eher bereit war, daran zu glauben, dass er nur so eifrig daherquatschte, wenn Kameras und Mikrofone auf ihn gerichtet waren, während sich auf seinem Heim-PC mit Sicherheit auch wieder nur Kinderpornos und Schlimmeres finden ließen. Alison wusste, wie unfair ihre gedanklichen Unterstellungen waren. Sie hatte jedoch auch schon mit Politikern und Journalisten das Bett geteilt, lauter Männern also, zu deren Beruf es gehörte, den Mund ganz schön voll zu nehmen und permanent mit dem Finger auf andere zu zeigen.

„Warum setzen sich Männer in eine Talkshow und quatschen über Frauenrechte?", überlegte Alison laut vor sich hin, während sie das St. Luke's in ihrem Rückspiegel verschwinden sah. „Es muss das gleiche übersteigerte Ego sein, das Männer dazu bringt, den Beruf des Frauenarztes auszuüben. Gutmenschentum? Nein, bestimmt nicht. Kontroll- und Herrschaftswahn, das ist es."

Alison überlegte, wann sie zuletzt eine Frau erlebt hatte, die sich so sehr für Männerbelange eingesetzt hatte, doch so angestrengt und ehrlich sie auch nachdachte, nicht ein einziger Fall wollte ihr einfallen. Sie dachte an Masetti, mit dem sie in wenigen Minuten im Morningside Park verabredet war, um mit ihm einen Ordner potenziell zu erwerbender Ausstellungsstücke durchzugehen.

„Männer interessieren sich nur deshalb für Frauen, weil sie durch sie und an ihnen ihre Herrschaftsgelüste immer wieder neu erfahren können. Und Frauen ...", Alison hielt inne und runzelte die Stirn. Vordergründig überlegte sie, wo sie ihren Wagen am besten parken könnte, rang tief in sich jedoch viel mehr damit, ihren angefangenen Satz zu einem sinnvollen Ende zu bringen. Am Cathedral Parkway fand sich eine kleine Lücke, in welche Alison ihren Dodge mit nur wenigen Bewegungen geschickt hineinmanövrierte.

„Frauen interessieren sich gar nicht für Männer. Frauen interessieren sich nur für sich selbst und die Erfüllung ihrer Prinzessinnenträume. Wie wir es auch drehen und wenden, wir enden in gegenseitigem Missbrauch."

Alison stieg aus ihrem Wagen, schaute noch einmal hinüber in Richtung St. Luke's Hospital und überquerte dann mit eiligen Schritten den Cathedral Parkway, wo Fabio Masetti sie bereits mit einem Regenschirm erwartete. Erst als sie ihn fast erreicht hatte, wurde sie sich ihrer Unschlüssigkeit, wie sie sich nun verhalten sollte, bewusst. Unmöglich konnte sie zu diesem Mann unter diesen kleinen Regenschirm schlüpfen, das war vollkommen ausgeschlossen. Sie ärgerte sich, dass sie sich von jenem Fernsehjournalisten gedanklich derart außer Tritt hatte bringen lassen, dass sie ihren eigenen Schirm nun im Auto vergessen hatte.

Stattdessen war sie schnell in die Parklücke gefahren und dann über die Straße gehetzt, so dass es von Masettis Standpunkt fast ausgesehen haben musste, als könne sie es kaum erwarten, ihn wiederzutreffen. Und nichts anderes schien Masetti in jenem Moment auch zu denken, begrüßte er Alison doch mit einem schiefen Grinsen im Gesicht, welches diese sogleich als dreckig, gemein und rechthaberisch zu dechiffrieren glaubte.

In Anbetracht des Wetters beschlossen sie, sich anstelle eines Spaziergangs doch lieber hinüber ins *Miss Mamie's Spoonbread Too* zu setzen. Alison kam sich zwar etwas albern vor, wie sie die Straße, die sie doch gerade erst in wilder Eile überquert hatte, nun gleich wieder in die andere Richtung zurücklief, doch die Aussicht, mit Masetti über einen viel zu langen Zeitraum unter einem viel zu kleinen Regenschirm festzustecken, wäre, das war ihr klar, die definitiv grausamere Variante gewesen. Und so betraten sie das zünftige *Miss Mamie's Spoonbread Too*, ein Lokal, in das der neureiche Masetti nicht einmal im Ansatz passte. Hauptsächlich Studenten der Columbia waren hier anzutreffen, Leute, die durchaus aufs Geld achten mussten. Es war schmackhaft, rustikal, gemütlich und erschwinglich.

„Glen Cove ist sehr weit weg von einem Ort wie *Miss Mamie's*, nicht wahr?", lachte Alison, während Masetti sich den dunkelgrauen Trenchcoat auszog, seinen Regenschirm unter dem Tisch verstaute und sich ihr gegenübersetzte. „Aber sogar Bill Clinton hat sehr gerne hier gegessen", versuchte Alison Masetti sofort ein wenig gütlich zu stimmen, was jedoch gar nicht nötig war, denn Masetti schnitt ihr mit einer kurzen, unwirschen Handbewegung das Wort ab: „Ich weiß. Und das tut er immer noch. Erst letzte Woche habe ich Bill hier getroffen." Dann griff er routiniert nach der Speisekarte.

Alison musterte Masetti, der nicht nur in seinem ganzen Aufzug, sondern auch in der Art, wie er sich gab und vor allem sprach, so gar nicht mehr an den Mann erinnerte, den sie mit Tara erst heute Morgen in Glen Cove in seiner Neureichen-Villa aufgesucht hatte. Ganz offensichtlich war Masetti sogar regelmäßig hier im *Mamie's*, und Alison fragte sich, ob die Formulierung, die er verwendet hatte, nun bedeuten sollte, dass er den ehemaligen Präsidenten nicht nur kannte und erkannte, sondern womöglich sogar näher mit ihm befreundet war. Das Bedürfnis, Masetti näher über Clinton zu befragen, stieg in ihr auf, doch gelang es ihr zu ihrer eigenen Zufriedenheit, es wieder zu unterdrücken. Neben all seinem Reichtum und seinem fraglos blendenden Aussehen konnte Masetti nun wahrlich nicht noch einen weiteren Grund vertragen, um in Arroganz zu verfallen.

„Norma hat hier fraglos etwas ganz Einzigartiges geschaffen", fuhr Masetti fort, ohne dabei von der Speisekarte aufzuschauen. „Schauen Sie sich um, Alison. Dieser Ort sieht nach überhaupt nichts Besonderem aus, ja, nicht einmal die Lage ist berauschend. Viel Laufkundschaft gibt es hier garantiert nicht. Trotzdem futtert Beyoncé Knowles regelmäßig hier. Sie wissen schon, die Sängerin. Bill Cosby, Spike Lee und sogar Leute von Merrill Lynch kommen regelmäßig her. Ja, wirklich, stellen Sie sich das vor, Alison, an manchen Tagen, vollkommen ohne Vorwarnung, geht die Tür auf und ein Haufen Investmentbanker kommt hier reingeschneit und frisst gnadenlos alles auf, was sich auf Teller packen lässt. Wie die Heuschrecken, Alison. Verstehen Sie? Investmentbanker – Heuschrecken?"

Masetti schaute noch immer nicht von der Karte auf, doch Alison konnte ein breites Grinsen auf seinem Gesicht sehen; und hätte Alison nicht Masettis eigenes Anwesen draußen in Glen Cove erst von außen und dann vor allem von innen gesehen und erlebt, wie Masetti sich dort bewegte – sie hätte vermutlich mitgelacht ob dieses tatsächlich nicht ganz schlechten Bildes aus den moralischen Niederungen der Wirtschaftswelt.

„Meistens lassen sie sich aber beliefern. Genauso wie das Apollo Theatre oder das St. Luke's, das Metropolitan und, soweit ich weiß, auch Time Warner. Von den ganzen Radiosendern hier gar nicht zu sprechen. WBLS, Kiss, Power 105 ... kennen Sie sich mit Radiosendern aus, Alison?"

„Geringfügig, Mister Masetti."

„Schade, Alison. Denn wenn ich mit diesem ganzen Kunstkram hier durch bin, wer weiß, vielleicht investiere ich einen der Radiosender hier in der Gegend. Stellen Sie sich das einmal vor, Alison – endlich gute Musik und keine quatschenden und gackernden Frauen mehr am Mikrofon."

Diesmal lachte Masetti wieder laut auf, ganz so, wie Alison es aus Glen Cove von ihm gewohnt war. Und doch war sie sich nicht sicher, ob sie diese Aussage – inklusive der nicht ganz netten

Formulierung ‚Kunstkram‘ – nun als Flapsigkeit, Drohung oder aber als Beleidigung auffassen sollte.

„Keine Sorge, Alison, das war natürlich nur ein Witz. Sobald ich mit diesem ganzen Kunstkram durch bin, werde ich mich natürlich nicht in einen Radiosender einkaufen. Gott bewahre! Schneller und schlimmer kann ein italienischer Mann von Welt sein mühsam zusammenbetrogenes und -erpresstes Geld schließlich nicht verbrennen.“ Diesmal lachte Masetti nicht.

„Sie sind durch Erpressung zu ihrem Geld gekommen, Mister Masetti?“, schoss es aus Alison heraus, was sie sogleich jedoch selbst verärgerte, war sie hier doch sicherlich nur auf ein weiteres effektheischendes Spiel von Masetti hereingefallen.

„Aber natürlich“, antwortete der Italiener jedoch ungerührt, den Blick noch immer auf der Speisekarte. Alison merkte, wie sie es langsam aber sicher als ungebührlich empfand, dass Masetti so auffallend lange auf die Speisekarte glotzte, anstatt sie der Freundlichkeit halber ab und an einmal anzusehen.

„Ich bin Italiener, und ich lebe in New York. Wie sonst soll ich bitteschön zu Geld gekommen sein, wenn nicht als Mafiosi, hm? Die Chinesen mögen uns inzwischen aus Little Italy vertrieben haben, aber das Spiel mit Schutz und Erpressung, das bleibt unser Spiel. Und bevor Sie sich nun echauffieren, meine liebe Alison, das ist keine Kriminalität, und das ist noch nicht einmal eine Unsitte. Nein, das ist Historie. Mein Urgroßvater ist 1908 nach New York gekommen und alles, was mein Großvater, mein Vater und nun ich jemals im Auge hatten, ist die Fortführung dieser uralten sizilianischen Tradition. Wie Sie wissen, Alison, bin ich nun wahrlich kein Mensch, der ein sonderlich großes Augenmerk auf Werte legt, aber kulturelle Identifikation geht mir über alles! Alle reichen Italiener dieser Stadt haben sich ihr Geld auf diese uritalienische Weise bei anderen Bürgern geholt. Aber hey – wir lassen es uns wenigstens freiwillig geben und rauben es nicht wie dieses osteuropäische Pack oder diese Drogenbosse aus Mexiko. Wir sind die mit den guten Manieren! Verstehen Sie, Alison?“

Er lachte wieder laut auf, und Alison konnte, wie schon bei ihrem Besuch in Glen Cove, für einige Sekunden nur seinen großen Adamsapfel sehen. Und während sie dort saß und Masetti beim Lachen zusah, versuchte sie sich zu irgendetwas durchzuringen, von dem sie selbst keine Ahnung hatte, was es sein könnte. Wie verhält sich eine anständige Frau mit Prinzipien? Eine Frau, die feststellt, dass sie einem Mafioso gegenübersitzt? Aufstehen und schreien? Flüchten? Die Polizei rufen? Gar nichts von all dem ergab Sinn für Alison, zumal sie noch nicht einmal Angst verspürte; war die Tatsache, mitten in New York an einen Italiener zu geraten, der über Verbindungen zur Mafia verfügte, doch genau genommen nicht einmal der Rede wert.

„Kenneth Langone ist ein reicher Italiener und kein Mafioso!", brach es dafür plötzlich aus ihr heraus.

„Ich bitte Sie, Alison! Langone ist kein Italiener, Langone ist Philanthrop. Und mal ehrlich: Welcher echte Italiener heißt schon ‚Kenneth'?"

Masetti lachte erneut, sah Alison nun aber endlich dabei an.

„Und was ist mit Ray Dalio?", schob Alison einen weiteren Namen nach, auf den sie vor wenigen Tagen bei der Zeitungslektüre gestoßen war.

„Jaja, Ray Dalio und Daniel D'Aniello und Stephen Bisciotti und Philip Falcone und, oh, John Sobrato natürlich nicht zu vergessen, der Knabe von Real Estate."

„Genau. Allesamt wohlhabende, italienische Amerikaner. Und keine Mafiosi."

Masetti lehnte sich zurück und sah Alison mit einem amüsierten, leicht spöttischen Gesichtsausdruck an. Einem Gesichtsausdruck, der jedoch überraschenderweise frei von jener maskulin-altklugen Arroganz war, die Alison von Broc so gut kannte.

„Meine liebe Alison, erstens: Kennen Sie Dalio, D'Aniello, Bisciotti, Falcone oder Sobrato persönlich?"

„Nein. Woher auch?"

Alison zuckte mit den Schultern, was ihr, wie sie sofort belustigt feststellte, tatsächlich für einen kurzen Moment das befreiende Gefühl gab, ein kleines, naives Mädchen zu sein.

„Eben. Ich hingegen schon." Masetti grinste, und so sehr Alison Männer mit übersteigerten Egos auch verabscheute, so wenig konnte sie sich in diesem Moment dagegen wehren, dass es einen Mann wie Masetti durchaus attraktiv machte, wenn er so selbstsicher, wissend und vor allem ehrlich mit ihr sprach. Noch immer wollte sie bei jedem zweiten seiner Sätze aufspringen und laut losheulen und spürte doch bereits, dass das, was beim ersten Hinhören so arrogant und selbstgefällig klang, vermutlich gar keine Selbstüberschätzung, sondern eben Ehrlichkeit war. Masetti redete mit ihr ohne Netz, doppelten Boden oder Hintertür und nahm sie gerade dadurch ernst, ließ sie auf Augenhöhe an sich heran.

„Sie wollen nun doch nicht ernsthaft behaupten, dass alle diese Männer auch Kriminelle sind, Mister Masetti!", nahm Alison den Gesprächsfaden schließlich wieder auf.

„Wie ich Ihnen schon zu erklären versuchte, Alison: Kein einziger Italiener ist kriminell. Wir sind allesamt kulturelle Traditionalisten, das ist alles. Ich erwarte aber gar nicht, dass Sie das begreifen. Aber um Ihre Frage zu beantworten, liebe Alison: Die von Ihnen benannten Männer arbeiten alle in der Wirtschaft. Nur in der Wirtschaft wird man so immens reich, von einigen Schauspielern oder Sportlern einmal abgesehen. Sehen Sie, Alison, in der Forbes-Liste der 400 reichsten Amerikaner tauchen selten mehr als 20 Männer italienischer Herkunft auf. Hand drauf, mehr als 20 werden Sie in dieser Liste niemals finden. Und wissen Sie auch, woran das liegt?"

Alison ahnte, dass Masetti in diesem Fall gar keine Antwort von ihr erwartete und verlegte sich daher darauf, ein nachdenkliches Gesicht zu machen.

„Nun, kann es daran liegen, dass es so wenige Italiener in diesem Land gibt? Wohl kaum. Sind Italiener dann vielleicht dümmer oder fauler als andere Menschen? Okay, wir haben nicht das Glück, Juden zu sein, das ist wahr, Alison, aber: Wir Italiener sind ehrliche Menschen. Wir mögen einen kleinen Hang zu Schaumschlägerei und Wichtigtuerei haben, das gebe ich gerne zu, aber im Grunde unseres Herzens sind wir aufrichtig und hochmoralisch. Und genau deswegen finden Sie so verdammt wenige Italiener in dieser Liste, denn wir wissen, was wir tun und warum wir es tun. Wir Italiener sind ehrlich, zu uns und zu den Menschen. Wir Italiener haben ein Bewusstsein dafür, dass der Reichtum des einen immer nur auf den Schultern und der Armut des anderen stehen kann. All die Leute, die Sie in dieser Forbes-Liste für gewöhnlich finden, wissen genau das nicht oder aber wollen es nicht sehen. Die denken, all das Geld, das sie anhäufen, das fiele direkt vom Himmel herab auf ihre Bankkonten. Nein, Alison, ich sage nicht, dass eines dieser wenigen italienischstämmigen Finanz-Schwergewichtige kriminell ist. Ich sage, dass wir alle kriminell sind. Sie, Alison, Ihre Assistentin, die Kellnerin dort vorne, Bill Clinton, Beyoncé Knowles, ich – wir alle. Denn das, was Sie kriminell nennen, das nenne ich menschlich. Unser ganzes menschliches Miteinander funktioniert nur als Oben und Unten, als Haben und Nichthaben. Wir leben in einer gottverdammten Welt aus Tauzieh-Wettbewerben, Alison. Manche von uns sind gut im Tauziehen. So gut, dass es sie schließlich in diese dämliche Forbes-Liste spült. Wir feiern sie dafür, benennen sie als Vorbilder – wen sie auf dem Weg in diese Liste aber alles aus dem Weg geräumt haben, wer am anderen Ende des Taus das Gleichgewicht verloren hat und gestürzt ist, davon lesen wir in diesen doofen Listen nichts, Alison. Man muss, mit Verlaub, also schon ein unfassbar scheinheiliges Arschloch sein, um in dieser Forbes-Liste aufzutauchen. Nichts für Italiener, Alison, dafür sind wir zu ehrlich, zu moralisch und ja: zu anständig."

Alison dachte an das, was Masetti draußen in Glen Cove zu Tara und ihr gesagt hatte. Dass man ihn doch bitte nach seinen Worten beurteilen möge, niemals aber nach seinen Taten.

„Ich weiß, was sie denken, Alison. Sie denken, dass Sie anders sind, dass Sie ehrlich leben und auch ehrlich Ihr Geld verdienen, dass sie niemandem die Luft abklemmen durch ihr Verhalten, niemanden zerstören. Aber ist dem wirklich so, Alison? Sind Sie da ehrlich zu sich selbst? Nehmen Sie allein diese Situation hier."

„Was meinen Sie, Mister Masetti?"

„Na, wie geht es Ihnen damit, dass wir hier zusammensitzen und uns unterhalten und sie mit jeder Minute, die wir hier sitzen und reden auch noch Geld verdienen? Gut, ich bezahle Sie zwar nicht nach Minuten, aber wie wir beide wissen, wird am Ende unserer, nun, künstlerischen Zusammenkunft ein durchaus kompaktes Sümmchen eine Reise antreten. Und zwar von meinem Konto zu Ihrem, Alison."

„Und was ist daran unehrlich?"

„Was glauben Sie, Alison, wie viele Menschen gibt es in einer Stadt wie New York, die den gleichen Beruf ausüben wie Sie? Ich habe offen gesagt keine Ahnung, aber sagen wir einfach einmal – 10 000? Ist diese Zahl plausibel?"

Alison hatte sich nie Gedanken darüber gemacht, wie groß das Heer ihrer Konkurrenten in dieser Stadt sein könnte, und so nickte sie einfach.

„Gut, sagen wir also 10 000 Kunsthändler und Galeristen. Was glauben Sie, Alison, geht es diesen 10 000 Menschen, die nun alle genauso gut mit mir hier sitzen könnten, finanziell ähnlich gut wie Ihnen? Oder kann es vielleicht sein, dass sich eine ganze Reihe Ihrer Kollegen so verzweifelt am Existenzminimum entlanghangeln, dass sie diesen Job hier wesentlich nötiger hätten als Sie, Alison?“

„Aber Mister Masetti, es ist ja nun nicht so, als hätte ich gar nichts zu bieten! Auch ich habe nun wirklich kämpfen müssen. Harte Zeiten liegen hinter mir, sehr harte, Mister Masetti ...“

„Was ich gar nicht anzweifeln möchte, Alison“, unterbrach Masetti sie. „Sie müssen sich nur im Klaren darüber sein, dass jetzt gerade hier in New York ein, zwei, vielleicht auch drei talentierte Galeristen vor die Hunde gehen. Und das nur, weil Sie hier mit mir sitzen, Alison.“

„Und warum lassen Sie sich dann nicht einfach von einem von denen beraten?“

Es ärgerte Alison, dass sie diesen durchaus berechtigten Kommentar nicht ohne Trotz in der Stimme über die Lippen bekommen hatte.

„Ganz einfach: Weil es gar nichts ändern würde. Es ist vollkommen egal, für welchen ihrer Kollegen ich mich entscheide, ich werde immer eine Mitschuld daran tragen, dass jemand anderes den Auftrag nicht bekommt und zum Teufel geht. Es ist wahrlich keine schöne Erkenntnis, Alison, aber selbst der frömmste und aufrichtigste Mensch ist dazu verdammt, böse zu sein. Menschsein ist gleichbedeutend damit, anderen Menschen den Garaus zu machen. Und so ganz nebenbei bin ich auch sehr froh, dass ich Sie als meine Beraterin ausfindig habe machen können, Alison. “

„Ach wirklich?“ Alison war erstaunt; sie hatte so einiges von Masetti erwartet, ein warmes Wort oder eine Form von Lob jedoch nicht.

„Aber natürlich. Ich bin schon jetzt gespannt, wie unser Sex sein wird, nachdem Sie mir mein Haus mit Gemälden vollgestellt haben werden. Und ich Ihnen im Gegenzug ihr Konto mit frisch gewaschenen Dollars.“

„Davon dürfen Sie allenfalls träumen, Mister Masetti!“, rief Alison mit gespielter Belustigung aus, obschon sie in Wahrheit überrascht, schockiert und auch ein wenig gekränkt war.

„Warum sollte ich davon träumen, Alison? Sie kennen mein Frauenbild. Ich betrachtete es als eine schwere Bürde, mit Ihnen schlafen zu wollen."

Alison wusste, dass jede anständige Frau in spätestens diesem Moment entrüstet aufgestanden und gegangen wäre. Doch so sehr sie auch mit dem Gedanken spielte, Masetti vielleicht sogar eine Ohrfeige zu verpassen – es gelang ihr einfach nicht. Weder ihre Wut noch ihre Entrüstung reichten dafür aus.

„Das wird ja immer schmeichelhafter!", rief Alison aus und schauspielerte noch ein aufgesetztes Empörungslachen hinterher. „Sehe ich etwa aus, als wenn ich dauernd mit Halbfremden ins Bett springe?"

Ruhig sah Masetti sie an – und sagte gar nichts. Alison merkte, dass es sie nervös machte, dass dieser schöne Mann ihr gegenübersaß, sich scheinbar jede Unverschämtheit erlauben und sie nun sogar gegen eine stumme Wand laufen lassen konnte. Sie war es gewohnt, in Gesprächen mit Männern immer die Kontrolle zu haben. Viele Worte waren dazu nicht nötig, ließen sich die meisten Männer doch geradezu bereitwillig als trottelige Hornochsen von ihr durch die Konversationsmaschinerie führen. Wenige, leise ausgesprochene Worte reichten Alison für gewöhnlich aus, um Gespräche mit Männern in die von ihr gewünschte Richtung zu steuern. Bei Masetti aber war alles anders. Bei Masetti musste sie laut werden. Bei Masetti musste sie sich voller Unverständnis an den Kopf schlagen. Bei Masetti musste sie sich ganz gehörig aufregen. Und bei Masetti musste sie feststellen, wie überfordert sie damit war, Spielchen mit einem Mann zu spielen, der offenbar gar keine Spielchen spielte.

„Ja, so sehen Sie tatsächlich aus, Alison. Aber nicht, weil Sie billig, sondern weil Sie einsam sind."

„Machen Sie sich um mein Privatleben keine Sorgen, Mister Masetti. Ich bin nicht einsam!", log Alison.

„Und doch werden wir schon diese Nacht gemeinsam verbringen", antwortete Masetti, weiterhin ruhig, fast schon unbeteiligt. „Es wird passieren, so oder so. Und weder Sie noch ich können etwas dagegen unternehmen. Das ist der Lauf der Welt, ein Verhaltenskodex, der Männern und Frauen seit Jahrtausenden in die Gene eingraviert ist. Es wäre arg vermessen von uns zu glauben, dass ausgerechnet wir daran etwas ändern könnten."

Eine Kellnerin kam, um ihre Bestellung aufzunehmen und während sie das Angesagte auf ihren Block kritzelte, stellte Alison fest, dass es gar nicht einmal so sehr das Verhalten von Masetti war, dass sie abstieß, sondern die simple Tatsache, dass sie nichts auf seine Worte zu erwidern wusste. Nicht, dass sie das Gefühl gehabt hätte, ihm auf intellektueller Ebene unterlegen zu sein – keinesfalls – doch die Dinge, die er sagte, schienen ihr zwar abscheulich zu sein, in gleichem Maße aber auch zutreffend. Sie merkte, wie sie fast schon verzweifelt nach Argumenten suchte, anhand derer auch nur ein einziger seiner zusammengesponnenen Sätze auszuhebeln wäre, doch es war vergebens. Es wollte ihr einfach nichts einfallen.

„Mister Masetti, ich habe einige Unterlagen mitgebracht, die ich gerne mit Ihnen durchgehen würde“, sagte Alison, kramte in ihrer Tasche und holte den großen Ordner mit den Bildern heraus, die sie mit der Zustimmung von Masetti für sein Anwesen zu erwerben gedachte. Masetti zog den Ordner zu sich heran und begann, langsam darin zu blättern. Es erschien ihr, als würde er die Fotografien der Gemälde tatsächlich eingehend studieren.

„Etwas weiter hinten finden Sie eine ungefähre Kostenaufstellung, vieles davon ist natürlich Verhandlungssache, aber ich habe mich bemüht, die Preise halbwegs realistisch zu taxieren.“

„Oh ja, das haben Sie ganz sicher, Alison. Und was ist das hier?“

Masetti drehte den Ordner zu ihr herum und tippte mit dem Zeigefinger auf einige Fotos.

„Das sind Skulpturen. Ich habe mir überlegt, dass es durchaus Sinn ergeben würde, die ein oder andere Wandthematik auch innerhalb des Raumes wieder aufzunehmen und ...“

„Nein, Alison, keine Skulpturen. Und schon gar nicht mitten im Raum! Keinesfalls.“

„Okay, Mister Masetti, keine Skulpturen.“

Sie zog den Ordner wieder zu sich herüber, riss mit einer kurzen und schnellen Bewegung sämtliche Papiere, die sich mit Skulpturen befassten, heraus, steckte sie in ihre Tasche und schob den Ordner dann langsam wieder zu Masetti zurück.

„Et voilà – ein Ordner ganz ohne Skulpturen, speziell für Sie zusammengestellt.“

Alison versuchte sich an einem unverbindlichen Lachen, doch es missriet ihr. Gerne hätte sie dieses wunderbare Haus Masettis mittels einiger Skulpturen aufgepeppt, aber sie hatte es sich in den vergangenen Jahren zur Tugend werden lassen, spezielle Abneigungen ihrer Kunden ohne jegliche Diskussion anzunehmen.

„Ich danke Ihnen, Alison", sagte Masetti, und seine Stimme verriet ihr, dass er es ehrlich und aufrichtig meinte. „Interessiert es Sie denn gar nicht, warum ich keine Skulpturen in meinem Haus haben möchte?"

Seine Augen blitzten auf, und Alison verspürte den Reiz, eine ausgiebige Diskussion über Skulpturen mit ihm zu führen, ihn zumindest hier mit ihren guten und treffsicheren Argumenten vom eingeschlagenen Weg abzubringen.

„Menschen wie ich, Alison ...", hob Masetti an, um dann mitten im Satz abzubrechen und einige Sekunden stumm verstreichen zu lassen. Er räusperte sich, nestelte an seinem Hemdkragen herum und setzte schließlich erneut an: „Meine Therapeutin hat es mir verboten. Es ist nicht gut, wenn Menschen wie ich scharfe und spitze Gegenstände in der Wohnung herumstehen haben. Verstehen Sie, Alison? Darum nur Gemälde. Schöne, weiche, bunt bemalte Leinwände."

Weitere Sekunden verstrichen. Masetti blickte Alison tief in die Augen und sie meinte, im Blick dieses Mannes zum ersten Mal einer tiefen Traurigkeit zu begegnen. Urplötzlich prustete Masetti dann jedoch laut los, so dass Alison zunächst nicht wusste, wie sie reagieren sollte, sich dann jedoch dafür entschied, der bizarren Situation zum Trotz einfach mitzulachen. Als sie dort saßen und lachten, wurde Alison klar, dass sie noch niemals einen Menschen nach so kurzer Zeit derart hingebungsvoll verabscheut hatte wie diesen Masetti und dass es ihr gut tat, endlich einmal einen Mann so vorbehaltlos und offen hassen zu dürfen, ohne sich umgehend selbst dafür Vorwürfe machen zu müssen.

Als Alison viel zu wenige Tage später mit leicht brummendem Schädel im Bett von Fabio Masetti erwachte, fühlte sie sich billig und schmutzig. Nicht nur hatte sie die Nacht ausgerechnet bei einem Mann verbracht, der sie bezahlte und der bei aller Ehrlichkeit Züge eines psychopathischen Irren aufwies, zu allem Überfluss hatte sie sich außerdem am Abend zuvor von Zuckerberg, einem schrulligen Kunstsammler in Forest Hills, übers Ohr hauen lassen. Als Zugabe hatte sie anschließend auch noch ein deprimierendes Familientreffen hinter sich bringen müssen. Dieser gestrige Tag fühlte sich mitsamt seinen diversen Tiefschlägen noch immer wie ein einziges Desaster an, so dass es komplett ins Bild passte, dass Alison sich abends als Trost oder Krönung oder auch beides zugleich von Masetti erst abfüllen und schließlich hatte beschlafen lassen. Da kam es für Alison nicht im geringsten überraschend, dass von Masetti selbst nun weit und breit jede Spur fehlte.

Ganz nach Gewohnheit kostete es Alison trotz schlechter Laune und Katerstimmung nur wenige Minuten, um halbwegs zurechtgemacht und fluchtbereit an Masettis Haustür aufzutauchen und den Schotterweg zu überqueren, um sich mit ihrem Dodge auf den Weg zurück nach Manhattan zu machen.

Auf der Heimfahrt wurde Alison von den ersten Erinnerungsfetzen des vorigen Tages eingeholt. Einem Tag, an dem zuerst der Kunstsammler Zuckerberg und anschließend ihre Familie wieder einmal alles aus ihr herausgeholt, zerknüllt und dann achtlos weggeworfen hatten.

Wie gewöhnlich hatte Alison in der Bedford Street direkt vor dem Wohnhaus ihrer Mutter keinen Parkplatz finden können, so dass sie ihren Dodge ein Stück weiter oben, in der Nähe des *Little Owl* abgestellt hatte. Als Alison am *Little Owl* vorbei zu dem Wohnhaus ihrer Mutter geschlendert war, hatte Masetti sie auf ihrem Handy angerufen und sich erkundigt, wie denn die Verhandlungen mit Zuckerberg gelaufen wären. Alison hatte am Vormittag zwar das von Masetti gewünschte Bild erworben, doch das zu einem derart grotesken Preis, dass sie sich schämte, Masetti mit der Abrechnung unter die Augen zu treten. Anstatt ihm die ganze unglaubliche Geschichte ihrer Niederlage aufzutischen, hatte sie also einfach nur ‚Vollzug!‘ in ihr Handy gerufen. Masetti hatte Alison daraufhin gebeten, doch sogleich zu ihm nach Glen Cove zu kommen, um die Neuerwerbung ‚probezuhängen‘, doch Alison hatte keine sonderlich große Lust verspürt, nach dem Besuch bei ihrer Mutter wieder bis nach Glen Cove fahren zu müssen. Und so hatte sie die Zuckerbergs und Masettis dieser Welt einfach aus ihrem Kopf verbannt, zumindest für eine kurze Weile, und sich ausschließlich auf das Wiedersehen mit ihrer Mutter und ihren Schwestern gefreut, auch wenn sie bei derlei Treffen wahrlich oft zu Boden gegangen war und viel zu viele Schrammen und Narben kassiert hatte.

Nach dem Aufstieg bis hoch in den vierten Stock zur Wohnung ihrer Mutter hatte Alison diese wie immer bereits mit Amy und Deborah an dem kleinen Tisch in der Küche sitzend angetroffen, und Alison war zum ersten Mal aufgefallen, wie seltsam es doch war, dass ausgerechnet sie, die Erstgeborene, anscheinend immer als Letztes zu ihren Familientreffen kam.

Als nun Alison hinzugestoßen war, hatten die drei etwas ungelenk und umständlich ihre Stühle verrücken müssen, um Platz für Alison zu schaffen und nun, auf ihrer Heimfahrt nach Manhattan und in ihrer Erinnerung, glaubte Alison, Deborah wieder beim gereizten Seufzen und Amy beim genauso genervten Rollen der Augen zu ertappen. So sehr sich Alison auf dieses Treffen gefreut hatte, so klar war ihr sogleich gewesen, dass an diesem Tisch nur Platz für drei Personen war, dass diese Küche, die gesamte Wohnung und überhaupt ihre ganze Familie immer nur für drei Frauen gemacht worden war.

„Es ist schwierig mit Pete“, hatte Amy just in dem Moment, in dem sich Alison dazugesetzt hatte, gesagt und Alison damit sofort an ihr bis dato letztes Treffen erinnert, bei dem sie alle miteinander auch auf dem Rücken von Amys Sohn Pete einen großen, sehr erdrückenden Streit ausgetragen hatten, bei dem sich Alison auf der einen und Amy, Deborah und ihre Mutter auf der anderen Seite des Raumes befunden hatten. Nun aber hatten sie alle beisammen am Tisch gesessen, Amy hatte begonnen, von ihrem Sohn zu erzählen und Alison hatte sofort beschlossen, sich diesmal zurückzuhalten. Sich nicht dazu zu äußern, dass Amy, genauso wie Deborah und sogar ihre Mutter, einen Haufen Komplexe mit sich herumschleppten, die sie unbewusst auf ihre hilflosen Söhne übertrugen. Doch je länger Alison dann stumm dort gesessen und den anderen bei ihren Gesprächen zugehört hatte, umso deutlicher war ihr geworden, dass es einfach kein Thema gab, bei dem sie sich elegant von der Seite hätte einklicken können. Wenn es nicht gerade um Neugeborene oder Teenager-Söhne ging, dann ging es um Windeln, um Anträge beim Sozialamt und um langjährige Beziehungen. Überhaupt drehten sich die Unterhaltungen immerfort um Männer, die irgendwann einmal dieses oder jenes zu Amy, zu Deborah oder zu ihrer Mutter gesagt hatten, was offenbar derart von Belang gewesen war, dass alle drei nun, Wochen, Monate oder auch Jahre später, entweder kopfschüttelnd oder aber auch lachend um diesen kleinen Tisch herum saßen, sich gegenseitig in ihrer eigenen Unfehlbarkeit bestärkten und somit zu einer Mauer verschmolzen, die Alison unüberwindbar erschien.

„So sehr ich es auch versuche", hatte Alison daraufhin traurig gedacht, „will ich mich an ihren Gesprächen und an ihrem Leben beteiligen, so geht das nur über den Streit. Ich hatte es für eine Laune des Moments gehalten, eine schlechte Phase, aber es ist wahr: Der Streit ist unser einziges Kommunikationsmittel. An diesem Tisch ist kein Platz mehr für Gemeinsamkeiten."

Und während Alison dort gesessen und all das gedacht hatte, waren ihr ganz unvermittelt die Tränen in die Augen geschossen. Nie hatte Alison in Gegenwart ihrer Schwestern und ihrer Mutter geweint – sie war überhaupt kein weinerlicher Frauentyp – doch nun schossen ihr einfach so die Tränen in die Augen. Ohne das Gesicht zu verziehen oder nach Art heulender Menschen in Schluchz- oder laute Atemgeräusche zu verfallen, hatte Alison also dort gesessen und sich doppelt geschämt, zunächst für ihre Unfähigkeit, zu ihrer eigenen Familie gehören zu können, dann für ihr Unvermögen, diese verdammten Tränen zurückzuhalten. Sogleich waren ihr diverse Erklärungen durch den Kopf geschossen, die sie ihrer Mutter, Amy oder Deborah geben konnte, sobald die Frage auftauchte, was es denn hier zu heulen gäbe. Doch je länger Alison dort saß und stumm mit den Tränen kämpfte, umso deutlicher wurde ihre Gewissheit, dass niemand sie fragen würde, ja dass vermutlich keiner von ihnen ihre Tränen überhaupt sehen konnte.

„Männer und Frauen passen einfach nicht zueinander", hatte Amy dann plötzlich gesagt. Und Alison, die diesen Satz schon hundert- ja vielleicht sogar tausendfach gehört hatte, wurde mit einem Mal von einer noch viel größeren Einsamkeit und Trauer ergriffen. Nie hatte dieser Pauschalsatz sie berührt, nie etwas ausgelöst in ihr. Nun aber schnürte er ihr so sehr die Kehle zu, dass Alison fast glaubte, daran ersticken zu müssen. Plötzlich begann sie, sich selbst als sehr unwirklich zu empfinden, als fände sie selbst auf eine absurde Weise einfach nicht statt, als wäre sie nur ein Gedanke, den nur sie dächte, eine Realität, die nur sie allein durchschreiten würde. Genau in diesem Moment war in Alison das Bedürfnis erwacht, an diesem Abend doch noch hinaus nach Glen Cove zu fahren und sich rücksichtlos von Masetti vögeln lassen zu lassen. Nein, nicht mit ihm schlafen wollte sie, keine Zärtlichkeit spüren, keine warmen Worte hören und auch keine Sentimentalitäten austauschen, sondern einen natürlichen Gewaltstoß erleben, einen sexuellen Akt nahe der Brutalität, einen Ritt, der sie aus dieser schrecklichen Unwirklichkeit, dieser erschreckenden Entfremdung holen konnte, um sie auf eine neue Umlaufbahn zu schießen – und sei es auch nur für einen kurzen, wollüstigen Augenblick.

Ganz ohne Streitereien war dieser Abend mit ihrer Mutter und ihren Schwestern verlaufen, kein lautes Wort hatte es gegeben, keine Tiefschläge, keine gegenseitigen Verletzungen – und dennoch war es das traurigste aller Treffen für Alison gewesen; eines, das sich nicht nur als Tiefpunkt, sondern auch als Endgültigkeit entpuppt hatte. Sie hatte sie sich hölzern von ihrer Familie verabschiedet, obwohl sie doch gerade erst gekommen war, war die vielen Treppenstufen nach unten gelaufen, hatte sich in ihren Dodge gesetzt und sich direkt auf den Weg nach Glen Cove gemacht.

Dabei hatte sie die ganze Zeit Masetti im Kopf gehabt, ihn in ihren Gedanken hin- und hergewendet, ihn zerlegt und wieder zusammengesetzt und ihn danach noch immer im Kopf gehabt. Völlig angefüllt von Masetti war Alison gewesen. „Alison fährt nach Glen Cove, um sich von einem schmierigen Italiener ficken zu lassen!", hatte sie sich daraufhin selbst zugerufen, um direkt danach in einen hysterischen Lachanfall auszubrechen.

WILHELM DRIEBUSCH WIDERFÄHRT DIE PANIK

Mitten in der Nacht, um etwa Viertel nach drei, bewegte sich ein Mann mit klaren und bewussten Schritten auf die große Eingangspforte zu. Weder sah er nach links, noch blickte er nach rechts, sondern fokussierte seine Sicht einzig und allein auf die große, in Chrom geschlagene Tafel vor sich. Kühl betrachtete er die zwanzig kleinformatigen Namensschilder und betätigte dann, mit einer geraden, sauberen und offenbar seit längerer Zeit geplanten Bewegung den Klingelknopf von Wilhelm Driebusch.

Driebusch selbst lag zu diesem Zeitpunkt, wie konnte es auch anders sein, oben, im vierten Stockwerk, in seinem Bett, weder richtig schlafend, noch richtig wachend. Untätig ließ er das stoisch-blecherne Geschrill des Klingelns an sich vorüberziehen, lauschte dann jedoch angestrengt in die nachfolgende Stille. Er wartete, ob vielleicht doch noch eine Aktion folgte, ein weiteres Klingeln, erste Schritte im Treppenhaus, ein Rufen, ein Klopfen oder gar, möglich wäre es ja, ein leises Kratzen, direkt an seiner Tür. Doch nichts geschah. Und so lag Driebusch einfach da und blickte in die Dunkelheit.

Aufzustehen und dem dort unten Klingelnden freiwillig zu öffnen, stellte naturgemäß keine Option dar, so dass er begann, auf der Suche nach einer möglichen Reaktion auf dieses Klingeln nach einer emotionalen Regung in seinem Körper zu fahnden. Zu seiner Verwunderung stieß er weder auf die verwirrte Überraschung des frisch Geweckten noch auf die nachvollziehbare Erzürnung eines brutal am Schlaf Gehinderten. Alles, was er an und in sich wahrnahm, war eine seltsam trügerische Ruhe. „Wie im windstillen Zentrum eines Orkans", sagte er sich, während er weiterhin lag und wartete und ins Schwarz seines Schlafzimmers starrte.

Nein, er war nicht überrascht oder erzürnt. Und erschrocken schon gar nicht. Dafür hatte er sich in den zurückliegenden Monaten zu sehr an diesen Gedanken gewöhnen können. Die

Gewissheit, dass schon bald jemand kommen und mitten in der Nacht bei ihm klingeln würde. Driebusch empfand diese Tatsache nun, wo er darüber nachdachte, doch als seltsam. Wann immer er sich genau diesen entscheidenden Moment ausgemalt hatte, den Moment, in dem mitten in der Nacht jemand zu ihm kommen und klingeln würde, hatte er sich in dieser Vorstellung zusammenzucken sehen, verstört und panisch um Hilfe schreiend. Nun aber, kurz nachdem also tatsächlich jemand gekommen war, um mitten in der Nacht den Klingelknopf zu betätigen, war alles komplett anders, verhielt vor allem er selbst, der doch sonst so ängstliche Immobilienkaufmann Wilhelm Driebusch, sich völlig bizarr. Denn nun lag er einfach nur bewegungslos in seinem Bett, dachte wenig, fühlte fast gar nichts und war allenfalls verwundert darüber, dass er so gar nicht verwundert war.

„Die Angst vor der Angst ist immer größer als die Angst als solche", hatte er wenige Tage zuvor einmal zu jemandem etwas arglos dahingeplappert. Doch jetzt, in diesem Moment, und so kurz nachdem wirklich und wahrhaftig jemand den Klingelknopf betätigt hatte, bemerkte er, dass ihm jegliche Panik fehlte, dass seine fraglos vorhandene Angst sich somit nicht wild und ungestüm entfachte, sondern wie zubetoniert unter einer betäubenden Schicht aus Anspannung und Konzentration begraben lag.

Natürlich hatte er sie erwartet, hatte gewusst, dass es mitten in der Nacht sein würde, wenn sie dann endlich kommen würden, um unten an der Pforte zu läuten. Ebenso natürlich hatte er dieses klar strukturierte Wissen um ihr baldiges Klingeln im Laufe der zurückliegenden, dann doch sehr ereignislosen Wochen derart überreizt, dass es sich schließlich jeglicher Neutralität entledigt hatte, um stattdessen in die Form und Farbe einer perfiden Sehnsucht zu driften. Der absurden Sehnsucht, dass sie doch bitte endlich kommen und klingeln mögen, mitten in der Nacht um ihn, Driebusch, ein für alle Mal von diesen Qualen zu erlösen. Lustig, flackerte es ihm durch den Kopf, während er noch immer dem ereignislosen Nachhall des ersten und einzigen Klingelns lauschte: Ich habe Angst und fühle mich zugleich einer Befreiung nahe. Sie kommen, um mich zu holen und ich, ich werde einfach nicht panisch, sondern möchte stattdessen viel lieber wahnsinnig vor Glück werden.

Da Driebusch sich den gesamten Ablauf ihrer nun folgenden

Aktionen nicht nur wieder und wieder ausgemalt, sondern ihn sogar aufgeschrieben und in epischer Länge in Texte gefasst hatte, stand ihm klar vor Augen, was nun passieren würde. Ich stehe ihnen wehrlos gegenüber, dachte er. Seit so vielen Jahren bin ich nun schon dazu verdammt, im Strudel ihrer Willkür zu überleben, mich ihrer nicht zu entschlüsselnden Planlosigkeit zu unterwerfen, wieder und immer wieder. Aber nun wird all das ein Ende nehmen, wir gelangen auf die Zielgerade, ich und sie, in Abneigung und Feindschaft vereint.

Wilhelm Driebusch hatte sich im so zähen Laufe der Zeit wahrhaftig alle möglichen Szenarien sehr ausgiebig und detailliert vorgestellt. Alles, was folgend auf das nächtliche Klingeln Realität werden konnte, war ihm bereits als reichlich ausgeschmückte Illusion mehrfach durchs Hirn gewandert. Natürlich war ihm bewusst, dass er all die vielen Situationen etwas unglaubwürdig hatte werden lassen, indem er sie just um jenen unentrinnbaren Teil der Phantasie angereichert hatte, der derart düster und verworren war, dass nicht einmal seine Gegner in der Lage wären, das Ganze präzise umzusetzen. Doch um Realismus und Machbarkeit ging es Driebusch nicht, wenn er sich in seinen Vorstellungen in die Niederungen wilder Gewaltexzesse begab. Alles, was er wollte, war: vorbereitet sein. Auf alles, das Plausible im Allgemeinen und das weniger Plausible im Speziellen.

Nur auf diese Weise, so hatte er einige Tage zuvor dementsprechend auch in sein Notizheft gekritzelt, *nur durch meine ständige und hochkonzentrierte Beschäftigung mit ihnen und dem, was sie planen oder planen könnten, ist meine weitere Existenz gewährleistet. Mein ganzes Dasein hängt davon ab, mich keinesfalls von ihnen überraschen zu lassen und ihnen, wenn es denn so weit ist, ins Gesicht sagen zu können: Ich wusste, dass es so kommt.*

Bevor jemand also unten an die Pforte getreten war, um gegen Viertel nach drei und somit wahrhaftig mitten in der Nacht den Klingelknopf von Wilhelm Driebusch zu betätigen, hatte dieser bekanntermaßen nicht geschlafen. Stattdessen war er nach einem langen Abend, der sich, angefüllt mit vielen dunklen Vorahnungen, um ihn gelegt hatte, in einen Dämmerzustand gefallen, der sich, aller Anspannung zum Trotz als unerwartet wohlig erwiesen hatte. Wie lange er so vor sich hingedümpelt hatte, war schwer zu beziffern.

Sie klingeln wirklich nur ein einziges Mal, überlegte er, während er sich die stockdunkle Wand vor seinen Augen besah. Sie klingeln nur ein einziges Mal und entziehen sich gerade dadurch und von vornherein jeglicher Aufgeregtheit, ja lassen mir nicht einmal den Triumph eines im Affekt übermittelten Zorns, so nüchtern gehen sie vor, so trocken. Nur ein einziges Mal betätigen sie den Klingelknopf und sie tun es wie beiläufig, ohne Energie, ohne Adrenalin. Sie sind nicht zornig, und ich bin nicht zornig und dennoch ist unser Aufprall nicht verhandelbar, bemerkte Driebusch leicht amüsiert und hoffte, dass ihm dieser Gedanke auch in wenigen Tagen noch einmal in den Sinn kommen würde – so er denn dann überhaupt noch am Leben sein sollte. Ihr Klingeln erschien ihm in dieser zur Schau gestellten Energie- und Kraftlosigkeit als fast schon unmotiviert. Und doch war mir, so sinnierte er ziellos vor sich hin, als wolle ausgerechnet dieses schwachbrüstige Schrillen der Türglocke einfach nicht enden. Es mögen nur zwei Sekunden gewesen sein, spekulierte Driebusch, allenfalls drei. Doch für einen wie mich, der keinen Schlaf mehr findet, der ewig wacht und auf sie wartet, für den entsprechen zwei Sekunden exakt einer halben Ewigkeit.

Er bemerkte selbst, wie er ins Schwadronieren kam, wie sich Ahnungen zu kaum haltbaren Assoziationsketten verbanden. Zeiträume, die Driebusch als Minuten auszumachen glaubte, begannen damit, über seinem Bett ihre abstrakten Bahnen zu ziehen. Langgezogen und zäh, als wären es ganze Viertelstunden, flossen sie über seine Haut, eine nach der anderen und erzeugten dabei Schweiß und üblen Geruch auf seinem Körper. Das ist die Beklemmung, flüsterte Wilhelm Driebusch, es hat gedauert, aber nun ist sie doch noch gekommen.

Er nahm wahr, dass sein Schlafzimmer bestialisch zu stinken begann. Ein Gestank, den er sofort erkannte, war es doch der Geruch der Verfaulenden und Verwesenden, der von seinem Bett aus einen morbiden Siegeszug durch seine Wohnung antrat. Ich übertreibe, sprach er sich selbst zu, hier stinkt gar nichts, ich illusioniere, ich halluziniere. Ich weiß, dass ich halluziniere, auch das habe ich doch vorausgesehen, als ich diese Situation durchdacht habe, gestern, vergangene Woche, vergangenen Monat.

Ekel überkam ihn, und obwohl er doch alles gewusst und alles vorausgeahnt hatte, wagte er nun kaum noch, sich zu bewegen.

Angestrengt lauschte er hinaus, lag auf seinem Laken und trug sein Gehör erst hinüber zum Fenster, dann hinunter auf die Straße. Dann trug er es den gleichen Weg wieder zurück, einmal quer durch seine Wohnung, zur Tür und in den Hausflur hinaus. Er meinte, Stimmen zu hören, dort unten auf der Straße. Es waren ihre Stimmen, kein Zweifel, er erkannte sie sofort. Es war der Klang exakt jener Stimmen, von denen Driebusch immer gewusst hatte, dass er sie irgendwann einmal mitten in der Nacht vernehmen würde. Zwei oder drei von ihnen, so vermutete er, warteten unten auf dem Gehweg. Ein weiterer saß wahrscheinlich in einiger Entfernung am Steuer eines Wagens, der seinen Berechnungen und Ahnungen zufolge ein Volvo sein musste. Und auch das Treppenhaus hielten sie zweifellos von einem ihrer Schergen besetzt.

Eine halbe Ewigkeit, gesponnen aus der diffusen Vermengung von blühender Phantasie und blockierender Wirklichkeit, verstrich. Erst als Wilhelm Driebusch sich eingestand, dass seine Beklemmung von exakt der gleichen Größe und Beschaffenheit war wie seine prinzipielle Nicht-Angst, genauso ambitioniert, genauso gewollt und genauso erdacht, wagte er endlich wieder, sich zu rühren. Ich schiebe Filme, murmelte er, löste sich von seiner klebrigen Schlafstatt und schlich durch die Düsternis seiner Wohnung hinüber zum großen Küchenfenster. Direkt an der Tapete schritt er entlang, hielt sich verborgen und wirkte schließlich, als er zum Stehen kam, mehr als Teil der Wand als ein am Fenster Stehender mehr als Stein und Gemäuer als ein Atmender und Schauender.

Auf der anderen Straßenseite, dort, wo bis zum Februar noch der Heimwerkermarkt untergebracht war, erspähte er einen Mann und eine Frau. Der Mann trug einen Hut, so dass Wilhelm Driebusch in der Dunkelheit sein Gesicht nicht erkennen konnte. Auch die Statur erinnerte ihn an keine ihm bekannte Person.

Doch sie, sie erkannte Driebusch dafür sofort. Die glatten Haare, die grazile, aufrechte Haltung, die zarten Bewegungen. Zwar rührte sie sich kaum und verharrte stumm vor dem leeren Schaufenster des ehemaligen Heimwerkermarktes, direkt neben dem Mann mit dem Hut, doch stand es vollkommen außer Frage, dass sie es war. Wer sonst hätte nachts vor seinem Fenster stehen sollen, wenn nicht eben sie, die er erwartet hatte und von der er doch genau ein solches Verhalten vorhergesagt hatte.

Mit einem Mal und auch für ihn überraschend fuhr Driebusch wieder das Verlangen durch die Glieder. Jenes alte, gottverdammte Verlangen. Er erkannte es sofort, nichts hatte es von seiner Präzision verloren, nichts von seiner rigorosen Bevormundung, der scheinheiligen Verzückung und dem stummen Gesang. Es fuhr ihm durch sämtliche Glieder, gesellte sich zu seiner Beklemmung und begann, ihm die Kehle zuzuschnüren. Können sie mich sehen, fragte er sich, bemerken sie mich, wie ich hier stehe und sie beobachte?

Er war sich sicher, dass zumindest sie ihn orten konnte. Ihr grotesker Hass, ihr Wille und ihre Sehnsucht, ihn zu vernichten, all das hatte dieses Talent für Ortung in ihr hervorgebracht.

Driebusch stand am Fenster und rang nach Luft, versuchte, jenem unentrinnbaren Zustand aus Beklemmung und Verlangen zu entkommen, der ihn einer Ohnmacht nahe brachte. Er hörte sein eigenes Röcheln, vernahm das Quietschen seiner Lungenflügel und bemerkte, wie sich das Dunkel seiner Wohnung mit dem Schwarz vor seinen Augen vermengte. Langsam löste er sich vom Fenster, glitt so lautlos wie möglich durch die Küche, in den Flur bis hinüber zu seiner Wohnungstür.

Durch den Spion blickte er hinaus, direkt ins Treppenhaus. Unten, im zweiten Stock, hatte jemand die Treppenhausbeleuchtung eingeschaltet. Driebusch nahm den schwachen Lichtschein wahr, jedoch keinerlei Geräusch. Auch sein Ohr hielt er an den Spion, was ihm zunächst widersinnig, dann jedoch vollkommen logisch vorkam. Durch diesen Spion seiner Wohnungstür lauschte er hinaus, doch nicht ein einziger Laut drang zu ihm durch, was ihm Beweis genug dafür war, dass sich auch dort wie erwartet jemand versteckte, sind doch weder die vollkommene Leere noch die vollkommene Stille so lautlos wie jene Menschen, die sich heimtückisch zu verbergen trachten. Je leiser es in einem Raum ist, dachte Driebusch, desto mehr niederträchtige Personen befinden sich darin.

Für einen kurzen Augenblick zog er in Erwägung, die Polizei zu rufen, musste dann jedoch, durch all seine Beklemmung hindurch, über diesen Einfall schmunzeln. Was könnte ein Schuldiger wie er dem Kommissar schon sagen? Dass dort unten eine Frau und ein Mann stünden und er, der moralisch und juristisch schuldige Immobilienkaufmann Wilhelm Driebusch, sich wünsche, von der

Staatsmacht geschützt zu werden? Geschützt vor zwei bedrohlichen Individuen, die bitte sofort zu verhaften seien aufgrund Beklemmung verursachenden Herumstehens vor dem leeren Schaufenster eines ehemaligen Heimwerkermarktes? Oder aber, dass er, der Kommissar, sich doch bitte sofort mit einer Hundertschaft auf den Weg machen möge, um die gesamte Gegend zu durchkämmen, da ganz sicher irgendwo ein Mann in einem Volvo zu finden sei? Nein, niemand wusste so gut wie Driebusch, dass der Urcharakter von Bedrohung gerade darin lag, so entsetzlich klar auf der Hand zu liegen – und dennoch weder beweisbar, noch abwendbar zu sein. Bedrohung ist stets der Beginn von Wahnsinn, räsonierte Driebusch in die Stille und die Dunkelheit des Raumes hinein. Wie ich es auch drehe und wende, ich spüre, nein, ich weiß, dass ich auf mich allein gestellt bin. Dass es keine Hilfe geben wird, von niemandem, von nirgendwo. Und dass nicht einmal Flucht mir helfen kann. Der Tod, mein Tod, ist keine fixe Idee und keine desaströse Plage mehr, sondern, nach all den vielen Monaten des Wartens, eine Gewissheit. Ich fürchte mich und spüre doch den Hauch der Erlösung. Das ist die Panik. Zu wissen, dass ich nicht mehr schwadroniere, nicht mehr irre an mir selbst werde. Sondern richtig liege mit meinen Ahnungen.

Dem Todesgeruch seiner Wohnung ausweichend begab er sich von einem Zimmer ins nächste, ließ Momente verstreichen, vielleicht wenige, vielleicht viele. Dann schob er – laut und vernehmlich klackend – die vielen Riegel seiner Haustür zurück und öffnete sie. Ein leichtes Quietschen erklang, als wäre es ein Geisterhaus, in dem er seit Monaten ausgeharrt hatte. Sperrangelweit ließ er die Tür offen stehen, sah hinaus in den kahlen Treppenaufgang und sprach dann hinunter, mit fester Stimme: Ich bin so weit.

Er bekam keine Antwort. Einige Minuten lang stand er auf der Stelle und rührte sich nicht vom Fleck. Er spürte, wie es ihn immer weiter in seine erlösende Panik hineinzog. Alles an seinem Verhalten erschien ihm falsch, sein ehemaliges Vorgehen, als er den Grundstein für ihre Sehnsucht, ihn erst zu quälen und dann zu vernichten, gelegt hatte. Sein sich selbst auferlegter Terror, dem er in den vergangenen Monaten keinerlei Einhalt geboten und dem er sich geradezu bereitwillig angeboten hatte. Auch sein jetziges irrsinniges Verhalten eines von Paranoia vollkommen zerfurchten Menschen, der nun bereit war, sich lieber freiwillig zerstören zu lassen, anstatt weiterhin nur davon zu träumen, eines Tages zerstört werden zu können.

Auf der Couch angekommen schwanden Driebusch wieder die Sinne. Die Tür hatte er offen gelassen, in seinem Rücken spürte er sie nun klaffend wie eine Wunde. Schließlich, als seine eigenen Gedanken begannen, ihn in die Bewusstlosigkeit zu geleiten, hörte er Schritte. Driebusch spürte, wie er Adrenalin ausstieß, literweise, eimerweise. Ein stetiger Luftzug streifte durch seine Wohnung, ein Luftzug, der die Haustür jedes Mal in leichte Bewegung versetzte und Driebuschs Gedanken so mit einem weiteren geisterhaften Quietschen versorgte.

Als sie näher kam, vernahm er neben den Schritten auch ihren Atem. Sie röchelt genauso wie ich, dachte er mit den letzten Resten Vernunft, die ihm geblieben waren. Sie ist die Jägerin, ich bin der Gejagte, und doch verbindet uns das gleiche Röcheln. Und hinter diesem Röcheln, der gleiche Wahnsinn, das gleiche Warten. Und wer weiß, vielleicht gar die gleiche Schlaflosigkeit.

Ein gusseisernes Geräusch ertönte hinter ihm, als wenn Ketten aneinander rieben. Dann ein blechernes Klicken. Driebusch verharrte auf seinem Platz, mit dem Rücken zur Tür und widerstand dem Gefühl sich umzudrehen, nachzusehen, auf Flucht oder Angriff überzugehen. Der Klammergriff der Panik schnürte ihm die Kehle zu, doch nach seinem ewigen Versteckspiel fühlte sich selbst das wie ein Geschenk Gottes an. Kurz fragte er sich noch, was sie vorhaben könnte. Würde sie ihn erschlagen? Oder erstechen? Würde sie ihm, nach all den schrecklichen Dingen, die er ihr zuvor angetan hatte, ein qualvolles Ende bereiten? Oder würde es doch die Bewusstlosigkeit sein, die ihn zuvor erlösen würde?

Bestrafung war das letzte Wort, das Wilhelm Driebusch im Kopf hatte. Und als sie ihn fanden, viele Tage später und an einem weit entfernten Ort, trug er ein Lächeln im Gesicht. Zunächst fiel es sogar den Gerichtsmedizinern schwer, all die Male an seinem Körper zuzuordnen, den wirklichen Grund für den Tod des Wilhelm Driebusch herauszufinden. Doch selbst die, mit all ihrer Erfahrung und ihrem fachlichen Wissen, sahen anhand seines Gesichtes, dass alles seine Richtigkeit gehabt haben musste und dass Opfer und Täter noch viel enger miteinander verbunden gewesen waren, als sie es sich jemals vorgestellt hatten.

VON TRAURIGER GESTALT

Da sitzt er. Die Arme gefesselt, der Kiefer gebrochen. Und grinst, lacht mich aus. Er kann meine Hände nicht sehen, ich habe sie tief in meinen Hosentaschen verborgen. Doch wenn er nicht bald redet, werde ich sie ihm zeigen, meine Hände. Und dann wird er sehen: Es sind noch immer Fäuste. Fäuste, die ich weiter zu benutzen weiß. Es ist sein Gesicht und seine Schmerzen, nicht meine. Mein Puls rast, mein Hemd klebt mir am Körper. Ich rieche mich selbst, rieche meinen Schweiß und den Alkohol – die schlaflosen Nächte fordern ihren Tribut. Ich schlafe nicht mehr ein, ich schlafe einfach nicht mehr ein. Lege mich abends hin, stehe nach wenigen Minuten wieder auf, hole mir ein Bier aus der Küche, trinke und lege mich wieder hin. Und stehe nach wenigen Minuten erneut auf, gehe hinunter in die Bar, kippe drei, vier Schnäpse und gehe wieder nach oben in meine Wohnung. Und schlafe immer noch nicht ein. Diese verdammte Rastlosigkeit, ich bekomme sie einfach nicht mehr aus mir heraus. Früher habe ich hervorragend schlafen können, überhaupt nicht wach bekommen hat Magda mich manchmal, so tief und so fest habe ich schlafen können. Früher.

Und er? Er sitzt dort und grinst, grinst und weiß noch immer nicht, dass er sich in akuter Lebensgefahr befindet. Schließlich habe ich schon Menschen getötet, damals, in jener anderen Zeit. Einen wie ihn mache ich mit drei Handgriffen kalt. Die Ausführungen und Muster dazu sitzen noch immer, sind integraler Bestandteil meines Bewegungsablaufs. Abend für Abend trainiere ich sie, diese Griffe, die töten können. Auch wenn ich sie seit über zwanzig Jahren nicht mehr gebraucht habe, ich beherrsche sie noch und bin bereit sie einzusetzen.

Er grinst, wie ein Wahnsinniger sitzt er da und grinst mich durch seinen von mir mit zwei schnellen Bewegungen gebrochenen Kiefer hindurch an. Er muss irre sein, anders geht es gar nicht, denn wäre er normal, wären wir jetzt nicht hier. Er sieht so erschreckend durchschnittlich aus. Seltsam, die Normalsten sind immer die Wahnsinnigsten. Wenigstens eine Sache, die schon früher so war – und die bis heute so geblieben ist.

Ja, ich könnte ihn töten, diesen Verrückten – und niemand würde mich dafür vor Gericht stellen, denn Menschen wie er sind ein Geschwulst, das über die Stadt, über dieses Land gekommen ist. Früher, in der anderen Zeit, da gab es Verirrte und Verwirrte. Doch solche Wahnsinnigen, die gab es nicht. Jetzt aber trifft man sie an jeder Straßenecke. Das ganze Land ist voll mit dieser Art von Wahnsinnigen. Töte ich ihn jetzt, so befreie ich unser Land. Schließlich ist Mord nicht immer amoralisch. Seine Morde ja, meine Morde nicht. So einfach kann es manchmal sein.

Ich denke an Magda. Ich denke an die Kinder. Die Fäuste in meiner Hosentasche vergraben denke ich an sie. Blut wird fließen. Blut soll fließen.

Da sitzt er, gefesselt auf seinem Stuhl. Und grinst. Und ich bin noch immer voller Kraft, voller Adrenalin und ja, auch der Alkohol gärt noch immer irgendwo tief in mir vor sich hin und zeigt mir, dass ich noch am Leben bin. Es ist der Schnaps, der mich am Leben hält, Blut belustigt mich, aber Schnaps hält mich am Leben, Tag für Tag, Nacht für Nacht.

Vier Frauen hat der Saukerl umgebracht seit Jahresbeginn. Jeden Monat eine, Januar, Februar, März und April. Einen tollen Kalender scheint das zu ergeben, jede Frau, grausam gestorben auf eine andere Art. Miss Januar, wie ich sie getauft habe, hat er bei lebendigem Leibe langsam, sorgfältig und höchst sauber den Kopf abgetrennt, Miss Februar hat er die Bauchdecke aufgeschnitten, ihr Insekten in die Eingeweide gesetzt und sie dann wieder zugenäht. Jämmerlich verreckt sind sie alle, Miss Februar aber ganz besonders. Miss März hat er fast schon fachmännisch die Arme und Beine amputiert, die Zunge abgeschnitten und sie dann im Wald ausgesetzt. Oder besser: ausgelegt. Sie hat Glück gehabt, ihr Todeskampf hat zwar mehrere Tage gedauert, schließlich und endlich ist sie aber einfach nur verhungert. Und da sitzt er nun mit seinem gebrochenen Kiefer und grinst. Mein Hemd, es stinkt so widerlich nach Schweiß, Alkohol und der Schlaflosigkeit von mindestens vier Nächten. Würde mir nicht schon schlecht werden von diesem Scheusal und Nicht-Menschen, wie er da mit seinem gebrochenen Kiefer sitzt und grinst, mir könnte glatt schlecht von mir selbst werden. Seit vier Nächten habe ich nicht mehr geschlafen, seit mindestens fünf oder sechs Tagen nicht mehr geduscht. Und wann habe ich das letzte Mal eine Frau gehabt? Eine, für die ich nicht bezahlen musste? Es fühlt sich an, als wäre es Jahre her. Was für ein Widersinn, Kerle mit Geld brauchen für Frauen nicht zu bezahlen, jede dahergelaufene Diskothekenschlampe wirft sich ihnen freiwillig an den Hals. Aber ich? Habe keinen Cent in der Tasche und muss genau deswegen Geld für Frauen ausgeben. Für eine Handvoll faulen Fleisches, ein billiges Lächeln – und viel zu viele erlogene Worte. Doch all das wird sich ändern. 500 000 Euro dafür, dass ich diesen Nicht-Menschen ausfindig gemacht habe. Und noch mal 500 000 dafür, dass ich ihn kalt mache. So wie er vier unschuldige Frauen ermordet hat, muss ich ihn nur beseitigen und bin auf einen Schlag Millionär. Wäre da nicht diese harte Faust in meiner Tasche, ich könnte fast lachen. Zwanzig Jahre habe ich auf der Verliererseite gestanden, zwanzig Jahre geflucht und mir das Hirn weggesoffen. Alles habe ich verloren in diesen Jahren, alles. Und jetzt – Millionär. Dieser verdammte Kapitalismus, er macht uns alle irre. Aber er funktioniert, denn ich stehe hier, mit der Faust in meiner Tasche und werde diesen Typen umbringen, langsam und grausam. Niemand wird mich daran hindern können, im Gegenteil, ich werde ein Volksheld sein. Und Millionär. Und dann werde ich mir alles zurückholen. Magda wird sich nicht mehr abwenden können, die Kinder werden mich wieder „Papa" rufen. Es wird alles wie früher werden. Wie früher. Alles wird gut, endlich wird alles wieder gut.

Es gibt Tage, da bin ich meine Wirbelsäule. Ich wache auf, langsam und schwerfällig und weiß gleich vom ersten Moment – dies ist einer dieser Tage, an dem ich meine Wirbelsäule sein werde. Ich werde nicht mein Kopf sein, also auch nicht meine Augen und mein Gehirn, und auch mein Bauch werde ich nicht sein, sondern den ganzen Tag lang werde ich meine Wirbelsäule sein. Jeder einzelne Wirbel wird mir gegenwärtig sein, wann immer ich mich krümme, wann immer ich meinen Hals bewege. Tage, an denen ich meine Wirbelsäule bin, sind die schlimmsten. Denn was immer ich tue – immer habe ich meine Wirbelsäule im Sinn. Und den Gedanken, sie könnte brechen. Einfach brechen, auseinanderspringen. Oder sogar zusammensacken. Für mein Alter bin ich enorm fit, erst recht, wenn man bedenkt, wie viel Alkohol ich trinke, besinnungslos in mich hineinschütte. Ja, ich bin fit, und es gibt nicht wenige Menschen, die ich an den robusten TV-Kommissar Schimanski erinnere. Doch an den Tagen, an denen ich meine Wirbelsäule bin und mein Bewusstsein sich zwischen all den Wirbeln dort hinten einnistet, an diesen Tagen komme ich kaum aus dem Bett. Aus Angst, aus Panik, aus einer absoluten Verwundbarkeit heraus. Eine jede Bewegung könnte die letzte sein, der Rollstuhl wartet schon, irgendwo dort draußen.

Und er, dieser Unhold, er sitzt dort und grinst. In dem Moment, in dem ich ihm den Unterkiefer gebrochen habe, habe ich das Knacken gleich gespürt. Mein Haken war ein Paradeschlag, nur wenige Muskeln wurden beansprucht, dafür aber meine verdammte Wirbelsäule. Geknackt hat sie, dabei habe ich schon so effektiv zugeschlagen, so kraftsparend. Ich werde langsam zu alt für all das hier. Es knackt bei jedem Schlag, bei jedem Gedanken gar. Meine Zeit läuft ab, wann immer ich meine Wirbelsäule bin, spüre ich, wie meine Zeit abläuft. Magda, die Kinder. Es ist ein Kampf gegen die Zeit. 500 000 sofort, weitere 500 000 später. Wo kommt nur all das Geld her? So viel Geld. Ich kämpfe mein ganzes Dasein lang, hart, unerbittlich schlägt mir das Leben mit jedem neuen Tag ins Gesicht. Ich biete ihm die Stirn, habe mich nie unterkriegen, nie gänzlich zerstören lassen, und doch hat sich mein täglicher Kampf nie in solchen Summen ausgedrückt. Warum nicht? Bin ich ein schlechterer Mensch? Oder schlage ich einfach nicht fest genug zu, hauen diejenigen, die einfach so eine Million an einen Typen wie mich verschleudern können, vielleicht doch besser zu? Sind sie stärker, wirklich stärker? Magda, die Kinder. Ich bin aufgewacht und habe meine Wirbelsäule gespürt und gleich gewusst, dass ich diesen Tag hassen werde. Darum habe ich ihm auch den Unterkiefer gebrochen. Weil ich diesen Tag hasse, weil ich es hasse, meine Wirbelsäule zu sein. Es macht mir Angst, diese gottverdammte Angst. Ich sei Schimanski, sagen sie. Statt Duisburg zwar Berlin-Marzahn, sagen sie, aber ansonsten – Schimanski. Ich lächle, wenn sie das sagen, fühle mich tatsächlich geehrt.Götz George sieht verdammt gut aus, er ist unglaublich vital, ja genau: vital. Aber ob er auch den Rollstuhl sieht und das Knacken seiner Wirbelsäule vernimmt, wird nie gesagt, nie in den Filmen gezeigt. Aber ich, ich höre es, in jeder gottverdammten Folge meines Lebens höre ich dieses Knacken meiner Wirbelsäule, bin meine Wirbelsäule, spüre den Countdown. Der Wodka, er hat geholfen. Kaum zehn Uhr morgens, und schon hat er heute da gestanden, der Wodka. Wie so oft. Es ist wirklich seltsam, ich habe nie Geld, weiß kaum, wie ich die nächste Miete bezahlen soll – aber Wodka ist immer genug in der Wohnung. Immer. Sieht aus wie stilles Wasser, wenn man ihn am Abend zuvor in ein Glas umfüllt. So trinke ich ihn auch – wie Wasser. Spüle sogar meine Tabletten damit runter.

Doch was sind Wodka und Tabletten am Morgen gegen vier ekelhafte Morde, wie er sie begangen hat? Denn da sitzt er. Und grinst. Und mir dröhnt der Schädel. Wenigstens spüre ich mich noch, auch wenn es nur ein nervtötendes Dröhnen im Schädel ist, das mir noch den Beweis dafür gibt, dass ich lebe. Und höre ich genau hinein in dieses Dröhnen, dann stelle ich fest, dass es gar nicht nur in meinem Schädel ist, sondern überall. Mein ganzer Körper, ein einziges Dröhnen, eine einzige Sirene, ein einziges großes Alarmgeheul. Wo befindet sich ein Mensch eigentlich? Man sagt, die Augen seien der Spiegel der Seele, aber das ist Quatsch. Ich sage *meine Füße*, sage *mein Bauch*, sage sogar *mein Kopf*. Aber wo bin ich, verdammt? Die Kinder würden wohl sagen, ich bin in meinem Schreien, im Streit und in den unhaltbaren Vorwürfen, die meine Ehe mit Magda zerstört haben. Meine Kollegen von damals, sie hätten wohl gesagt, ich bin in meiner Faust oder in meinen Oberarmen. Jiri würde wohl sagen, ich bin in meinem Hals, in meinem Rachen, auch ein wenig in der Zunge, wenn sie den Schnaps und den Wodka in mich hineinbefördert. Und Magda? Was würde Magda sagen? Ich habe sie nie gefragt. Habe sie nie gefragt, *wo ich bin*, ihrer Ansicht nach. Ich habe gerufen, geschrien, gebrüllt. Auch verdammt habe ich sie. Ich war wie ein Löwe, habe sie verteidigen, beschützen wollen. Doch noch währenddessen ist sie in meinen Armen fast verreckt. Jämmerlich kaputtgegangen. Was hätte Magda wohl gesagt, hätte ich sie nur ein einziges Mal gefragt, *wo ich bin*. Ich hätte sie fragen sollen, warum nur habe ich sie nicht gefragt? War es etwa jene allseits bekannte Männerangst davor, Schwäche zu zeigen? Meine Orientierungslosigkeit zu offenbaren? Der Frau, die ich bis heute liebe, zu gestehen, dass ich nichts weiß, außer dass Schatten und Dunkelheit um uns herum sind? Ich hätte sie fragen sollen, in meiner Armbeuge, in die sie sich vor all den Jahren so gerne geschmiegt hat: *Magda, wo bist du und wo bin ich?* Doch ich war zu sehr damit beschäftigt, ein Löwe zu sein und vor den Tagen zu fliehen, an denen ich meine Wirbelsäule bin.

Und er? Sitzt dort und grinst vor sich hin. Vier Morde und grinst. Ich werde jeden einzelnen Mord aus ihm herausprügeln. Seine Gesundheit oder irgendwelche Menschenrechte interessieren mich einen Dreck. Um uns hat sich nach 1989 doch auch keiner geschert. Überrollt wurden wir, vielleicht nicht von Panzern, aber doch überrollt und das brutal. Und sie alle haben applaudiert, die ganze Welt hat zugesehen, wie wir überrollt wurden und sämig gegrinst dabei, genauso, wie er hier sitzt und sämig grinst. Geklatscht haben sie alle und uns dann ihren bigotten Freiheits-Scheiß zu fressen gegeben. Auf der Mauer gestanden und *Looking for Freedom* gesungen hat David Hasselhoff, und am Ende ist sogar er zu einem abgewrackten Alkoholiker geworden wie ich, Sieger und Besiegte, zumindest im Untergang sind wir alle vereint.

Und er sitzt hier und grinst, denkt offenbar, ich wäre an gewisse Bestimmungen gebunden, denkt vielleicht an seine Rechte. Rechte. Vier Morde, grausamer als alles, was ich jemals getan habe und verlangt nach Rechten. Das ist das neue Deutschland, schützt die Täter mit Rechten. Was hätten wir früher mit diesem Drecksack gemacht. In Zwickau, im Frühjahr 1983, hatten wir einen ähnlichen Fall. Beweise gab es nicht, brauchten wir auch nicht. Alle waren stolz auf meine *Überredungskünste*. Auf meine Art der Strafverfolgung. Wir wussten, wonach wir suchten, wir hatten Ziele, nichts zerfledderte, nichts verzettelte sich schon im Ansatz in sich selbst, es gab schwarz und es gab weiß, und es gab falsch und es gab richtig und ich stolz mittendrin, mit Magda und Anna, gerade geboren. Ich habe keinen Fehler gemacht, nie habe ich einen Fehler gemacht. Alles ist mir immer nur passiert. Ja, ich trinke, hauche mein Leben eigenmächtig aus, aber ich schwöre bei mir selbst, der einzigen Instanz, der ich noch glauben kann: Nie habe ich einen Fehler gemacht, und moralisch bin ich auch immer gewesen. Sie stellen es heute gerne so hin, als wären wir ein Haufen durchtriebener Schwachköpfe gewesen damals, doch damit verdrehen sie die Tatsachen und verschleiern ihre eigene Niederträchtigkeit, lenken davon ab, dass ihr eigenes System das viel perfidere ist. In Zwickau, 1983, hatten wir einen ähnlichen Nicht-Menschen gestellt, einen Vergewaltiger, einen Unschuldigen-Töter. Man sieht es ihnen nicht an, sieht es ihnen nie an.

Ich könnte ihm jetzt die Fesseln lösen und er hätte noch immer keine Chance, seine zwei Arme sind wie ein Arm von mir, wenn überhaupt. Und dennoch grinst er. Warum nur grinst er so? Weiß er vom Wodka? Kennt er vielleicht sogar Magda? Ja, es ist die vollendete Paranoia, die ich hier mit mir herumschleppe. Sogar ein versoffener und gescheiterter Stasi-Offizier wie ich verfügt über genügend Selbstreflexion, um das zu erkennen. Paranoia, alles in meinem Kopf. Während ich meine Wirbelsäule bin, besetzt er meinen Kopf. Er ist aus dem Westen, Massenmörder sind immer aus dem Westen. Ich weiß um meine Intelligenz, aber er, er hat den Akademiker-Titel und das Doktoren-Elternhaus. Ich kann mich auf den Kopf stellen, die Bilder vergehen nicht. Fickt er vielleicht Magda? Irgendjemand muss sie ja schließlich ficken, seit ich es nicht mehr darf. Irgendwen wird sie schon an sich ranlassen, und er wird all das haben und sein, was ich nach 1989 nicht mehr haben und sein durfte. Ja, vielleicht ist es wirklich er, der Magda fickt. Sitzt dort und grinst, kennt Magda natürlich nicht, aber in meinem Kopf, da ist er trotzdem, da sehe ich ihn, wie er grinst und Magda fickt. Es sind genau diese Art von wohlerzogenem Wessi-Jüngelchen, die unsere Frauen ficken und zu denen unsere Kinder „Papa" sagen. Sie versprechen ihnen tausend Dinge. Tausend Dinge, von denen sie wohl 900 halten könnten, während ich nicht ein einziges Versprechen jemals gehalten habe. Magda. Die Kinder. Nichts habe ich gehalten, die Verzweiflung hat mich immer weitergetrieben. Und er sitzt dort und grinst. Fickt Magda und grinst. Als wenn wir nichts gehabt hätten, als wenn alles, was wir damals dachten und taten, Bullshit gewesen wäre. Der Westen hat den Osten geschluckt, nicht umgekehrt. Und ich, ich habe dreißig Jahre einem falschen Götzen gedient. Habe ich das? Habe ich? Sitzt dort, jung und westlich und grinst. Sieht in mir wohl den Versager, den Gestrandeten, den Wendeverlierer. Und grinst. Nur deswegen.

Ich kann noch immer nicht behaupten, den Lauf der Geschichte als solchen und somit auch den Lauf meiner eigenen Geschichte wirklich verstanden zu haben. Ich kenne die Zahlen, ich kenne die Fakten, runterbeten, ja runterleiern kann ich alles, kaum jemand kann das so gut wie ich, und dennoch verstehe ich gar nichts. Bis zum heutigen Tag. Manchmal, wenn ich spätabends kurz davor bin, mich doch noch einmal anzuziehen und runter zu Jiri zu gehen – auf einen Schnaps, zwei Schnäpse, drei Schnäpse – dann bleibe ich im Dunkeln meiner kleinen Wohnung stehen, mein Hemd in der linken Hand, die Hose in der rechten, und schaue hinaus, hinaus in mein Marzahn. Nur in Unterhosen stehe ich dann dort am Fenster, der Alkohol des Abends gärt wie eh und je vor sich hin, irgendwo in mir, und mein Kopf ist schwer. Ich schaue hinaus in mein Marzahn, weiß, dass längst weit über zwanzig Jahre vergangen sind, ich aber noch immer zu verstehen versuche.

Und er sitzt dort und grinst, hält mich vermutlich für einen unterbelichteten, innerlich dumpf gewordenen Schläger, dabei habe ich sogar promoviert, damals in Golm habe ich richtig promoviert. Ich könnte ihm das nun sagen, könnte ihm sogar meine Urkunde unter den gebrochenen Kiefer halten, vielleicht würde er dann aufhören, so dämlich zu grinsen und mich mit etwas mehr Respekt behandeln. Doch das wäre der falsche Weg, und funktionieren würde es auch nicht. Dabei hat sogar der deutsche Einigungsvertrag meine Promotion von Golm bestätigt, doch das ist ihnen nichts wert, sie annektieren uns, geben uns bigotte menschenfreundliche Regeln vor und treten die von ihnen selbst aufgestellten Prinzipien dann doch mit Füßen, weil ihre niederträchtigen, von Kapitalismus und Kommerz ganz verrenkten Charaktere nicht klarkommen damit. Aus diesen Leuten ist die Arroganz höchstens noch mit Gewalt herauszudreschen, aus diesen jungen Burschen erst recht. Haben nichts erlebt und noch viel weniger miterlebt, spielen sich jedoch auf wie das moralische Gewissen, das immer und überall richtig gehandelt hätte, ganz genau wüsste, wo die Trennlinie zwischen Gut und Böse entlangzulaufen habe. Aber nichts wissen sie, gar nichts. Mein ganzes Leben und meine gesamte Zukunft habe ich dem Frieden und der Gerechtigkeit untergeordnet, sogar meine Gesundheit tausendfach dafür aufs Spiel gesetzt und dann, von einem Tag auf dem anderen, stand ich als Verbrecher da. Als Schweinehund, als Abgeordneter des Teufels.

Er sitzt da und grinst, und auch wenn er es noch nicht gesagt hat, ich warte nur darauf, dass auch er es sagt. *Unrechtsregime*, wie oft habe ich diesen Scheiß hören müssen. Dabei haben alle anderen Systeme auch Kluge und Dumme, Faule und Fleißige, Moralische und Unaufrichtige. Was aber zurückbleibt von all dem ist

Geschichtsfälschung, eine Reduzierung auf die wenigen fragwürdigen Aspekte. Dass ich mir mein gesamtes junges Leben lang den Arsch für andere aufgerissen habe, interessiert niemanden, mit einem Mal kommen ein paar Leute, die gar nichts wissen, und tun sich ausgerechnet mit denen zusammen, die gar nichts kapieren – und reduzieren mein gesamtes Gestern nur noch auf Unterdrückung und Unrechtssystem. Als wenn unsere DDR nur aus Stasi bestanden hätte und die Stasi aus Idioten. Ein Buhmann wurde gesucht und das MfS stand bereit, wie es all die Jahre zuvor auch immer bereitgestanden hat, klar und deutlich. Für nichts mussten wir uns schämen, haben unser Leben in den Dienst der menschlichen Gerechtigkeit gestellt, für die Gleichheit aller Menschen geschuftet. *Differenzierte Aufarbeitung* – wie oft habe ich diesen Begriff in den Zeitungen lesen müssen. Alle haben es gesagt, alle haben es geschrieben, all die vielen tausend schlauen Gehirne haben darüber gesprochen, doch dran gehalten hat sich niemand. Mein MfS wurde vergewaltigt, als Vehikel für alles Böse und für all die Besserwisser, die doch bis heute täglich verrecken an ihrem kapitalistischen System, aber das MfS brandmarken, als wäre es Hitler unterstellt gewesen und nicht Mielke. Als hätte Göring darin rumgefuhrwerkt und nicht Wolf. Und ich? Als hätte ich die Krätze an den Fingern, unabwaschbar, unauslöschlich, allenfalls mit Wodka und Schnaps zu betäuben.

Und er sitzt dort und grinst, und ich stehe hier mit meiner geballten Faust in der Tasche, habe ewig nicht geschlafen, ewig nicht geduscht – und nichts mehr zu verlieren. Nicht einmal mehr mein Gesicht habe ich zu verlieren, ich habe mich immer richtig verhalten, mein ganzes Leben lang stolz der guten Sache gedient, doch die letzten zwanzig Jahre haben dafür gesorgt, dass ich nun nicht einmal mehr mein Gesicht zu verlieren habe, das mir aufgedunsen ist vom Alkohol. Von den vielen schlaflosen Nächten zerfurcht hat es sich aufgebläht, die Einsamkeit und die Hoffnungslosigkeit haben ihr Übriges getan. Ich war wer, ich war jemand, doch heute bin ich niemand mehr, zwanzig Jahre in diesem vereinigten Land haben ausgereicht, um aus jemandem, der einmal jemand gewesen ist, nichts zu machen, einen Mann ohne Gesicht, einen Mann, der in den Spiegel schaut und sich selbst nicht mehr erkennt. Eine Million ist für mich drin, ich werde ein Millionär sein, Magda wird zu mir zurückkehren, und die Kinder, sie werden mich wieder „Papa" nennen, und dennoch werde ich gebrochen sein, eine Hure werde ich sein, die sich für Geld dem Teufel anvertraut haben wird.

Und er sitzt dort und grinst. Hätte er die Möglichkeit, er würde sich wohl seinen gebrochenen Kiefer halten, aber die Möglichkeit gebe ich ihm nicht, ein Entgegenkommen von mir ist ausgeschlossen. Mir ist zwanzig Jahre lang niemand entgegengekommen, warum also sollte ich noch irgendjemandem entgegenkommen? Ist es nicht genau das, was sie uns zu lehren versucht haben? Ellenbogen einzusetzen, Menschen in den Abgrund befördern, auf den Rücken der Gekrümmten selbst nach oben steigen. Nicht das MfS hat mir das beigebracht, sondern ihre christlichdemokratische Grundordnung, denn nur darum geht es, nur das sind ihre Regeln, und ich halte mich an diese Regeln, so wie ich mich schon mein ganzes Leben lang immer nur an Regeln gehalten habe.

Und er sitzt dort und grinst, hat wohl zu viele Krimis geschaut. Diese ganze jämmerliche, verlogene Scheiße. Manchmal wache ich auf und muss gleich als Erstes zum Klo stürzen, nur mit meinen dreckigen Unterhosen bekleidet springe ich aus dem Bett, breche mir fast die Beine, die Haxen, renne ins Klo, schmettere den Klodeckel nach oben, so heftig, dass er mir schon zweimal kaputt gegangen ist. Schmettere den Klodeckel nach oben, krache auf meine Knie und halte meinen Hals über die Öffnung, meinen Schlund, meinen Rachen. Gute Tage unterscheiden sich von schlechten, das ist bei mir so wie bei jedem anderen Menschen auch. Ich erkenne die guten Tage gleich morgens, wenn ich würgend über der Kloschüssel hänge und kotzen muss, hemmungslos, geifernd, mit langen gelblichen Fäden, die den Rand der Kloschüssel besudeln. Das sind die guten Tage. An den schlechten aber würge ich, würge und würge, würge heftiger und stärker und brutaler, und doch führt es zu nichts, ich bleibe ein Würgender und ende als Würgender, stehe unverrichteter Dinge wieder auf und trotte zurück, mitten in den Tag hinein, mit nichts als diesem Würgegefühl in mir. Daran ist diese ganze jämmerliche Verlogenheit schuld. Unsere Bigotterie, wir verlachen immer die Amerikaner, halten sie für unaufrichtig und unanständig, doch trete ich aus dem Haus, so schlägt mir sogar hier, mitten in Marzahn, inzwischen sofort die vollkommene Bigotterie in die Fresse, ja genau, mitten in die Fresse. Nur umschauen muss man sich, die Menschen laufen wie Zombies über die Straßen und durch die Stadt, ohne Moral und ohne Ethik, aber mit dem Gefühl, moralisch und ethisch zu sein. Alle sind sie moralisch, alle sind sie ethisch, und am Ende des Tages ist dann mal wieder niemand schuld daran, dass es uns so beschissen geht, dass wir verrecken an denen da oben und den vielen da unten und nicht zuletzt an uns selbst und unserer Bigotterie. Wir jammern und zetern und finden alles zum Kotzen, ja bis über den Klodeckel treibt uns dieses Gefühl, aber dann, dann kommt nichts, weil wir uns vor uns selbst ekeln und es nicht zulassen wollen, nicht zulassen dürfen. Wer kotzt, verliert, sage ich immer. Klingt wie aus einem pubertären Trinkspiel abgekupfert, ist unterm Strich aber doch nichts anderes als bundesdeutsche Realität. Niemand will mehr Spießer sein, niemand mehr Mittelmaß. Ein Fußballer, der nur in der Bezirksliga spielt, hat schon verloren, auch ein Landtagsabgeordneter ist einer, für den es nie ganz gereicht hat und ein Bandleader, der mit Coverversionen großer Hits anderer Musiker durch die Nachtclubs der Region zieht – ein Gescheiterter, ein widerlicher Versager. Und wer am Ende des Tages kotzt, verliert. Und wer bereits am Anfang des Tages kotzt, ist längst verloren.

Und er, er sitzt dort und grinst und ja, wäre er aus Cottbus, aus Dresden, aus Weißwasser, ich wäre anders, ganz anders, aber er ist es nicht, er ist von drüben, und ich, ich lebe seit zwanzig Jahren wie auf einer Station für Leprakranke. Er sitzt dort und grinst, wie kann ein Mensch mit einem gebrochenen Unterkiefer immer noch grinsen; hat mein Schlag etwa doch versagt, versiegen meine Kräfte etwa doch bereits? Er hat zu viele Krimis gesehen, sie alle schauen immer zu viele Krimis, Filme, in denen am Ende der Täter immer geschnappt wird und das Gute über das Böse triumphiert, die Gerechtigkeit über die Arglist. Doch das sind Filme, das ist erfunden, Opium fürs Volk. Das Geheimnis des perfekten Mordes, es ist keine Frage der Herangehensweise, der sauberen Durchführung, des Wie und des Wann. Der perfekte Mord, er ist ein Kinderspiel und für jeden problemlos durchführbar, sucht er sich nur das richtige Opfer. Für die Polizei ist eine aufgefundene Leiche noch lange kein Mord, ein verwesender Körper, entdeckt in einer Wohnung oder am Straßenrand oder in einem Kanal, noch lange kein neuer Fall. Ein Mord ist erst dann ein Mord und ein Verbrechen erst dann ein Verbrechen, wenn jemand kommt und sich beschwert, vermisst, klagt, jammert, heult, ja, sich sehnt. Aber diese Stadt, sie ist angefüllt mit den Versprenkelten, den Ziellosen, den Verwirrten und Verworrenen, die zu ermorden ein Kinderspiel ist, weil niemand nach ihnen fragen wird. Die Polizei kann ihre Leiche finden, doch fragt niemand nach, so macht sich die Polizei mit den Tätern gemein, archiviert sauber, entsorgt sauber, stellt pflichtbewusst ein paar Bilder in die Zeitung, hofft aber inständig, dass niemand sich meldet. Bei der kopflosen Henrike Kröber war diese Hoffnung allerdings vergebens, schon am nächsten Tag rannten sie der Polizei die Türen ein, gingen auch gleich zur Presse, veranstalteten binnen weniger Stunden einen unglaublichen Aufriss und versetzten fast die ganze Stadt ins Chaos mit ihrer kopflosen Henrike. Schauen die ganze Zeit Krimis, geraten dann aber vollkommen aus der Fassung, wenn plötzlich wirklich einmal ein toter und verstümmelter Körper vor ihnen liegt, geschändet und mit abgetrenntem Kopf. Den halben Prenzlauer Berg hatte die Polizei nach dem Kopf abgesucht, in alle Mülleimer geschaut, die Kanalisation durchleuchtet und später sogar Taucher in die Spree geschickt. Nur wie das so ist, hatte niemand es für nötig gehalten, nach oben zu schauen. Fehlt einer Leiche der Kopf, dann schauen alle immer nur nach unten, zum Teil aus Horror, zum Teil aus Scham – und weil sie das Bild von Guillotinen nicht vergessen können, bei denen der Kopf auch immerfort nach unten rollt. „Brutaler Mord an Studentin“, hatten die Boulevardzeitungen gleich getitelt und direkt dahinter „Doch wo ist der Kopf?“, gefragt, und ich hatte das gelesen und mir gleich bildlich ausmalen können, wie sie alle immer nur nach unten schauen, immer nur auf dem Boden suchen, unter den Betten, unter den Schränken, unter den Regalen. Und er sitzt dort und grinst, denkt vielleicht genau das Gleiche, weiß auch, dass es durchaus möglich ist, dass Köpfe nicht nach unten rollen, sondern sich erheben. Wer Durchblick erhalten will, der muss nach oben schauen, das weiß jedes Kind, nur die Erwachsenen, sie verlernen es. Und lege ich meinen eigenen Kopf in den Nacken und verharre in dieser Haltung einige Sekunden und warte auf die Erleuchtung und die Erkenntnis, dann kommt mir Annas Jugendweihe in den Sinn. 1997, als alles längst aus und kaputt war und ich am Boden und zerstört, hatte Magda mich dennoch zu Annas

Jugendweihe eingeladen. Bereits vier Jahre hatten wir keinen Kontakt mehr zueinander gehabt, kein einziges Wort miteinander gewechselt und plötzlich war ich zur Jugendweihe eingeladen worden. Anna, sie war so groß geworden in jenen vier verlorenen Jahren, hatte in ihrem schönen blauen Kleid aber bereits ausgesehen wie eine kleine Magda. Hölzern hatte sie mir die Hand gegeben, meine kleine große Anna und wir hatten nicht einen einzigen Satz richtig sprechen können, argwöhnisch beobachtet von Magda, den Großeltern, den Freunden. Ich war ein Fremdkörper auf dieser Jugendweihe, hatte meine kleine Anna beschützen und ins Reich der Erwachsenen führen wollen und war dennoch nur unerwünscht, vom ersten Augenblick, ja vermutlich sogar vom Erhalt der Einladung an. Und dann das mit dem Buch, das mich fast wahnsinnig gemacht hatte. Ich hatte dort gestanden, immer ein paar Meter entfernt von der übrigen, feiernden Gesellschaft und hatte meine Anna betrachtet, wie schön sie geworden war, wie toll sie sich entwickelt hatte – aber kein Buch gesehen. Was ist eine Jugendweihe ohne Buch, hatte ich mich damals gefragt und war ganz nervös und dann sogar aufgebracht gewesen deswegen, warum hat Anna, meine kleine Anna, kein Buch bekommen? Ich hatte das halbe Haus danach abgesucht, doch weder *Weltall, Erde, Mensch*, noch *Der Sozialismus – Deine Welt*, noch V*om Sinn unseres Lebens* entdeckt. Und dann war ich laut geworden, sehr laut, ganz so wie früher, als wir noch eine Familie gewesen waren und Anna, meine kleine Anna, hatte dort gestanden in ihrem wunderbaren blauen Kleid und einem Gesicht, das schon ganz die Züge von Magda hatte. Die Sonne hatte geschienen, und ich hatte sofort gewusst, dass nun wieder und endgültig alles zerbrochen war und ich Magda und die Kinder zum letzten Mal gesehen hatte. Wie abgeklemmt von ihnen bin ich seitdem, abgeklemmt wie eine Halsschlagader bei den Griffen, die ich jeden Abend einübe, dabei würde es auch mit Griffen an den Kehlkopf gehen, doch ich mag keine Griffe, die an den Kehlkopf gehen, sie machen mir Angst, denn es gibt auch diese Tage, da bin ich mein Kehlkopf, der männliche Kehlkopf, der weit und verlässlich aus unseren männlichen Kehlen hervorschaut und uns so verletzbar macht, so verdammt verletzbar. Frauen sagen immer, sie wissen, wie sie einem Mann notfalls richtig wehtun können und denken dabei an einen Tritt in die Eier, aber das ist Bullshit, der Tritt zwischen die

Beine tut zwar weh wie Hölle, aber wir erwarten ihn insgeheim. Der Tritt zwischen die Beine ist wie ein alter abgeschmackter Witz, dessen Pointe wir schon tausendfach vernommen haben, über die wir uns aber noch immer ein jedes Mal krümmen. Doch unser Kopf, unsere labile Psyche, sie ist komplett darauf vorbereitet, Verarbeitung muss keine mehr stattfinden. Ein Schlag auf den bei Männern fast immer offen zur Schau gestellten Kehlkopf ist jedoch nicht nur lebensgefährlich, er lässt uns auch mitten in eine Psychose gleiten, weil er überraschender ist als ein Tritt zwischen die Beine. Ich aber bevorzuge den Griff an die Halsschlagader, er gibt mir ein gutes Gefühl, es ist, als sitze man in einem Cockpit und hat das Gaspedal unter dem Fuß. Je länger und fester man zudrückt, umso stärker wird die Blutzufuhr zum Gehirn gestoppt, bis der so in der Klemme Sitzende in Ohnmacht fällt. Funktioniert am effektivsten und kraftvollsten beidhändig, mit den Fingern hinter dem Hals des Opfers und den beiden Daumen links und rechts direkt auf der Halsschlagader. Wird zufällig der Kehlkopf erwischt, ist gleich Schluss, doch das ist nie meine Art gewesen, ich ließ meine Zielpersonen immer von der Ohnmacht in den Tod geleiten, schließlich tötete ich nicht aus Sadismus, sondern lediglich aus einer ergebnis- und zweckgerichteten Auftragslage heraus.

Ich habe dieses Gefühl, mir andauernd die Hände waschen zu müssen. Ich saufe und ermittle, ermittle und saufe, habe Magda und Anna und Tobi verloren, werde ein Millionär sein, sobald ich diesen Fall hier erledigt habe – und wasche mir andauernd die Hände. Wann immer ich hinabschaue auf meine Finger, auf die Handflächen, sind sie schmutzig, warum nur sind sie so schmutzig? Ich bin ein alter, alkoholkranker Mann, das weiß ich, niemand braucht mir das zu sagen, unangenehme Wahrheiten kann mir niemand mehr ins Gesicht schleudern, ich bin vollkommen auf der Höhe meines geistigen und körperlichen Zustandes. Nur meine Hände verstehe ich nicht, denn sie sind immer schmutzig, da kann ich waschen und schrubben wie ich will, ein Hauch von Dreck ist immer da, die Fingernägel stets wie mit Kohlenstaub unterlegt, die Nagelbetten ruiniert, die oberen Handflächen vernarbt und aufgesprungen. Wann immer ich meine Hände sehe, versuche ich mich zu erinnern, schlage mir gegen den Kopf, schlage ihn auch gegen eine Wand, gegen eine harte Betonmauer, so lange und so oft, bis sich Blut in meinen Augenbrauen sammelt, um herauszufinden, in was für einem Krieg ich eigentlich gewesen bin.

NAZIS IN NAHOST

Ab und an entsinne ich mich noch jenes Tages, an dem zum ersten Mal eine Waffe auf mich gerichtet wurde. Dann sehe ich wieder die Augen desjenigen, der diese Waffe hielt, die mich geradezu anglotzten, verzerrt von Wut, Schmerz und Hass. Ich erinnere mich nicht oft daran, habe diesen Moment relativ erfolgreich verdrängen können, ihn abgelegt im Regal unerwünschter Erfahrungen. Und doch ist er noch da, natürlich ist er noch da. Wie permanent zum Zugriff bereit hockt er mir im Schädel herum. Ich sehe erneut, wie einer dort vor mir steht, das personifizierte Schlechte und Böse der Welt in mir erblickt, eine Waffe auf mich richtet – und mich einfach über den Haufen schießen will. Er kennt mich nicht, ich kenne ihn nicht, wir sind uns vollkommen fremd, unsere Wege kreuzen sich zum allerersten Mal. Aber er sieht mich und weiß sofort: Er – Held. Ich – Satan. Er Gutmensch. Ich Schlechtmensch. Sofortige Erschießungsnotwendigkeit. Ein Irrer? Nein. Eine erfundene Geschichte? Nein.

Und so steht man also da, Aug' in Aug' mit dem, der einen zu meucheln trachtet und erkennt, ganz plötzlich, dass es hier nichts zu argumentieren und zu diskutieren gibt. Bei Mord aus Habgier, Mord aus Eifersucht oder Mord im Affekt geht es immer hoch her. Ein regelrechtes Gebrüll und Gezeter ist das. Mord aus abstrakter Scheiße aber – immer eine verdammt wortlose Angelegenheit.

Kennen Sie den Unterschied zwischen Opfer und Täter? Zwischen Gut und Böse? Gehören Sie zu den Menschen, die eine klare Linie zu ziehen vermögen zwischen richtigem und falschem Handeln? Sind Sie ein Leben lang aufrecht und stark gewesen, haben sich nie verbiegen lassen, stehen mit beiden Beinen fest im Leben und benennen Ross und Reiter? Glückwunsch! Ich nämlich nicht. Denn ist ein Mensch erst einmal wegen gar nix fast über den Haufen geschossen worden, wird die Sache mit dem Ross und dem Reiter doch schnell zu einer Farce, und das Eindeutig-Stellung-beziehen verkommt zum Hobby für Schwachköpfe.

Doch treten wir einen Schritt zurück und erzählen von vorn. An jenem Tag, an dem Sie wissen schon was passierte, schien die Sonne, und eine friedvolle Ruhe lag über der Stadt. Dattel- und Avocadohaine präsentierten sich dem Auge in satter Farbenpracht, und meine Haut überzog sich ganz von selbst mit einem goldbraunen Glanz. Es lässt sich nicht anders sagen: Der Tag, an dem ich um ein Haar übelst über den Haufen geschossen worden wäre, war ein richtiger Königskindertag. Wie gemacht für Heldentaten. Geh hin und erschieße das Böse.

In jenen Wochen waren wir viel durchs Land gereist, Boris und ich. Waren zunächst an der Küste gewesen, später in den Bergen und schließlich auch im Landesinnern, in der Hauptstadt. Vier oder fünf Tage hatten wir dort in einem Gästehaus verbracht, nur wenige Meter entfernt von der ehrwürdigsten aller religiösen Mauern, da hatte Boris mit einem Mal diese Idee gehabt. Die Idee, in den Ostteil der Stadt zu fahren und vielleicht auch noch darüber hinaus. Ich war sofort begeistert gewesen und hatte, wie ich mich erinnere, sogar einen kleinen Freudenschrei ausgestoßen. So hatten wir uns gemeinsam aufgemacht zum zentralen Busbahnhof, nachdem wir nur die nötigsten Utensilien zusammengerafft und in unsere Rucksäcke gestopft hatten. Wir hatten gutgelaunt eines dieser Sammeltaxis bestiegen und waren losgefahren. Ross und Reiter? Also hingeritten zur Maschinengewehrsmündung bin ich zumindest schon mal selbst.

Im Sammeltaxi trafen wir auf einige Jugendliche. Sie begrüßten uns sofort stürmisch in ihrer Sprache und erkannten schnell, woher wir stammten, bekamen ganz freudige Gesichter, umarmten uns und riefen dauernd: „Hitler! Hitler!" Dabei lachten sie, nicht so hinterhältig und verschlagen, wie sie sonst immer lachen auf der Welt, wenn wir mit unserer klammen Historie des Weges geächzt kommen. Nein, hier lachten sie ehrlich und aufrichtig. Wie ich überhaupt sagen darf, dass das ehrlichste Lachen, dem ich in meinem ganzen Leben begegnet bin, just in jenem Moment aufkam, als ein fremder palästinensischer Junge mich umarmte, sich dabei ganz warm und vertraut anfühlte und mir dauernd „Hitler! Hitler!" ins Ohr raunte und es so klang, als sage er: „Du, David, ich liebe dich. Endlich bist du da. Ich brauche dich."

Boris und ich, wir waren eine solche Aufrichtigkeit nicht gewöhnt. Wir sind Deutsche, und als Deutscher kann man zwar ganz herrlich am Arsch sein, aber so sehr am Arsch, dass es in Aufrichtigkeit umschlagen könnte, dann auch wieder nicht. Wir blieben also die ganze Fahrt über stumm, quälten uns angesichts weiterer begeisterter Hitler-Bekundungen hilflos das ein oder andere Lächeln heraus – und liefen ungelenk davon, kaum dass wir am Zielpunkt angekommen waren. Es sollte noch oft geschehen, dass wir auf diese Weise frenetisch begleitet wurden. Wo wir auch standen und gingen, lösten wir wahrliche Glückswallungen aus, erst in Al-Quds, dann in Ramallah, schließlich in Nablus. Schulkinder rannten uns in Scharen hinterher, erkannten offenbar an unserem Gang, an unseren Gesichtern und der Art, wie wir unser Haar trugen, dass wir gar nicht dorthin gehörten. Sie folgten uns, lachten ein ganz ehrliches, beglücktes und beglückendes Lachen, tanzten um uns herum und riefen, ja sangen es geradezu, im Ringelreihen: „Hitler! Hitler!" Und ich weiß noch, wie Boris mich ansah und auch ich Boris ansah. Er sagte nichts und auch ich blieb weiterhin stumm. Uns beiden war auch ohne Worte klar, dass wir, obwohl das Wetter so schön, die Landschaft so herrlich und die Leute so ehrlich und freundlich zu uns waren, doch gezwungen waren, all das als Albtraum zu werten, das Kinderlachen als falsch, verwerflich und niederträchtig zu erachten.

Natürlich hatten wir geahnt, dass unser Trip zur Gefahr werden könnte. Dass die Fahrt ins Westjordanland zumindest kein Gang war, den wir antraten, um später gutgelaunt darüber plaudern zu können. Auf den Albtraum der anderen, auf den waren wir vorbereitet gewesen. Nur unseren eigenen, den haben wir nicht kommen sehen.

Mit der Zeit mischten sich immer mehr Erwachsene unter die Kinder, und die anfängliche Schar schwoll zu einem wahren Massenauflauf an. Ja, Boris und ich wurden zu einer Attraktion, denn Touristen kennt ein Ort wie Nablus nicht, wie auch Gründe, sich über irgendwas zu freuen, höchst selten sind an Plätzen wie diesen. Und so liefen wir Gefahr, ohne ein Wort zu sagen und ohne eine Handlung zu vollziehen – zu Stars zu werden. Wie zwecklos wären Worte und Handlungen auch gewesen, wir sprachen ihre Sprache nicht und sie nicht die unsere, und der einzige Begriff, in dem sie und wir zusammenfanden, war: Hitler.

Angenommen wir hätten eine gemeinsame Sprache gehabt hat – was hätten wir zu ihnen sagen sollen? Dass ihre einzige kleine Hoffnung eine wahrliche Scheißhoffnung ist? Dass wir sie verachten, weil sie lieben, was uns eine Schande ist? Dass wir ihre

Freundlichkeit nicht ertragen, ihr Tanzen, ihr Singen? Dass sie uns doch bitte als die deutschen Nazi-Arschlöcher sehen sollen, als die uns auch der gottverdammte Rest der Welt wahrnimmt? Das wäre zwar irgendwie doof, aber wenigstens könnte man dann damit umgehen.

Ross und Reiter? Was zum Teufel ist Ross und Reiter!?

Daher begannen Boris und ich zu rennen. Wo es kein Wort zu verlieren gibt, wo Argumentation unmöglich ist und logisches Nachdenken und Einfühlungsvermögen ad absurdum geführt werden, da bleibt dem Menschen nur noch die Flucht ins – here we go – Abstrakte, der freiwillige Lauf auf Eierschalen. Wir liefen also los, gingen erst in ein Schlendern, dann in ein Traben und schließlich in ein Rennen über. Wir wussten nicht so recht, wovor wir davonrannten und schon gar nicht wohin. Doch das Rennen als solches, es erschien uns in jenem Moment als einzige statthafte Verhaltensmöglichkeit.

Wir wurden sie alle los. Obwohl wir uns nicht auskannten in dem heillosen Wirrwarr der Gassen von Nablus gelang es uns, diese so schrecklich ehrlichen, aufrichtigen und erfreuten Menschen – bäh – abzuschütteln. Und dann, als weit und breit niemand mehr zu sehen war, stand er plötzlich vor uns. Seine Uniform saß schlecht, nachlässig und schmutzig hing sie von seinen Schultern herab, und er zielte auf uns. Mit einem Maschinengewehr. So dachte ich zumindest. Erst als er uns näher kam, bemerkte ich, dass das nicht stimmte, denn er zielte gar nicht auf uns – er zielte auf mich. Er schrie, seine kehligen Sätze platzen aus ihm heraus, und ich erinnere mich noch gut an die geschwollenen Adern, die an seinen Schläfen hervortraten. Er verlangte nach Antworten, soviel war zu begreifen, doch wer waren wir schon, dass gerade Boris und ich ihm Antworten auf sein total verkorkstes PLO- und Hamas-Leben hätten geben können? Auf die seit so vielen Jahrzehnten andauernde Unterdrückung. Auf den Schmerz über die vielen Toten in seiner eigenen Familie. Auf dieses hilflose Gefühl, ein Gefangener im eigenen Land zu sein, obwohl man doch frei herumläuft unter dem prächtigsten aller Himmel und auf dem wunderbarsten aller Böden. Nein. Boris und ich hätten ihm nichts antworten können, gar nichts. Ross und Reiter? Es gibt keine Rösser und keine Reiter. Schon gar nicht an einem Ort wie Palästina.

Ich wollte ihn bitten, noch zu warten mit seinem Schuss. Ja, genau – zu warten auf seine Landsleute, die uns doch gerade eben noch frenetisch gefeiert hatten, mit ihren „Hitler"-Rufen. Jene, die ich gerade noch eifrig abgeschüttelt hatte, wünschte ich mir schon jetzt, nur wenige Sekunden später, glühend wieder herbei. Es kann doch nicht sein, dass ein Mensch gerade noch gefeiert wird wie ein Held und dann biegt er einmal um eine Ecke und schon steht da einer und will ihn totschießen, da er in ihm einen Feind erblickt, einen jener anderen, die ihn seit Jahrzehnten drangsalieren und sein Leben zermürben.

Wie weit mag es gewesen sein von meinem Gesicht bis hin zur Mündung seines Gewehrs? Am Ende, als er schon fast vor mir stand und ich seinen Atem zu riechen begann, da waren es allenfalls noch zwei Meter, vielleicht auch drei. Wenn er nun schießt, so habe ich in jenem Moment gedacht, dann wird ihm mein spritzendes Blut seine zerschlissene Uniform besudeln. Wenn er nun schießt, dann wird er als Held durch die Gegend getragen werden, denn er hatte genauso offensichtlich, wie sie zuvor Hitler in uns erkannt hatten, die Juden in uns entlarvt. Wenn jeder Mensch nach seiner Facon selig werden kann, so kann auch jeder Mensch nach seiner Facon hassen. So sehen wir im anderen immer exakt den Feind, nach dem es uns gerade gelüstet. Ganz simpler Menschenmechanismus. So wie sie gerade also noch unsere lebenden Körper besungen hatten, so würden sie singend auch unsere Leichname durch die Gassen ihrer Stadt tragen und sich dabei nicht einmal selbst widersprechen.

Nein, er hat nicht geschossen seinerzeit, der Mann mit dem Gewehr. Hätte er es getan, er hätte nicht den Richtigen erwischt, natürlich nicht. Aber eben auch nicht den Falschen. Warum er nicht geschossen hat? Weil ich geistesgegenwärtig gewesen bin und meinen rechten Arm emporgereckt habe. Schon mal versucht? Geht einem der Arsch erst einmal so richtig auf Grundeis, dann geht das einfacher, als der landläufige Ross-und-Reiter-Nenner so glauben mag. Und dann habe ich es gerufen, mit emporgerecktem rechtem Arm. Die berühmten zwei Worte, zackig, gründlich, geradeheraus. Die Sonne schien. In satten Farben prangten die Avocadohaine, und Issam und ich wurden beste Freunde.

Der Führergruß hat mir das Leben gerettet. Verquere Welt!

EINE NACHRICHT VON IHNEN, DICH BETREFFEND

Wie friedlich der See vor mir liegt. Von Aufruhr keine Spur, sanft treibt der Hauch des Windes kleine Wellen über die Oberfläche, und ein Rauschen ist zu vernehmen, weit entfernt, weich und warm, einem Kissen gleichend, auf das sich der hingebungsvoll Lauschende betten kann. Und doch: ein einziger Lug und Trug. Denn das Warten, es war schon immer des Menschen größter Feind. Jegliche Konflikte zwischen dir und mir gehen darauf zurück, wie auch sämtliche uns bekannten Kriege von vollkommen in sich verlorenen Geistern angezettelt wurden, die dort saßen und auf irgendwas oder irgendwen warteten. Diktatoren, Ehebrecher, Vergewaltiger und Betrüger – sie alle haben ein Warten nicht mehr aushalten können, sind geradezu rappelig geworden an der offensichtlichen Unveränderbarkeit der Dinge. Gesprochen wird von politischen, wirtschaftlichen oder religiösen Auseinandersetzungen, von verrückten Einzeltaten aus niederen Motiven, doch unterm Strich ist das nur eine Verschleierung von Tatsachen, denn der wirkliche Folterknecht ist das *Warten*. Zum Stillhalten der Füße, zum abwartenden Trinken von Tee, zur Anerkennung seiner Mitgestaltungslosigkeit, dafür ist der Mensch nicht konzipiert. Eine jegliche Unbill des Lebens lässt sich auf diesen einen, immer wiederkehrenden Begriff des Wartens herabstutzen.

Sitzen wir, zur kompletten Untätigkeit verdammt, einfach nur herum, so erspüren wir hinter dem Warten unsere Hilflosigkeit, unsere Unfähigkeit, das Leben aktiv zu gestalten. All unsere Manierismen, all unser Krone-der-Schöpfung-Getue – es verpufft, sämtlicher Glanz fällt von uns ab, befinden wir uns erst einmal in jenen Wartehallen, die uns das Leben ganz nach Lust, Laune und Zufälligkeit hinschleudert. Es ist immer schrecklich, das wirkliche Warten, denn es kommt stets roh und ungefiltert, um nicht zu sagen *pur*, daher. Eine wahrliche *Seelennacktheit* ist das

Warten, denn nur im Warten besitzen wir nichts anderes mehr als uns selbst. Wir hocken da, betrachten unsere Hände, schauen auf unsere Füße und bemerken ihre vollkommene Nutzlosigkeit. Eine einzige große Aktionslosigkeit ist das Warten und auch eine einzige große Sprachlosigkeit, denn sitzt dort einer und wartet auf etwas, so geht ihm zwar allerhand Kauderwelsch durch den Schädel, doch unterm Strich ist er zu keinerlei Äußerungen mehr fähig, von langgezogenen und inbrünstig vorgetragenen Seufzern einmal abgesehen.

Ich warte, also bin ich, hätte Descartes sagen müssen, nur so wäre es richtig, nur so wäre es schlüssig gewesen. Doch er hat es nicht gesagt, hat wie alle wahrlich großen Denker das offene, verständliche Wort gescheut. Und so ertragen wir das Warten weiterhin nicht, geraten bis zum heutigen Tage so heftig aneinander mit diesem permanent wiederkehrenden Zustand, dieser so erbarmungslos an uns nagenden Zeit. *Wartet einer*, so hätte Descartes sagen können, *so spürt er seinen eigenen körperlichen Verfall, sieht seinem eigenen Leben beim Verrinnen zu.* Doch er hat es nicht gesagt, der gute Descartes, vielleicht war es ihm zu plakativ, vielleicht zu wenig um die Ecke gedacht, zu simpel. Vielleicht wusste er auch um jenen Sprengstoff, der sich in einem jeden Wartenden zu entzünden droht, denn von allen Menschen sind die Wartenden stets auch die Angespanntesten; offenbart sich doch gerade im Warten auch unsere Verletzlichkeit, jene berühmte, so schicksalhafte Hin- und Hergeworfenheit. *Hier stehe ich, ich kann nicht anders*, sagte Luther. Ein guter Satz, ein weiser Satz, der nur in einem *Hier warte ich, ich kann nicht anders* noch eine weitere Steigerung hätte erfahren können. Gerade im Warten erahnen wir, dass schon bald etwas geschehen wird. Etwas, das unserer Einflussnahme und unseres Einverständnisses gar nicht bedarf. Es wird geschehen, ganz ohne unser Zutun wird es über uns kommen und uns dann mit sich reißen.

Ein aufgelockertes Pausieren könnte dieses Warten sein, eine wunderbare temporäre Entspanntheit, denn passiert ein Laufender einen Wartenden, so ist für ersteren wahrlich kaum zu unterscheiden, ob es den zweiten gerade heilt oder aber zerstört. Wartende und sich entspannende Menschen, sie sind von gleicher Lieg-, Sitz- und Gangart, oftmals gar von gleicher Mimik. Erst im Endstadium seines Wartens gibt sich einer, dessen Nerven blank oder zerfetzt darniederliegen, als vom Warten vollkommen Zermürbter zu erkennen, hält es ihn auf einer Krankenstation doch nicht mehr an seinem Platz, beginnt er mit just jenem animalischen Bewegungsdrang, dem wir den Begriff *tigern* verpasst haben. Unsere holde Menschlichkeit, sie blättert von uns ab im Warten, nach und nach verlieren wir Glanz und Gloria, Sitte und Anstand und werden zu Tieren, zu rastlos umherstreifenden Zeitbomben auf der Suche nach Tätern, die wir zu unseren Opfern machen können.

Und so sitze ich also an einem See und warte. Warte auf ihre Nachricht, dich betreffend. Habe mein großes Badetuch ausgebreitet, die Sonnenbrille sitzt mir auf der Nase, und ich spüre, wie mir die soeben erst aufgetragene Sonnenmilch aus den Poren dringt. Sanft branden die kleinen Wellen ans Ufer, und lau geht der Wind. Ich sollte hier nicht sitzen, denke ich. Ich sollte zu dir fahren, an deinem Bett hocken, durch die Gänge tigern. Ich sollte sie alle zehn Minuten an ihren Schlafittchen packen, sie an den Kitteln greifen und durch ihre von Borniertheit und akademischer Besserwisserei verseuchte Anstalt zerren, ihnen ihre verdammte Tatenlosigkeit aus den Eingeweiden prügeln. Alles wäre besser, alles gerechtfertigter, als dieses Sitzen und Warten am See. Schließlich lässt sich doch auch direkt an deiner Liegestatt auf ihre Nachricht, dich betreffend, warten. Mit einem Male werden sie ins Zimmer stürzen, mich bei dir sehen und es mir sagen, mir die unumkehrbare Nachricht übermitteln. Doch sie müssten es mir direkt ins Gesicht schreien, denn ich würde direkt neben dir sitzen und es trotzdem – und vielleicht auch gerade deswegen – nicht glauben wollen. Meine Nähe zu dir wird mich an ihren Worten zweifeln lassen. Ja, säße ich direkt an deinem Bett in jenem Moment, in dem sie hereinstürzten, um es mir zu sagen, mir zu bestätigen, so würde ich ihnen ihre Nachricht, dich betreffend, um die Ohren schlagen. Einen Krieg würde ich anzetteln, Gift und Galle spucken, sollten sie es wirklich wagen, mir, noch während ich an deinem Bette säße, ihre grässliche Nachricht, dich betreffend, zu übermitteln.

„Geh zum See“, hast du vielleicht auch deshalb zu mir gesagt. Hattest deine müden Augen nur leicht geöffnet und sofort die Kriegsbemalung in meinem Gesicht entdeckt, die längst in Kampfgeschrei erstarrte Fratze des Sohnes gesehen und es neben

all dem dir auferlegten Leid nicht ertragen können, dein eigen'
Fleisch und Blut in deinen letzten Tagen noch zur Burg werden
zu sehen, zur auf Jahrzehnte hinaus uneinnehmbaren Festung.
„Geh zum See", hast du also zu mir gesagt. „Warte nicht hier, hier
ist es nicht schön."

Und so bin ich zum See, zum schönen See. Ich spüre, wie mir
mit der Sonnenmilch auch die Hilf- und die Machtlosigkeit aus
meinen Poren strömen. Wut und Trauer vermengen sich in meinem Warten, gehen eine Verbindung ein. Jogger laufen an mir vorbei, Spaziergänger mit Hunden. Sie sehen mich dort liegen, mit
freiem Oberkörper, die dunkle Sonnenbrille auf der Nase. Einige
nicken mir lächelnd zu. Vielleicht wissen sie gar nichts. Vielleicht
aber auch weit mehr als ich, der ich nur hier sitzen und auf ihre
Nachricht, dich betreffend, warten kann. Eine Nachricht, die ich
ihnen nur hier an diesem See werde glauben können und die ich
nur hier mit der Sanftmut desjenigen werde parieren können, der
das Leben als ständiges Fließen zu begreifen weiß.

Sie wird kommen, ihre Nachricht. Und dein Leiden wird nicht
umsonst gewesen sein, denn wie ein Gandhi werde ich all meine
zukünftigen Wartereien dann hinnehmen, stoisch, ruhig. Und
diese Sprachlosigkeit, dieser wild um sich schlagende Verfall, sie
alle werden ihre Waffen strecken, sobald ich die Rastlosigkeit
meiner verletzten Gedanken gebändigt und mein ruhiges Ein-
und Ausatmen wiedergefunden habe.

Alles hat seinen Platz. Alles hat seinen Weg. Es geschieht, ganz
ohne unser Zutun. Und es ist richtig so. Es ist gut so.

SOMMERROMANZE

Die Geschichte unserer Liebe begann in einem Juli. Und in einer Bibliothek, in der ich dich auflas. Umsäumt von turmhohen Regalen waren diese Gänge, und inmitten all der Bücher standest du, zerbrechlich und verloren.

Hätte ich dich lediglich aufgehoben, du wärest mir zersprungen. Doch, doch – ganz sicher wärest du das. Kaputtgegangen wärest du mir. Zersplittert, in meinen Händen und inmitten all der Bücher.

Also habe ich dich aufgelesen, so sanft und umsichtig es mir möglich war.

Vergessen habe ich dich wollen. Und mit dir die Bibliothek, diesen einen Juli, unsere Liebe. Aber die Menschen taugen nicht zum Vergessen. Du hast das immer gewusst. Ich lerne es erst jetzt. Denn schließe ich die Augen, sehe ich noch immer dich, wie du diesen Lesesaal betrittst und mir sofort auffällst mit deinen so merkwürdig hochgezogenen Schultern. Und deinem schüchternen, nein, verschüchterten Gang.

Deinem eingeschüchterten Gang.

An meinem kleinen Philosophentisch hinten in der Ecke habe ich gesessen und im Kierkegaard geblättert. Habe wie jeden Mittwochnachmittag den belesenen Mann von Welt gegeben, ein literarischer Salonlöwe, überzeugt davon, alles erlebt, gesehen und gelesen zu haben.

Wer mich dort sitzen sah, wusste sofort: Der kann die Welt erklären.

Verzeih mir. Ich bin nicht vorbereitet gewesen auf jemanden wie dich.

Es ist ein Wahnsinn mit den Menschen: Erst ahnen sie nichts. Dann unternehmen sie nichts. Und schließlich vergessen sie nichts. Immer hintendran ist der Mensch.

So viel Zeit ist vergangen seitdem, und doch sehe ich mich noch immer dort an meinem philosophischen Welterklärertisch sitzen, den Kierkegaard in der Hand. Wie angerostet schaue ich aus mit all meiner Ahnung und meinem Wissen. Aus der Ferne könnte man es fast für Altersflecken halten, aber nein, das ist der Rost, der alle Theoretiker überfällt. Sitzt einer immer nur herum und beobachtet die Menschen, so fressen sich Rost und Schimmel durch seine Haut, und der Menschenbeobachter verkommt bei lebendigem Leibe.

Wie sehr du dich vor mir geekelt haben musst.

Dass es nur drei Sorten von Männern gibt, hast du später gesagt. Die eitlen Dummquatscher. Und die noch viel eitleren Dummquatschverbreiter. Und dass ich ziemlich gute Chancen hätte, in beide Kategorien aufgenommen zu werden. Gelacht hast du, als du das zu mir gesagt hast. So hell, so ehrlich, wunderschön. Ich war entzückt. Und glücklich.

So glücklich, dass ich vergaß, dich nach der dritten Sorte Mann zu fragen.

Erinnerst du dich noch daran, wie du vor einem der Regale stehengeblieben bist? Lass dir sagen: Klein und verschluckt sahst du aus. Mit deinen wirren und strähnigen Haaren und in diesem unförmigen, viel zu großen und zu schweren Pullover. Du trugst ihn, als hätte es dort draußen nie einen Juli oder eine Sonne gegeben. Wie ein Schatten sahst du aus. Dein eigener Schatten. Ja, wir alle wirken klein und verloren zwischen Bücherregalen von dreieinhalb Meter Höhe. Doch niemand wirkte so verschwindend und winzig wie du.

Trotzdem habe ich dich gesehen. Aus meiner sicheren und abgeschmackten Besserwisser-Ecke heraus habe ich begierig das Weiß deiner angespannten Fingerknöchel inspiziert, deine verkrampfte Haltung analysiert und mit stiller Ironie deine so seltsam vernachlässigte Erscheinung belächelt.

Was für eine verschenkte Frau, habe ich gedacht.

Und mich sofort in dich verliebt.

Die Kunst, sich für den eigenen Körper zu schämen, ist so seltsam weit verbreitet unter den Frauen dieser Welt, doch nie habe ich dieses weibliche Unbehagen so stark spüren können wie in deiner Gegenwart. Nie habe ich einen Menschen sich selbst so sehr meiden sehen wie dich. Ja, vielleicht war es arrogant, vielleicht war es überheblich und selbstverliebt, aber ich habe dich retten wollen. Einfach nur retten wollen.

„Oh, die Terrorherrschaft der Männer über die Frauen mag ekelhaft sein", habe ich in meinem Aufklärer-Tonfall zu dir gesagt, später. „Doch sie ist nichts verglichen mit dem Terrorregime der Frauen, diesem selbstauferlegten Schönheitsdiktat aus ständiger Kasteiung und permanenter Drangsalierung. Würdet ihr euch nicht selbst einen solchen Druck machen, ihr kämt auch mit Männern viel besser klar!"

So habe ich mit dir gesprochen, diese ganzen Wochen hindurch. Versprich mir, dass du mir verzeihen wirst, irgendwann. Ich war hilflos.

Doch du hast eh nicht auf meine Worte reagiert. Meine ungelenken Versuche, dich aus deinem schwarzen Loch zu holen, haben dich nie interessiert. Nicht einmal angeschaut hast du mich dann. Dummquatscher. Und Dummquatschverbreiter.

Na und? Ist es wirklich so albern, dass ich dich aus deinem widersinnigen Pullover mit diesen viel zu langen Ärmeln quatschen wollte? Dass ich dich von deinem Hirngespinst befreien wollte, eine hässliche, eine wertlose Frau zu sein? Natürlich waren meine Worte sinnlos, aber könnte es nicht sein, dass sogar ein rostiger und verschimmelter Dummquatscher wie ich eine Frau retten kann? Eine einzige nur. Wenn du dir so verdammt sicher warst, dass du etwas so Großartiges wie die Liebe niemals verdient hast – was ist dann mit mir? Hast du in deinem hässlichen Pullover nur ein einziges Mal daran gedacht, dass es hier nicht nur um dich ging? Vielleicht hätte *ich dich* ja verdient gehabt?

Es ist wahr, der Egoismus selbstverliebter Besserwisser ist wirklich zum Kotzen, doch er ist nichts im Vergleich zum Egoismus verunsicherter und vom Leben zerstörter Selbstverleugner.

Und so sah ich dich am Regal stehen, dort in der Bibliothek und entdeckte bereits aus der Ferne nicht nur dich, sondern auch deine Scham und deinen Ekel vor dir selbst, wie sie beide mit dir an diesem Regal standen, dich an Größe weit überragten und dich offensichtlich sogar zwangen, in diesen fürchterlichen Pullover mit den überlangen Ärmeln zu schlüpfen, deine schönen braunen Haare zu vernachlässigen und zu einer solchen Schattenfrau zu werden.

Ich sah und las dich sofort. Nur verstanden habe ich dich nicht. Ich habe auf die Seiten meines Kierkegaard hinabgeblickt und gewusst, dass ich mir mit dir einen großen Batzen Ärger anlachen würde. Ja, tatsächlich, exakt so habe ich es gedacht: *Einen – großen – Batzen – Ärger – anlachen.* Und mich dennoch, nein – genau deswegen – augenblicklich in dich verliebt. Weil ich mich immer in Frauen wie dich verliebe. Verlorene Frauen, die gerettet werden müssen.

Doch du, du warst so klein, dass du glatt eine Nummer zu groß für mich gewesen bist. Alle Welt weiß, dass Bibliotheksfrauen per se beziehungsunfähig sind. Komplett die Finger lassen sollten Männer von Vielleserinnen. Nur Tragiker und Narren verlieben sich in Bücherfrauen!

Von einem Fremden angesprochen, zucken keine anderen Frauen so sehr in sich zusammen wie Bibliotheksfrauen. Auch bewegen sich keine Frauen so schleichend durch ihr Leben wie Bücherleserinnen. Sucht man nach den hübschesten Frauen des Landes, die sich zugleich am unvorteilhaftesten kleiden und frisieren, so findet man sie in unseren Büchereien. Und sollte es wahrhaftig Frauen geben, die sich im tiefsten Grunde ihrer Herzen wünschen, einfach gar nicht da, nicht existent zu sein, so habe ich sie gesehen, und zwar genau dort, zwischen den hohen, alles und jeden verschluckenden Regalreihen einer Bibliothek.

Ich weiß noch, wie ich zu dir hinüberblickte und mich sofort daran machte, dich nach bester Besserwisser- und Welterklärerart zu dechiffrieren und klassifizieren. Eine hübsche Frau mit strähnigem Haar, habe ich gedacht. Gekleidet in einen Pullover, in dem sich nur Frauen aus dem Haus trauen, denen viel zu viele Dinge längst egal geworden sind. Frauen, die derartige Pullover tragen, wirken stets so seltsam hintendran. Doch das stimmt nicht. Zerrieben hat es sie zwischen Frauenrolle und Weiberklischee. Vollkommen zermahlen zwischen zeitgenössischem Anspruch und moderner Wirklichkeit, traditioneller Aufopferung und althergebrachter Empfängnis, zu viel geben und viel zu wenig nehmen. Ganz stumpf und gefühllos sehen diese Frauen immer aus. Zerbröselt und lethargisch blicken sie sogar die gutmeinenden Männer an. Sind ganz verschwunden in ihren viel zu großen Pullovern und haben vollständig verlernt, zwischen Gut und Böse zu unterscheiden. Diese Frauen haben irgendwie den Lebensfaden verloren und sind bei dem Versuch, ihn wiederzufinden, dann entsetzlich müde geworden.

Natürlich scheitern auch Männer ab und zu am eigenen Idealismus, am Drang alles richtig und gut machen zu wollen. Jedoch sind es immer nur die Frauen, die zu fahl umherstolpernden Zombies werden, weil nur Frauen an den eigenen Komplexen fast ersticken.

„Männer explodieren, Frauen trocknen aus", habe ich zu dir gesagt.

Ja, es ist wahr. Ich habe wirklich daran geglaubt, zu wissen, was los ist mit dir und wie zu verfahren ist mit solch einer Hirngespinst-Frau.

Ich bin also aufgestanden. Habe den Kierkegaard auf dem Philosophentisch liegenlassen und bin auf dich zugegangen. Je näher ich dir gekommen bin, desto bemitleidenswerter hast du gewirkt. Mit jedem Schritt in deine Richtung ist mir mein Vorhaben unsinniger vorgekommen, bis aus mir, als ich dann direkt neben dir zum Stehen kam, ebenfalls ein ganz und gar bemitleidenswerter Mann geworden war. Und so standen wir dort nebeneinander und stellten eine große gemeinsame Lächerlichkeit dar.

„Was liest du denn dort?", waren die allerersten Worte, die ich zu dir sprach. Vertraulich wollte ich klingen. Du aber zucktest erschrocken zusammen und zogst dir sofort die aufgeschlagenen Seiten deiner de Beauvoir hoch an die Brust. Als handele es sich dabei um eine verbotene Schrift, so sah das aus, oder, als wüsstest du genauso gut wie ich, dass Frauen, die de Beauvoir lesen, sich besser nicht dabei erwischen lassen. Schon gar nicht von Männern, die sich gerade in sie verliebt haben. Ich habe dir auf deine starren weißen Fingerknöchel geblickt und den Einband von de Beauvoirs' *Eine gebrochene Frau* sehen können. Typisch, wieder mal typisch!, habe ich gedacht, aber schon gar nicht mehr gewusst, ob ich damit nun dich oder doch eher mich meinte.

Langsam war mein Blick dann die langen Ärmel deines viel zu großen Pullovers emporgewandert und in deinen schreckhaft aufgerissenen Augen gelandet. Du sagtest nichts, keinen Ton gabst du von dir – doch deine Augen, die schrien mich an. Nicht einmal für mich, der ich doch längst heillos verliebt in dich war, war es zu überhören.

Warum habe ich damals nicht fliehen können vor dir, dem stummen Schrei deiner Augen und diesem unvorteilhaften Pullover mit den viel zu langen Ärmeln, über den ich mich insgeheim lustig machte? Und einfach nicht begriff. Es wäre besser für dich gewesen, und wohl auch für mich. Du warst bewegungsunfähig, ich aber habe mein ganzes Leben lang hervorragend weglaufen können. Warum habe ich ausgerechnet in jenem Moment so schändlich versagt? Verhält es sich mit der Flucht vielleicht so wie mit dem Vergessen? Scheiterst du daran, sobald du es beschließt? Nein, denn vollkommen egal, wohin wir auch fliehen – der Grund, aus dem wir auf der Flucht sind, erwartet uns bereits.

Für mich ist diese Erkenntnis noch neu, ganz frisch fühlt sie sich an. Du aber musst all das schon damals gewusst haben.

Anstatt also voreinander zu fliehen, standen wir dort, irgendwie zu viert, du und ich, Simone de Beauvoir und Kierkegaard und beschlossen, einige Lebensmeter miteinander zu gehen.

Mein Bedürfnis, den Arm um dich zu legen, hast du nie verstanden; ja sogar viele hilflose Witze und pointenfreie Bemerkungen hast du darüber gemacht. Dass Schimpansen und Paviane sich auch dauernd umarmen, hast du gesagt, wann immer ich versucht habe, dir näher zu kommen. Oder, dass ich mich vorsehen solle, du wärest zum Islam konvertiert, darum auch der weite Pullover, ein Schleierpullover sei das, wo man allerhand drunter verbergen könne, einen Bombengürtel zum Beispiel.

„Ich bin ich eine verbuddelte Tretmine!", hast du gerufen und dich an deinem aufgesetzten Lachen fast selbst verschluckt.

Als wenn je eine Frau explodiert wäre! Ich weiß noch, wie blöd ich diesen Vergleich fand und dir sogar gesagt habe, dass du dich für eine erwachsene Frau ziemlich albern verhältst. Ich wollte dich nicht verletzen damit, natürlich nicht. Doch von irgendeinem Punkt an war ich wohl selbst schon zu verletzt durch dein ständiges Entwischen. Du warst so hilflos und klein, dass ich mich vor dir habe schützen müssen, um nicht auch von deinem Leben zermahlen zu werden.

Du seist eine Tretmine, hast du gesagt. Ich habe wirklich gedacht, du wolltest einen Witz machen. Dabei hast du im Grunde nie gelacht. Nie bist du lustig geworden. Nur wenn ich dich umarmen wollte, dann wurdest du augenblicklich zum schlechtesten

Stand-up-Comedian der Welt.

Ich habe über keinen einzigen deiner verzweifelten Ausweich-
versuche lachen können, und doch haben sie ihre Wirkung nicht
verfehlt, denn mein Bedürfnis, dich festzuhalten, wurde größer –
nahezu unermesslich. Du warst eine Unfähige, immerhin das habe
ich richtig erkannt. Eine Unfähige des Lebens. Eine Unfähige der
Liebe. Mehr aber habe ich nicht ahnen, nicht unternehmen können, und genau deshalb werde ich dich nun nie mehr vergessen.

Deine Schreckhaftigkeit habe ich dir nicht abgewöhnen können. Natürlich nicht. Doch es gelang mir, dich in diesem Sommer
aus der Bibliothek hinauszuführen und deine Hand zu nehmen.
Zu Beginn entzogst du sie mir noch, wie du auch meinem Blick
nicht standhalten konntest. Kaum hatten wir uns jedoch ein wenig besser kennengelernt, hast du begonnen, deinen Haarkno-
ten zu lösen. Ich geriet gleich in helle Aufregung, wuchs doch
die Hoffnung in mir, dass ich vielleicht doch ein Zauberer sein
könnte.

Nein, nicht du hast dich albern verhalten. Ich war es.

Wie weich sich deine Haare sofort um dein Gesicht gelegt haben. Ich wünschte, du hättest sehen können, wie schön du aussehen konntest. Vielleicht wäre alles anders geworden, wenn du
dich nur einmal selbst hättest sehen, dich selbst hättest spüren
können.

Doch was werfe ich dir vor? Auch ich kann mich erst jetzt, im
Abstand so vieler Wochen, selbst sehen und erkennen, was für ein
Idiot ich doch gewesen bin. Dieses Öffnen deines Haarknotens
ist nie ein Zugeständnis an mich gewesen, sondern eine Abkehr,
konntest du dich hinter deinen langen, strähnigen Haaren doch
viel besser vor mir und meiner völlig aus der Luft gegriffenen Zuneigung in Sicherheit bringen.

Gemeinsam gingen wir zum Strand. Erinnerst du dich noch?
Eine Frau wie du und ein Mann wie ich an einem Badestrand, es
fühlte sich nicht nur komisch an, es sah auch komisch aus. Ich
in meinen verhassten kurzen Hosen und mit dem Strohhut auf
dem Kopf und du mit diesem widersinnigen langärmligen Pullover, aus dem du auch am Strand nicht herauszubekommen warst.
Du hattest aufgehört, mir deine Hand zu entziehen, erlaubtest

mir inzwischen, sie zu halten, so dass sie schwach und matt zwischen meinen Fingern lag. Kaum am See angekommen, ließ ich auch schon unsere Strandmatte fallen, riss mir den Strohhut vom Kopf, streifte mir mein Shirt vom Leib und rannte laut johlend ins Wasser. Es war ein aufgesetztes Johlen, eines, das ich mir in Filmen abgeschaut habe, in denen alle immer flirten und tanzen und der Sonne folgen. Und in denen es immer gut ausgeht.

Dabei kann ich Wasser nicht ausstehen, auch den Sand nicht. Badestrände und Kierkegaard, das geht nicht in eins. Nur um deine Liebe buhlen, das konnte ich plötzlich. Eine Frau umwerben, richtig umschwärmen, das erste Mal in meinem Leben! Mich wie ein Wahnsinniger geben, mich um Kopf und Kragen reden, die sanfte Bedrängung einer Frau zu kultivieren, mich bereitwillig lächerlich machen und gar nichts Schlimmes daran finden – die Absurdität der Geschlechter, die mir seit jeher solch ein Kopfzerbrechen bereitet hatte, sie ergab an deiner Seite plötzlich Sinn! Ich stand bis zu den Hüften im Wasser, wandte mich um und sah dich dort sitzen, deine Knie bis tief unter das Kinn gezogen.

„Komm rein, das Wasser ist herrlich!“, rief ich dir zu, dabei wäre ich selbst am liebsten wieder hinausgerannt. Doch du antwortetest mir nicht und saßest einfach nur da, ganz zusammengesunken, am Ufer. Aus der Ferne konnte ich sehen, dass du sogar deinen Rock ausgezogen hattest, was mich überraschte, verwirrte und dann überschwänglich freute.

„Hoho, Madame traut sich ganz schön was!“, rief ich dir zu. Ja, ich habe es gerufen, exakt so: Madame traut sich ganz schön was.

Dabei hast du dich nichts getraut, gar nichts, klebte doch dein hässlicher Pullover weiterhin an dir. Mitsamt diesen so überlangen Ärmeln.

Ich kam aus dem Wasser, setzte mich neben dich und legte dir meinen Arm um die Schultern. Du zucktest zusammen, natürlich, doch ich beschloss, dein Zucken von nun an und für alle Zeiten zu ignorieren. Über deine vielen stillen Neins hinwegzugehen und dich nötigenfalls zu deinem Glück zu zwingen. Uns nicht alles kaputtmachen zu lassen – von dir.

„Jetzt zieh doch endlich mal diesen verdammten Pullover aus!“, lachte ich.

„Nein“, sagtest du, leise. Doch nicht einmal die Bestimmtheit, mit der du das sagtest, konnte meine Augen zum Sehen bringen.

„Dann zieh ihn für mich aus, bitte!", flehte ich, berechnend und dumm. Aber du schütteltest nur den Kopf und sagtest: „Nein". Und fügtest dann, nach einer kurzen Pause, hinzu: „Es würde dir nicht gefallen. Du würdest es nicht ertragen."

In diesem Moment spürte ich, wie das Ringen um dich seinen Tribut forderte, wie mir dein ständiges Zurückweichen Kraft entzog und wie schutzlos ich deinen Ablehnungen ausgeliefert war. Ja, es schmerzte mich, meine doch gerade erst durch dich entfachte Sanftmut zu sehen, wie sie so wirkungslos abprallte an dir. Meine Hingabe und Sehnsucht, die Selbstaufopferung, ja sogar meine Stärke und Männlichkeit – ich hatte immer gedacht, all das besäße ich gar nicht. Bis ich dich traf. Du hast diese vielen wunderbaren Seiten an mir hervorgebracht, eine nach der anderen aus mir herausgekitzelt – und für nichts davon eine Verwendung gehabt.

Ich weiß noch, wie ich dich packen und schütteln wollte. Dich anschreien, endlich zu einer lebenden Frau zu werden. Mich nicht so gleichgültig verrecken zu lassen mit meiner Sehnsucht. Und wenn doch, mir doch bitte einen vernünftigen Grund dafür zu benennen, anstatt dich so feige und verantwortungslos immer nur in deinen blöden hässlichen Pullover zurückzuziehen! Aber du bekamst nichts mit, weder von mir und schon gar nicht von meiner Verzweiflung und weigertest dich weiterhin, die Sonne zu dir vorzulassen. Du verbargst einfach dein Gesicht hinter deinen Haaren, behieltest den Pullover an und strecktest nur ein paar deiner Zehen vorsichtig und verängstigt ins Licht.

Denke ich heute an dich zurück, so frage ich mich, ob nicht doch ich der Verantwortungslosere von uns beiden gewesen bin. Denn aufgelesen habe ich dich in einer Bibliothek. Wieder fallen lassen aber an einem Badestrand. Was, wenn du einfach nicht mehr zurückgefunden hast?

Als wir eines Abends, es muss bereits Mitte August gewesen sein, in meiner Wohnung beisammensaßen, redeten wir über Simone de Beauvoir und Sören Kierkegaard, die stillen Geistern gleichend bisher immer über uns geschwebt waren. Mit dem allmählich schwindenden Sommer hattest du plötzlich begonnen, mir ein wenig zu vertrauen. Es war mir nicht gelungen, dich ins Leben zu ziehen. Noch immer stecktest du in deinem viel zu großen Pullover, und noch immer lagen dir deine Haare strähnig am Kopf. Längst hatte ich aufgehört, dich zu umwerben und mir vorzustellen, wie es wäre, dich einmal ohne dieses bemitleidenswerte Kleidungsstück zu sehen. Ich mochte dich, dich reden und lachen zu hören, erfüllte mich mit einem wohlig warmen Gefühl. Du warst da. Ich war da. Mehr brauchte es doch gar nicht!

Wir saßen auf dem Fußboden meines Wohnzimmers und verhielten uns wie die jüngsten und die ältesten Menschen zugleich, hockten wir doch nebeneinander als Mann und Frau, entbehrten aber jeglicher Geschlechtlichkeit.

Wie befreit du geworden warst. Mir war die Kraft abhandengekommen, dich länger zu umwerben, und dir waren Flügel gewachsen. Ich hatte das Seufzen für mich entdeckt und du das Schweben. Kein Wunder, dass wir nicht so recht zueinander passen wollten.

Doch genau so kamen wir uns nahe. Kaum hatten wir beschlossen, uns gegenseitig ziehen zu lassen, waren wir auch schon aufeinander zugegangen. Gut möglich, dass es diese uns einende Perspektivlosigkeit war, das Gefühl, auf einen Abgrund zuzulaufen. Eine Melange aus Verzweiflung und Glück, befeuert von Rotwein und der Musik von Leonard Cohen. Denn plötzlich nahm ich dein Gesicht in meine Hände und küsste dich.

Ja, es ist wahr: Ich bin sogleich Feuer und Flamme gewesen. Binnen Sekunden bereit, alles zu versuchen und noch mehr zu glauben! Männer retten Frauen und Frauen retten Männer, die ganze Welt wird täglich aufs Neue gerettet, warum sollten gerade wir beide da eine Ausnahme bilden, so habe ich gedacht, noch während wir uns küssten.

Doch matt und lethargisch lag deine Zunge in meinem Mund, widerstandslos ließ sie sich von mir hin und her wenden. Wie ein kleines Boot auf tosender See kam sie mir plötzlich vor, meinem Sturm ausgeliefert. Kaum hatte ich das festgestellt, da entzogst du dich mir auch schon wieder, drücktest mich fort von dir.

Bleischwer senkte sich die Stille zwischen uns. Wir wagten kaum, uns zu bewegen oder zu atmen. Mit weit aufgerissenen Augen sahst du mich an, verwirrt und verängstigt.

Alles auf Anfang, schoss es mir durch den Kopf. Ich spürte Sarkasmus in mir aufsteigen, Ärger, Enttäuschung und Unverständnis, und dann explodierte ich direkt neben dir, wie nur Männer explodieren, wohl wissend, dass ich Tränen und Narben erzeugte.

Ich brüllte dich an. Ich weiß nicht mehr, was und wie lange ich schrie, doch deine Zurückweisung raubte mir den Verstand, und deine vielen Minderwertigkeitskomplexe malträtierten mir die Nerven. Ich wollte dich verstehen, doch es gelang mir einfach nicht. Weil du nicht verstanden werden wolltest, weil du es vorzogst, dich unlogisch und dämlich zu verhalten, albern, kindisch und trotzig! Frauen dürfen an sich selbst verzweifeln, jede Frau darf das, aber es muss doch auch mal gut sein damit, eine Frau muss doch auch einmal an sich und ihre Umwelt denken und diesen gottverdammten Film in ihrem Kopf ausgeschaltet bekommen. Eine Menge berühmter Frauen sind über ihrer Frauenkrankheit, ihren Komplexen, verrückt geworden, aber sie alle haben irgendwann Kinder bekommen und Familien gegründet, Liebe zugelassen! Weder ein dicker Bauch noch zu kleine Brüste sind Grund genug, sich derart zu verschanzen und sich dem Leben vorzuenthalten!

„Ich ertrage deine Frauenscheiße nicht mehr", brüllte ich dich ungehemmt an, wusste ich doch, dass ich nicht nur im Recht war, sondern auch in der Pflicht, dich endlich aufzuwecken.

Ich rechnete mit allem. Dass du mich nun ebenfalls anschreist. Dass du anfängst zu heulen. Oder aufstehst und gehst. Doch nichts davon geschah. Stattdessen begannst du zu flüstern. Du sprachst so leise, dass ich mich ein wenig hinabbeugen musste, um dich zu verstehen:

„Noch immer klopft es an meine Zimmertür. Abend für Abend. Ich bitte ihn, nicht hereinzukommen. Aber Daddy lacht nur. Daddy will sein Mädchen sehen."

Strähnig hing dein Haar dir am Kopf, dein großer Pullover schien dich fast zu verschlucken, und deine viel zu langen Ärmel reichten dir wieder einmal bis weit über deine Hände. Dass es mir nicht gefallen würde, dich ohne Pullover zu sehen, hast du damals am Badestrand gesagt. Dass ich dich ärmellos nicht ertrage. Hätte ich ahnen müssen, dass es dort auf deinen Armen eine grausige Wahrheit zu entdecken gibt? Hätte ich wissen können, dass lange Ärmel niemals ein Modetrend sind, sondern immer nur Ausdruck einer gequälten Frauenseele?

Es ist wohl wahr. Denn selbst mit Pullover ertrug ich es nun nicht mehr, dich anzusehen, so verloren, wie du dort saßest, auf dem Fußboden meines Wohnzimmers.

Nein, ich bin keiner, der Frauen retten kann, und du warst keine Frau, die gerettet werden konnte. Schon gar nicht von einem Mann. Menschen vergessen nichts. Und die Zeit heilt auch keine Wunden.

Wie oft habe ich dich gedrängt, deinen Pullover auszuziehen? Einmal? Hundertmal? Und wie oft habe ich dich auf die begehrlichen und bestätigenden Blicke der Männer aufmerksam gemacht, denen wir begegnet sind, wo immer wir auch unterwegs waren? Dass du dich nicht retten kannst vor Verehrern, habe ich sogar gesagt. Und erinnerst du dich noch, wie gern ich dir tief in die Augen gesehen habe? Nie hast du meinem Blick standhalten können, bist immer schon nach wenigen Sekunden ausgewichen, hast schnell in eine andere Richtung oder an mir vorbeigeschaut. Süß fand ich das. Süß!

Es ist ein Wahnsinn mit den Menschen: Erst ahnen sie nichts. Dann unternehmen sie nichts. Und schließlich vergessen sie nichts. Immer hintendran ist der Mensch.

Schau, ich habe dir Blumen mitgebracht. Lass mich sie hier einpflanzen, direkt neben den Stein. Erlaubst du mir das? Darf ich das? Ich habe dich nie gefragt, ob du jemanden hast, der dir deine Blumen gießt. Ich werde wiederkommen, ich verspreche es dir. Immer mittwochnachmittags werde ich von nun an herkommen und deine Blumen gießen.

DER JUNGE WOHNT JETZT IN BERLIN

Die Veränderung wurde, wie so oft, zuerst von den anderen bemerkt. Diese Veränderung an mir und vor allem in mir. Wir schrieben das Jahr 1999, erst 14 Monate zuvor hatte ich die westfälische Tief- und Flachebene verlassen, um mir in Berlin eine neue Heimat zu erfinden. Mit keiner anderen Richtung als „weg, nur weg" im Schädel. Nein, ein Sehnsuchtsort ist Berlin nie gewesen, nach dem Abitur und der Bundeswehr musste es nur irgendwo hingehen, irgendwie weitergehen. Also fiel die Wahl auf Berlin, den allzeit bereiten Joker deutscher Großstädte. Wer nichts wird, wird Wirt. Und wer nicht weiß, wohin mit sich – geht nach Berlin. Eine Weisheit, die im Übrigen noch immer gilt und die enorm hohe Zahl verlorener Seelen hier erklärt. Aber auch den Spaßfaktor.

Ich entsinne mich noch genau, wie ich ankam im Bezirk Wedding, seinerzeit noch als bekennend katholisches Mitglied der Jungen Union, blass, verzagt und latent lustlos. Der Zerfall des ganzen Schwachsinns sollte erst später einsetzen. „Unser Kafka landet also in Berlin", hatte meine Deutsch-Leistungskurs-Lehrerin nach meinen vollkommen missratenen Abschlussprüfungen noch gescherzt, mit der Redewendung „unser Kafka" jedoch weder auf meine schreiberlichen Ambitionen angespielt, noch auf eine etwaige optische Ähnlichkeit, sondern einzig und allein auf die mir und dem klaustrophoben Literaten aus Prag gemeinsame Neurasthenie. Ich entsinne mich, wie ich mich in meinen ersten Monaten am Weddinger Gesundbrunnen zwischen wilden Türken und dampfenden Dönern herumtrieb und die Asozialen des Kiezes dabei beobachtete, wie sie schwitzend und schmierig durch ihren Tag glitten, immer schwerfällig und immer allein. Ich bemerkte es damals nicht, aber ich saugte all das auf, die Türken und all die Verlorenen, Verderbten und Verrenkten. Ich selbst durchwachte in jener Zeit meine Nächte, konstruierte

Lebensentwürfe, die per se jeglichen Bezug zur Realität vermissen ließen, und begab mich nur tagsüber unter Menschen, entweder am Gesundbrunnen oder unten in Lichterfelde-West, am Hort studioser Betriebsamkeit.

Es ist seltsam, denke ich mich heute zurück in jene Zeit, die 15 Jahre in der Vergangenheit liegt, so sehe ich alle Situationen, Menschen und sogar die Gedanken entgegen ihrer eigentlichen Hässlichkeit wie in Sonnenlicht getaucht. Ich vernehme das herbstliche Blätterrauschen der Nostalgie, das mir über die Atemwege in den Kopf dringt, und alle Erinnerungen plätschern in friedvoller Ruhe dahin. Kann sich ein einzelner Mensch so sehr täuschen? Täuschen an sich, in sich? Aber ja, doch, es waren die Monate des Schwebezustands. Monate, in denen Zukunft und Vergangenheit sich vereinten, um aufzugehen in purer Zeitlosigkeit und in denen ich nur beobachtete, Stunden, Tage, Wochen und vollkommen vergaß, ich selbst zu sein, um ganz aufzugehen in der Beobachtung der Menschen.

Sehr gut möglich, dass es just diese Ruhe gewesen ist, diese meditative Einkehr. Denn gemerkt habe es nicht ich, sondern die anderen. Ihnen ist schnell bewusst geworden, wie sehr ich mich nach wenigen Wochen in Berlin bereits verändert hatte. Obwohl ich jene Monate, in denen die Zeit stillstand, noch immer als Phase sozialer Isolation begreife, sind es doch genau diese Wochen gewesen, die Berlin nutzte, um mich sich einzuverleiben. Nein, ich mag diese Stadt nicht. Tief in mir ficht die allgegenwärtige Fehlerhaftigkeit Berlins Grabenkämpfe aus mit jener vollkommen überzogenen Selbstwahrnehmung. Ich laufe durch die Straßen dieser Stadt und sehe die falsch verstandene Eitelkeit, den gottgewollten Verfall und begegne an jeder Ecke dieser Klebrigkeit, die Menschen in beständigem Stolpern verharren lässt.

Berlin ist mir ein Morast, der mich und dich und uns immer tiefer in sich hineinzieht und in dem es sich so wunderbar strampeln lässt, wie nirgendwo sonst auf dieser Welt.

Dass mein Ohrring und mein Piercing sehr schockierend seien, sagte die katholische Landjugend seinerzeit, bei meinem ersten Besuch im alten westfälischen Früher. Sie meinte es sogar ernst damit, flüsterte und raunte es mir zu, aus Angst gehört zu werden bei der Benutzung mancher Worte. Dass ich doch nicht ernsthaft Islamwissenschaft studieren könne, jauchzten die angesoffenen

Jungs vom Schützenverein, während ihre aufgedunsenen Gesichter kaum noch in der Lage waren, ihren vielen Mittelscheiteln zu folgen. Und dann, als ich mit fester Stimme, die niemand dort von mir gewohnt war, ja die nicht einmal ich selbst von mir kannte, sagte, dass unser gesellschaftliches Hauptproblem nicht die Ausländer oder die Linken seien, sondern die vielen Jura- und BWL-Studenten, da erkannte auch ich, dass ich nicht mehr der war, als der ich einst losgezogen war.

Nun, sie trieben mich fort in jener Nacht, der Nacht meiner ersten Rückkehr. Fort aus ihren Herzen, ihren Köpfen – und schließlich sogar aus ihrem Dorf. Es mag pathetisch klingen, aber zu spüren, wie wenig es braucht, um als kontroverser Revoluzzer durchzugehen, hat mir damals ein Gefühl für das Leben geschenkt. Ich habe erkannt, dass es sich, durch alle Nebel und Schleier hindurch, wahrhaftig lohnt, ab und an und vor allem an den entschieden falschen Stellen den Mund aufzureißen. Nein, ich bin nicht der Beste darin, es gibt wahrlich mutige Geister und Köpfe, und gesamtgesellschaftlich betrachtet sind all das nur kleine, sehr persönliche Siege über mein eigenes, in der Jugend so sehr verkrustetes Ich.

Und doch: Wohl dem, der niemals mit beiden Beinen fest im Leben steht und der in der Lage ist, seinen alten Idealen über Nacht den Rücken zuzukehren. „Verschwör dich gegen dich“, sagt Dirk von Lowtzow. „Erfinde dich täglich neu“, sage ich.

Der Junge wohnt jetzt in Berlin. Es geht ihm gut. Er trifft sich mit Leuten, die tagsüber im Bademantel durch die Straßen ziehen. Er ist nicht einmal sonderlich traurig. Er tut nur gerne so.

IM HALBDUNKEL

Schau, Vater, sieh her. Ich stehe hier im Halbdunkel unseres Flures. Dieser Flur, den wir tausendfach durchschritten, allein, gemeinsam. Der uns nie etwas bedeutete, den weder du noch ich so recht kennengelernt haben in all den Jahren, obwohl wir doch dauernd hindurchliefen. Wir haben ihn einfach nie wahrnehmen, ihn nie als vollwertigen Teil unserer Wohnung sehen können. Ein Erfüllungsgehilfe ist uns dieser Flur gewesen. Mehr nicht.

Schau, Vater, sieh her. Ich stehe im Halbdunkel des Flures, unseres Flures, und weiß weder ein noch aus. Mir ist, als wären Flure allein dafür gedacht und konzipiert.

Für das Weder-ein-noch-aus-Wissen.

Für ein Sich-in-der- eigenen-Wohnung-nicht-mehr-Auskennen.

„Flure sind wie Flüchtlingslager", sagtest du damals, vor Jahren, die für mich nicht mehr zu bemessen sind. „Flure, mein Sohn, kosten Lebenszeit. Verharre nicht in ihnen!"

Und nun stehe ich im Halbdunkel unseres Flures, erinnere mich an deine Worte aus jener anderen Zeit und begreife.

Schau, Vater, sieh her. Aus dem Halbdunkel unseres Flures kann ich in dein Schlafzimmer spähen. Sehe, wie du dort liegst auf diesem Bett, das sie extra geliefert haben für dich. Es ist ein gutes Bett. Ich habe dir erklärt, wie du es verwenden kannst. Nie habe ich dir etwas erklärt, immerzu hast nur du mir etwas erklärt, gezeigt, gegeben. Doch nun stehe ich im Halbdunkel unseres Flures und starre auf die automatische Steuerung deines Bettes, die du allein schon nicht mehr verstehen konntest, so weit fort warst du bereits, als sie kamen und dieses Bett brachten. Mit Eifer und Liebe und Zeigestolz habe ich dir all die Knöpfe erklärt und was ein Drücken bewirkt. Doch mir schien, als wenn es dich schon nicht mehr interessiert, dein neues Bett, das du mit deiner Fernbedienung ausrichten kannst, wohin du willst, in alle Himmelsrichtungen.

Schau, Vater, sieh her. Ich stehe im Halbdunkel unseres Flures, spähe in dein Zimmer und sehe dich dort liegen. So kahl, so fahl und so gekrümmt. Ich stehe hier, sehe dich und weiß um die

Sinnlosigkeit meines Wissens. Ich mag deine Fernbedienung besser bedienen können als du. Doch noch während ich hier stehe und mir überlege, ob ich dir nicht dein Kopfteil ein kleines Stück nach oben fahre, ob dir das Linderung verschaffen könnte, gehst du bereits. Mein Fernbedienungswissen ist ein nutzloses Wissen. Und dass ich dir jetzt, aus dem Halbdunkel unseres Flures heraus, zum ersten Mal überlegen bin, es trägt mir nichts ein und verpufft. Denn ich stehe hier, weiß mehr als du und kann mehr als du. Und bin doch der Hilflosere von uns beiden.

„Flure", hast du gesagt, „sind nichts anderes als Abstellkammern. Der einzige Unterschied sind die Spiegel. In Abstellkammern hängen nie welche. In Fluren immer." Ich erinnere mich noch sehr genau, wie du das gesagt hast, damals. Und wie du gelacht hast, als du all die Dinge, für die du dich schämtest, in die Abstellkammer brachtest und alles, was gesehen werden sollte, hier auf diesem Flur verstautest. Auf diese Weise sind über die Jahre deine Brecht-Bücher hier gelandet, die Kriegsauszeichnungen von Großvater und unsere Familienfotografien aus den 70er- und 80er-Jahren. Der Simmel hingegen vermodert in unserer Abstellkammer, gemeinsam mit den vielen Bildern, die du in den letzten Monaten von dir selbst gemacht hast, um deinen eigenen Verfall zu protokollieren, ihn selbst wahrhaben zu können. Kaum hattest du die Bilder vom Entwickeln geholt, hast du sie auch direkt in die Abstellkammer gelegt. Ich glaube, du hast sie dir nicht einmal angesehen. Hast deinen Untergang zwar aufzeichnen wollen wie ein Beamter, ihn dir dann aber doch nicht mehr anschauen wollen.

„Morgen", hast du immer gesagt. „Morgen werde ich mir die Bilder ansehen." Doch schau nur Vater, sieh her: Abhandengekommen ist uns unser Morgen. Wie ein räudiger Köter oder ein Vogel ist uns unser Morgen abhandengekommen! Ich habe nur kurz einmal nicht aufgepasst, Vater, nur kurz alles für sicher und selbstverständlich gehalten – und schon war es verdampft, unser Morgen. Ab durch die Mitte, das hat sich unser gemeinsames Morgen wohl gedacht, Vater. Dann ist es weggeflogen, einfach so.

„Lass die Fenster nicht so lange offenstehen!", hast du immer gesagt, erinnerst du dich, Vater? „Lass die Fenster nicht so lange offenstehen, man weiß nie, wer da einsteigt!" Aber es ist niemand bei uns eingestiegen, nie ist jemand durch unsere geöffneten Fenster in die Wohnung gekommen.

Stattdessen ist unser Morgen exakt dort hinausgeflattert.

Ich wünschte, du könntest nur ein einziges Mal noch aufschauen, Vater. Könntest hersehen und erkennen, wie dein Sohn hier steht, im Halbdunkel dieses Flures und ganz aufgeht in den Schatten, die von der kleinen Lampe auf deinem Nachttisch hierher gelangen. Vielleicht hast du richtig gelegen, Vater. Vielleicht sind Flure wirklich wie Flüchtlingslager. Oder Bahnhofshallen. Orte, an denen sich ein Mensch nur aufhält, um von A nach B zu gelangen. Orte, an denen Macht- und Tatenlosigkeit zum Meet & Greet mit der Ewigkeit werden.

Wie schmal du geworden bist, Vater. Und dein Gesicht – ich erkenne es schon gar nicht mehr. Du dämmerst dort vor dich hin, im gedämpften Schein deiner Nachttischlampe und bist im Grunde schon längst fort. Nur ich bin noch immer da, stehe weiterhin hier in diesem Flur, der uns nie etwas bedeutet hat und der mir nun zu allem wird. Allem, was mir geblieben ist von dir. Zu dir zu gehen und mich an dein Bett zu setzen, wage ich kaum noch. Zu sehr ängstigt mich der Gedanke, du könntest die Augen aufschlagen. Oder sie nicht aufschlagen. Würdest du mich aber jetzt gerade sehen, herüberschauen zu mir, ich wüsste, was du sagtest. „Was steht du so nichtsnutzig in diesem blöden Flur herum!“, würdest du mit deiner tiefen, durchdringenden Stimme verkünden. Und dein Tonfall dabei wäre der verdeckte, kaschierende Tonfall meiner Jugend, der Tonfall, mit dem ich aufgewachsen bin, der mich erzogen hat und der stets offenließ, ob er Verärgerung oder Humor ausdrückte, ob er eher als Schimpf oder als Schande gedacht war. Nie hast du mich angeschrien, und auch habe ich dich nie flüstern hören. Wenn du mir etwas zu sagen gehabt hast, so hast du es immer in deiner stoischen, aber bedeutungsvollen Stimme getan. Einer Stimme, die mir alle Freiheiten ließ, selbst auf etwas zu kommen, mir meinen Teil zu denken. Zu einem selbst denkenden Menschen hast du mich dadurch werden lassen, zu einem Menschen, der sich darauf versteht, seine Welt selbstbewusst zu interpretieren und der weiß, dass es stets an ihm selbst liegt, die Dinge zu seinen Gunsten oder Ungunsten zu bewerten.

Doch schau, Vater, sieh her. Hier, im Halbdunkel dieses verdammten Flures, gelangen deine Pädagogik und meine Intelligenz an ihre Grenzen. Denn du sagst nichts, redest einfach nicht mehr!

Und so stehe ich verloren hier herum, tatsächlich wie erstarrt in Nutzlosigkeit und habe nichts mehr zu interpretieren, nichts anhand dessen ich mir noch meinen eigenen kleinen Teil denken könnte.

Du stirbst. Und ich begreife nichts, weiß weder ein noch aus, komme zu keinem Ergebnis. Dümple hier im Halbdunkel unseres Flures herum und verstehe unsere Wohnung nicht mehr. Blicke auf die vielen Fotografien aus den 70er- und 80er-Jahren, die du hier aufgehängt hast, und erkenne niemanden mehr darauf. Dich sehe ich dort, aber du bist es nicht. Auch mich sehe ich dort. Und bin es nicht. Ich stehe im Halbdunkel unseres Flures und fühle mich, als wäre es ein Flüchtlingslager. Oder die Wartehalle eines Bahnhofs.

Schau, Vater. Sieh doch her! Du hast Recht behalten, immerhin Recht hast du behalten. Wir verreisen, Vater. Wir beide verreisen.

CARPE NOCTEM

Neulich, es mag etwa zwei oder drei Wochen her sein, überkam mich des Nachts mit einem Male die Langeweile. Ich lag in meinem Bette, wendete mich mal nach links, dann wieder nach rechts, bekam jedoch weder Gedanken noch den Schlaf zu fassen. Lautlos schlichen die Sekunden an mir vorbei, gefolgt von Minuten und, ich kann es nur vermuten, wohl auch Stunden. So muss es bereits gegen vier Uhr in der Früh gewesen sein, als ich mich, schon ganz ausgemergelt von der Sinnlosigkeit des plumpen Herumliegens, einer plötzlichen Eingebung unterwarf.

Ich erinnere mich noch genau: „Carpe noctem!", rief ich mir in jenem Moment begeistert selbst zu, zweimal, dreimal, vielleicht gar viermal hintereinander. Carpe noctem – Nutze die Nacht. Prompt entschloss ich mich, aus der Not eine Tugend zu machen, bündelte die spärlichen Vorteile der mir vorliegenden, doch so unbefriedigenden Situation – und kam gerade dadurch in den Genuss, mir erstmalig vorzustellen, wie es wohl wäre, lebendig begraben zu sein.

Heute, all die vielen Tage später, erscheint es mir fast als Irrsinn, dass ich nicht viel früher auf einen solch kraftspendenden Gedanken gekommen bin, denn, benennen wir es ruhig offen und ehrlich, sämtliche Zutaten für ein derartiges Gedankenexperiment lagen schon wie ausgebreitet vor mir. Die Dunkelheit. Die Stille. Die Sinnlosigkeit. Die sich gegenseitig vertilgenden und in nichts anderem als Widersinn strandenden Gedanken. All das ist schon immer da gewesen, als hätte es nur auf meinen Zugriff gewartet, kurzum, ich entdeckte mir ein neues nocturnes Hobby, eine sinnvolle Tätigkeit für meine schlaflosen Stunden. Auch wenn ich der Schaumschlägerei per se eher unverdächtig bin, so kann ich doch behaupten, es in dieser Disziplin – der Disziplin des imaginierten Lebendig-begraben-Seins – seitdem zu einer gewissen Perfektion gebracht zu haben.

Nehmen wir als Beispiel die vergangene Nacht. Ich hatte den ganzen Tag über damit verbracht, das übliche Menschenwerk zu verrichten, war zur Arbeit gegangen, hatte etwas gegessen, gelesen und ein wenig fern geschaut. Sogar einige Gespräche geführt hatte ich, bei denen ich, wie es so Sitte ist, sehr oft an den falschen Stellen, ab und an aber auch an den genau richtigen Stellen gelacht hatte und die ich nicht zuletzt auch durch mein eigenes Plakativverhalten als für mich und mein Leben vollkommen bedeutungslos enttarnt hatte. Ganz normal durch den Tag gelebt hatte ich mich also – und war doch bereits während all dieser Tätigkeiten wie abwesend gewesen, hatte ich doch ganz genau gewusst, dass ich es in der kommenden Nacht wieder tun würde. Heute Abend, so dachte ich im Laufe des Tages mehrmals, werde ich mir wieder einmal vorstellen, wie das wohl so ist, lebendig begraben zu sein. Ganz euphorisch war ich darüber sogar geworden, was sich in der Nacht dann allerdings als etwas hinderlich erwiesen hatte. Denn wenn es etwas gibt, das bei der Taphephobie hinderlich und überhaupt vollkommen fehl am Platze ist, so ist es, man kann es sich vorstellen, die Euphorie.

Ich möchte ehrlich sein – während die meisten Menschen nicht einmal wissen, was Taphephobie überhaupt ist, begebe ich mich bereitwillig in ihre Hände. So bereitwillig, dass mit Fug und Recht gefragt werden kann, ob es sich überhaupt noch um eine Phobie handelt.

Wie dem auch sei, die Nacht kam, wie sie immer kommt und mit ihr das, was ich so inbrünstig erwartet hatte. Der Mond zog am Firmament seine Bahnen, die Sternelein spielten ihr blinkendes Spiel, und ich begann mir vorzustellen, wie es wohl wäre, just in diesem Moment mehrere Meter unterhalb der Erdoberfläche in einer Kiste zu liegen und lebendig begraben zu sein. Seit vielen Jahren geübt in der Kunst des Selbstbetruges gelang es mir schnell, jene hinderliche Euphorie beiseitezuschieben und durch geschauspielerte Angst, ich möchte gar sagen, Panik, zu ersetzen. Einer jeden Phobie wohnt ein Selbstbetrug inne, und so fiel es mir nicht schwer, mir meinen eigenen Kopf mit derart todesbezogenen Gedanken vollzustellen, dass ich es in der Tat mit der Angst zu tun bekam. Mein Atem wurde schwer und meine Versuche, ein Bein oder einen Arm zu heben, strandeten in Starre. Wie erschreckend! Wie beglückend!

Mein Körper, bekanntlich des Menschen schwächlichstes Glied, machte als Erstes schlapp und ließ sich nur allzu bereitwillig in den ihm zugedachten taphephobischen Zustand überführen.

Mein Hirn jedoch rotierte noch vor sich hin, ersehnte zwar jenen blockierten Zustand, in dem fehlender Sauerstoff und Gedankenlosigkeit aufeinandertreffen, konnte ihn jedoch allenfalls erahnen. So lag ich dort, wartete auf den Tod der Gedanken und ließ mir zum Zeitvertreib die alten Römer einfallen, von denen es doch so gerne heißt, sie wären ein ausnehmend zivilisiertes Volk gewesen. Dabei stimmt das gar nicht, ein Haufen Hundesöhne sind die Römer gewesen, degeneriert bis zum Anschlag, doch dementsprechend auch mit der ein oder anderen humorvollen Abartigkeit ausgestattet. Genau deswegen dachte ich in jenem Moment mit einiger Freude an die alten Römer und an deren kulturelle Hochleistung, ihre Vestalinnen im Falle einer verlustig gegangenen Keuschheit bei lebendigem Leibe zu bestatten. Die Vestalinnen, das waren jene jungfräulichen Priesterinnen, die sich ganz und gar der ehrenvollen Aufgabe widmen durften, das ewige Feuer Roms zu bewachen. Eine, wir wollen es nicht verhehlen, ziemlich sinnbefreite Verpflichtung, ist ein solches Feuer doch nur schwerlich zu stehlen, wie es aus sich selbst heraus wohl auch nur in den seltensten Fällen an Flucht denkt. Der Job der Vestalinnen wird demnach ein eher niedriges Anforderungsprofil besessen haben, derart niedrig, dass die Vorstellung nicht schwerfällt, dass manch liebestoller Patrizier sich die ausufernde Langeweile einer Vestalin im abendlichen Flammenschein und qua Libido ganz ordentlich zunutze gemacht haben wird. Der Rest ist Historie. Das Gestöhn wurde laut, der Akt flog auf, und um zupackende Herangehensweisen niemals verlegen, ließen es sich die Römer nicht nehmen, den begattenden Patrizier auf dem Forum Romanum öffentlich zu Tode zu geißeln – eine jenseits des Iran heute leider etwas aus der Mode gekommene Bestrafungstechnik, die den unschlagbaren Vorteil besitzt, den Steuerzahler wenig zu kosten und sich je nach öffentlicher Anteilnahme individuell auch auf Spielfilm-Länge ausdehnen zu lassen. Des Spektakels noch lange nicht überdrüssig inszenierten die alten Römer im Anschluss an die tödliche Bestrafung des Patriziers noch einen Leichenzug, mit dem sie schließlich auch die so lustvoll begattete Vestalin zu ihrem Hinrichtungsort bugsierten. Frei nach dem Motto *Variatio delectat* wurde – anstelle einer weiteren körperlichen Todeszüchtigung – nun der Kick für den Kopf gewählt. Die ehemalige Hüterin des Lichts wurde also quicklebendig in ein vorbereitetes Grab gestoßen, während die juristisch geschulten Römer ihr schnell noch ein paar Essensreste hinterherwarfen. Eine Aktion, die ganz fraglos einen Blick auf den feinsinnigen Humor der Römer zulässt, de facto aber dem Zwecke diente, die feine Gesellschaft vorab vom Vorwurf einer direkten Tötung freizusprechen. Und so wurde die Vestalin also mitsamt Äpfeln und Birnen zu Grabe gelassen. Klappe zu, Erdreich drüber. Schneidige Typen, diese Römer.

Derlei Gedanken bevölkerten mich also in der vergangenen Nacht, während ich so da lag, den nichttoten Mann markierte und begann, mich in eine Vestalin hineinzuversetzen, ja mir einmal zu überlegen, was sie wohl gedacht haben mag, dort unten im Erdreich. Nun, die ersten Minuten wird sie noch ganz mit ihrer Panik beschäftigt gewesen sein, doch gehe ich davon aus, dass sich dieses Gefühl schnell verflüchtigt haben wird. Schließlich lebt die Panik von der Befürchtung, dass mit jeder Sekunde etwas unvorstellbar Grausiges und Schmerzhaftes über uns kommen kann. Ein vollkommen obsoletes Gefühl, liegt man erst einmal in einer Kiste zwei Meter unter der Erdoberfläche, denn wenn es einen Ort gibt, wo mit Sicherheit nichts mehr ganz plötzlich geschehen wird, dann dort. Daher ist es die Panik, die dort unten als Erstes vergehen wird, um Platz zu schaffen für die Lethargie des Fatalismus, das klare Wissen um die Unabwendbarkeit des Unabwendbaren.

Der Fatalismus wird also schnell über die Vestalin gekommen sein und aus einer außergewöhnlichen Situation eine kleine Normalität gemacht haben. Ihr Atem wird sich beruhigt, die Augen sich schnell an die Dunkelheit gewöhnt haben und der instinktive Versuch des menschlichen Ohres, permanent etwas zum Erlauschen zu erhaschen, wird ebenfalls schnell versiegt sein, bis sie einfach so dagelegen haben wird. Aber was wird sie dann gedacht haben? Etwas ganz Normales und Situatives wird sie gedacht haben. Vielleicht: Verdammt – und was mach' ich jetzt mit dem angefangenen Abend? Oder: Esse ich erst den Apfel oder erst die Birne?

Wie dem nun auch sei, sicher ist nur eines: Sie wird sich garantiert nicht metaphysischen oder transzendentalen Überlegungen hingegeben haben, sondern einzig und allein dem Moment. Gedanken über die Endlichkeit des Menschen anzustellen, nein, das ist nur etwas für Sterbenskranke oben auf der Erdoberfläche. Als Weisheit getarnte metaphysische Hirnergüsse sind nur etwas für Leute, die die Möglichkeit besitzen, schnell noch Memoiren aus sich herauszuquetschen oder Kindern und Kindeskindern unsäglich auf den Nerv zu gehen. Lebendig begrabene Menschen aber, die sind von diesem ganzen Quatsch befreit. Die müssen und können niemandem mehr etwas beweisen und gehen somit auf in nichts anderem als: dem Moment. Genau das, wonach wir oberirdisch lebenden Menschen doch so verzweifelt trachten, dieses sorgenfreie Aufgehen im Hier und Jetzt, das Genießen des Augenblicks, die vollkommene Negierung von Gestern und Heute – lebendig Begrabene erleben es. Natürlich wird da auch viel Traurigkeit sein, viel Melancholie, viel Frustration, ja vielleicht sogar Depression. Aber die haben wir doch auch hier oben im Übermaß.

Ja, ich habe ein neues Hobby. Ein Hobby, das mich weiter tragen wird, als all jene, die derartige Hobbys stets verteufeln, jemals gelangen werden. Gerade das Undenkbare zu denken und sich das Unvorstellbare immer wieder freimütig vorzustellen, doch, genau das kann die Lösung all unserer Probleme sein.

Ich taphephobisiere, du taphephobisierst, er sie es wird taphephobisiert haben werden. Durchkonjugieren lässt es sich also auch noch. Traumhaft.

DER UNSICHTBARE

Es ist Winter, und es regnet. Winzige Tropfen fallen als feiner Schleier herab und lassen den Bahnhofsvorplatz feucht glänzen. In meinem Kiosk sitze ich trocken und warm, massiere mir die pochenden Schläfen und sehe dabei zu, wie ich mich langsam auflöse.

Führt ein unauffälliger Mann mittleren Alters, also ein Mann wie ich, einen Kiosk, so läuft er beständig Gefahr, unsichtbar zu werden. Denn ein jeder Moment seines Lebens wird von der gar nicht so abstrusen Möglichkeit getragen, bis zur Unkenntlichkeit zu zerbröseln zwischen all den Zeitschriften und den Tabakdosen, den Kaugummis und den Schokoladentafeln, in deren Mitte er sich tagein, tagaus befindet. Ein solcher Mann büßt zunächst die Konsistenz und die Umrisse seines Körpers ein, legt alsdann an Blässe zu und vereint sich schließlich, schneller als der Wind und geschwinder als die Nacht, mit dem Schatten hinter und dem Staub unter sich.

Führt ein unauffälliger Mann mittleren Alters einen Kiosk, soviel ist festzuhalten, so stürzt er kopfüber in die Bedeutungslosigkeit. Der Grund für diesen tiefen Fall ist ein denkbar einfacher: Die Menschen nehmen Kioskbesitzer nicht wahr. Nicht, dass sie uns nicht für voll nehmen oder verspotten, nein, mit jener Arroganz, mit der die Menschen Busfahrern oder Müllmännern begegnen, treten sie Kioskbesitzern niemals entgegen. Es ist schlimmer: Sie sehen durch uns hindurch. Vielleicht würden sie auch über mich Witze machen, wie ich dort sitze zwischen Chipstüten und Käsecrackern, doch sie sehen mich nicht, und ihr Spott bleibt somit aus. Ich habe schon darüber nachgedacht, Alkohol zu verkaufen. Die Leute sagen zwar, dass Alkohol keine Lösung sei, doch das stimmt nicht, und das wissen sie auch. Natürlich ist Alkohol eine Lösung, wäre es keine Lösung, die Menschen würden es nicht literweise in sich hineinschütten, dieses fiese, brennende Zeug. Auch mir könnte Alkohol helfen, ich müsste mich lediglich dazu durchringen, ihn zu verkaufen. Einen kleinen Stehtisch könnte ich vor meinem Kiosk aufbauen. Die

Folge könnte sein, dass etwas Pack sich hierher verirrt, asozialer Abschaum. Die hochrot angelaufenen Köpfe des ganzen Kiezes, sie könnten fortan an meinem Kiosk zusammenfinden, um hier zu versacken, Abend für Abend und direkt vor meinen Augen. Gespräche würden sich ergeben und es könnte mir gelingen, es immerhin bei den Pennern dieser Stadt zu einem Vornamen zu bringen. *Kalle*, vielleicht. *Komm, wir gehen zu Kalle,* könnte es in Pennerkreisen künftig heißen. Dazu passend könnte ich mir dann auch ein Schild anfertigen lassen und es auf dem Dach meines Kiosks anbringen lassen. *Bei Kalle* wäre dann dort zu lesen. Oder *Kalles Koma Kiosk.* Ganz gewiss wäre das der Anfang vom Ende – mein persönlicher Aufschlag auf Beton. Aber ich hätte zumindest Kunden, die mich durch ihre glasigen Augen hindurch wiedererkennen. Und wer weiß, mit einer ungezwungenen Anschreibmethode, einem gepflegten *Ach, bezahl doch das nächste Mal* könnte ich sogar richtig beliebt werden. Freundschaften könnten entstehen an *Kalles Koma Kiosk.* Aber lassen wir das, es funktioniert nicht. Ich ertrage schon die eleganten Menschen nicht, was soll ich da mit richtigem Pack vor meiner Hütte? Wo gerade authentische Menschen mir doch seit jeher der größte Graus sind.

In meinem Kiosk kann ich lediglich sitzen, denn strecke ich die Arme nur ein wenig nach oben, stoße ich bereits an mein ausgeklügeltes Regalsystem, auf das ich fast ein wenig stolz bin. Kondome befinden sich dort, pornographische Zeitschriften und ab und an, je nach Auftragslage, auch Marihuana und Haschisch. Die Legende von den verbotenen Waren, die unterm Tresen verkauft werden, hat mir noch nie gefallen. Ich habe *die Dinge*, wie ich diesen ganzen anrüchigen Plunder nenne, lieber fein geordnet über mir liegen. Ich bin wahrlich kein Moralapostel, wie auch, schließlich verkaufe ich *die Dinge* – aber das Haschisch, die pornographischen Zeitschriften oder die Kondome auf Höhe meines Genitalbereichs versteckt zu halten, erachte ich als frevelhaft und gotteslästerlich. So ordne ich alles, was der ignorante Menschenpöbel nicht auf den ersten Blick sehen darf, über mir an. Was auch den Vorteil hat, dass unten, zwischen meinen Knien, mehr Platz für den Revolver bleibt. Nach links sind es knapp anderthalb Meter, dann stoße ich an die Ess- und Knabberwaren. Nach rechts ist es etwa genau so weit bis zu den Zeitschriften allgemeinverträglicher Natur und dem sonstigen Kleinplunder.

Einen Bürostuhl habe ich mir besorgt, und braucht ein Kunde etwas von links oder rechts, rolle ich schnell und geschickt dorthin, greife blitzschnell zu und bin genauso schnell wieder zurück an meinem Ausguck. Niemand hier kennt meinen Namen, niemand sieht mein Gesicht. Aber mein Rollen fasziniert sie, treibt sie immer wieder her, denn sie können es sich nicht erklären. Alles, was sie hören und sehen, ist ein dumpf kratzendes Geräusch auf dem Boden und eine Hand, die ihnen offenbar jeden noch so verwegenen Wunsch aus einem kleinen quadratischen Fenster herausreichen kann.

Als ich entdeckt habe, dass dieser Kiosk hier zum Verkauf stand, habe ich sofort gewusst, dass das und nichts anderes das Richtige für mich ist. Meine Mutter hat die Hände über dem Kopf zusammengeschlagen, mein Vater hat sich in ein Meer aus Flüchen und Beschimpfungen ergeben, doch am Ende haben sie mir den Betrag, den es braucht, um einen solchen Kiosk zu führen, geliehen.

Niemand will einen Kioskbesitzer in der Familie haben. Unsere Gesellschaft zählt nur noch Gewinner, sieht nur noch Gewinner, nicht nur der Mittelstand verschwindet, auch das Mittelmaß verschwindet. Niemand mag mehr das Mittelmaß, als sei es eine Schande, darin zu stecken, jeder schämt sich dafür, durch und durch mittelmäßig zu sein. Was jahrhundertelang als Tugend galt, das haben wir Menschen uns selbst kaputtgemacht durch unsere borniert Glorifizierung des Genialen, des Ungewöhnlichen, und nirgends wird das so klar wie in einer Stadt wie Berlin, wo kaum einer seine Miete zahlen kann, sich aber jeder zu Höherem berufen fühlt, wie man so sagt. Darum sind sie alle hier, sind sie nach Berlin gekommen, weil sie zu Höherem berufen sind – und auch ich bin einst genau deswegen hergekommen, doch dieses Höhere, es schmeckte schal, es roch verfault, und kratzte man daran, platzte es auf wie überreife Eiterpusteln. Also bemühte ich mich um diesen Kiosk, denn einen Kiosk zu betreiben, erst recht einen frei im Raume oder auf einem Platze stehenden, ist ein wenig wie ein Einsiedler zu sein. Ich beobachte die Menschen bei ihrer Jagd nach dem *Goldenen Kalb*, bei ihren Menschenspielen, bekomme alles ganz genau mit und bin durch meine Tageszeitungen, die ich alle selbst lese, vermutlich sogar einer der am besten informierten Menschen dieser Stadt. Doch anders als bei Barkeepern quatschen sie mich nicht zu, wenn sie zu mir kommen, wortkarg fordern sie ihre Dinge, wortlos lassen sie die Münzen klimpernd auf mein sprödes Holzbord fallen und verschwinden, unwissend, dass ich alles über sie weiß, alles aus ihren knappen, brüskierenden Bewegungen herauslese, fast schon unanständig informiert bin über ihr Leben. Ihre Namen kenne ich vielleicht nicht, doch ich kenne ihre Werdegänge, ihre Schicksale, ihre tägliches Befinden und die Schieflagen ihrer Charaktere. All das weiß ich, erkenne es nach wenigen Sekunden, denn beim wortlosen Gang zum Kiosk verstellt sich niemand oder denkt an seine vielzähligen Maskeraden, wenn er nur eine Schachtel Zigaretten kauft oder eine Flasche Wasser.

Kaum hatte ich den Kiosk übernommen, hatte ich das Erwachen meiner animalischen Instinkte an mir selbst beobachten können. Seit einiger Zeit beginne ich, selbst das *Wittern* auszuprägen. Ich sitze in meinem Ausguck und sehe nicht viel mehr als ein Pferd sieht, wenn es mit Scheuklappen durch die Gassen trabt. Meine Scheuklappen sind die linke und die rechte Wand des Kiosks. Nach vorn habe ich freie Sicht, doch alles, was sich diesem Ausguck von 90 Grad entzieht, verschwindet schnell in einem toten Winkel. Gleich zu Beginn habe ich mir neben meinem raffinierten Regalbau auch ein ebenso ausgeklügeltes Spiegelsystem ausgedacht und installiert. Es besteht aus kleinen Spiegelsplittern, die ich an verschiedenen Stellen meines Kiosks angebracht habe und die für Passanten kaum zu erkennen, geschweige denn als Spähmittel zu entlarven sind. Je ausgiebiger ich jedoch von dieser kunstvollen Spiegelkonstellation Gebrauch machte, umso weniger war ich darauf angewiesen. Heute benutze ich die Spiegel kaum noch, meine animalischen Instinkte haben diese Aufgabe übernommen. Ich muss nicht sehen, was in meinen toten Winkeln passiert, ich nehme es einfach wahr, spüre es. Ich kann diese Spiegelsplitter getrost entfernen, denn ich ahne auch ohne sie, dass etwas passieren wird.

Draußen ist niemand zu sehen. Der Regen fällt in dünnen Schnüren. Lara mochte den Regen. Aber Lara ist jetzt weit weg, und ich sitze hier für die Welt unsichtbar und schaue durch meinen Ausguck auf den menschenleeren Bahnhofsvorplatz hinaus. Meine Gedanken wandern zurück zu früheren Tagen, als vor meinem Kiosk noch ein reges Treiben herrschte, ein Kommen und Gehen, und als Touristenströme noch nach Kaugummis und Stadtplänen anstanden.

Im vergangenen Winter ist eine alte Frau direkt vor meinem Kiosk ausgerutscht. An die achtzig Jahre alt mag sie gewesen sein, hatte sich zitternd und tatterig mit ihrem Spazierstock auf den Bahnhofsvorplatz gewagt und war nach tapferem Kampf – ich hatte es genau beobachtet – dann keine 20 Meter von mir entfernt doch noch ausgerutscht. Lustig ausgesehen hatte das, verliert doch niemand bei einem Sturz so viel an Würde wie Frauen oder alte Menschen, so dass nichts und niemand mich derart wieder mit dem Leben in Einklang bringen kann, wie alte, stürzende Frauen. Und diese damals, die war so unglücklich und entwürdigend ausgerutscht, dass man beim Fall sogar ihren Schlüpfer hatte sehen können. Grau war der gewesen, und er hatte sich gezeigt, weil es der alten Frau während des Hinfallens die Beine auseinandergerissen hatte, so dass der Rock hochgerutscht war. Zunächst hatte man nur ihre aufgequollenen Wasserbeine sehen können und die Stützstrümpfe, dann das schlaffe und farblose Fleisch ihrer Oberschenkel, aber anschließend, tatsächlich, ihren grauen Schlüpfer. Ich hatte laut lachen müssen, was in Ordnung ist, kann mich hier, in meinem Unterschlupf, doch eh niemand hören, wenn er nicht gerade unmittelbar vor mir steht. Und dann hatte ich ganz gebannt zugesehen, was als Nächstes passieren würde. Zuerst war gar nichts geschehen, sah man von ein paar Schulkindern ab, die in einiger Entfernung ebenfalls laut zu lachen begonnen hatten, doch dann hatte die Frau, die hilflos und inzwischen sogar blutend auf dem eisigen Vorplatz lag, in meine Richtung geschaut, woraufhin ich sofort begonnen hatte, meine Zeitschriften zu sortieren. Ich sortiere meine Zeitschriften sowieso viel zu selten, und wir wissen doch alle, wohin die Unordnung uns Menschen eines Tages führen wird. Also hatte ich in jenem Moment, in dem die gestürzte alte Frau hilfesuchend zu mir hinübersah, flugs begonnen, den Stapel mit den Frauentiteln von ganz links nach ganz rechts zu schieben. Und die Sportblätter dafür von ganz rechts nach ganz links. In aller Ruhe hatte ich mich dieser

Tätigkeit gewidmet, während die alte Frau – ich konnte es aus den Augenwinkeln wahrnehmen – weiterhin blutend auf dem spiegelglatten Bahnhofsvorplatz herumgelegen hatte. Schön ordentlich hatte mein Kiosk dafür jedoch schon kurze Zeit später ausgesehen, und ich hätte mit Sicherheit noch manche Minute auf diese Weise hin- und herschieben können, hätte ich nicht immerzu den grauen Schlüpfer der Alten im Kopf gehabt. Ich darf behaupten: Es schiebt sich wahrlich schlecht Zeitschriften durch die Gegend mit einem grauen Altweiberschlüpfer im Schädel! Sicherlich, ich hätte auch aus meinem Kiosk, aus meiner Unsichtbarkeit, heraustreten und ihr aufhelfen können. Andererseits heißt es doch immer, dass die Würde des Menschen unantastbar sei. Also ließ ich einfach die Finger davon.

Einige Wochen später war mit einem Mal und ganz unangekündigt der Frühling und mit ihm diese alles ins Tauen versetzende Sonne über die Stadt hereingebrochen und hatte allen Frohsinn von mir fortgenommen. Mit dem Sommer kamen dann die vielen Touristen in ihren Shorts. Dünne Jungen mit seltsamen Hosen und verschüchtert aussehenden Scheitelfrisuren. Manche von ihnen hatten bei mir haltgemacht, um sich etwas Bier für den Weg in die Diskothek zu besorgen, doch ich verkaufe keinen Alkohol, und den Wodka, den ich ebenfalls über meiner Stirn platziert habe, nutze ich nur für den Eigenbedarf.

Junge Mädchen gab es auch, mit großen Sonnenbrillen und Mixgetränkeflaschen in den Händen, laut und lachend und fast immer ohne BHs unter den schräg auf den Schultern sitzenden Shirts, die an mir, dem Unsichtbaren, einfach vorbeigeschlendert waren. Sie hatten nichts gekauft und oftmals nicht einmal in meine Richtung geschaut und sich lieber aufgemacht zu einem dieser überteuerten Vergnügungstempel oder einem jener modernen Stadtstrände. Wenn sie dann doch kamen, die jungen Mädchen, so fragten auch sie nach Bier, und ich konnte ihre Augen nicht sehen, weil sie alle diese großformatigen Sonnenbrillen trugen. Also schaute ich stattdessen auf ihre jungen Brüste, die sich – der ich in meinem Ausguck saß – direkt vor meinem Gesicht positionierten, fordernd und fragend. Und mir war, als wären es gar nicht die Mädchen, die nach Bier fragten, sondern ihre Brüste, ihre von BHs befreiten Brüste, die sich an den Sommer schmiegen, sich mit ihrer ganzen Fülle den hohen Temperaturen hingeben wollten, dafür aber Bier brauchten, unbedingt Bier. Ich aber verkaufe keinen Alkohol, und so bot ich ihnen Orangensaft an, Eistee, Coca-Cola, Wasser. Dann standen sie da und grinsten, nur ganz leicht und unmerklich, doch sie grinsten, und ich griff mir von ihnen unbemerkt zwischen die Beine, dorthin wo mein Revolver sitzt, und strich sanft über seinen Griff, während sie dort standen und grinsten und dann tuschelnd fortgingen.

Ich kann mich von meinen Sommergedanken losreißen und schaue aus meinem Ausguck hinaus auf den vor Nässe glänzenden Bahnhofsvorplatz.

In diesem Winter ist alles anders, denn nach den belebten Monaten des Frühlings und Sommers hat sich in den vergangenen Wochen eine seltsame Stille breitgemacht und den Bahnhofsvorplatz und meinen Kiosk in akute Wort- und Bedeutungslosigkeit getaucht. Mit einem Mal waren all die Reisenden weggeblieben und mit den Reisenden auch die Kunden. Zunächst hatte ich mir nicht viel dabei gedacht, hatte allerhand Ausreden dafür ersonnen, warum der Strom der Menschen, den es sonst unaufhörlich aus der Bahnhofshalle spült, mit einem Male zu versiegen schien. Doch als aus dem Strom ein Tröpfeln geworden war, ein Menschenrinnsal, da hatte ich begonnen, mir ernsthaft Sorgen zu machen und meine Zeitungen nach erklärenden Schlagzeilen zu durchwühlen. Nach Anzeichen für Atomunfälle, Bürgerkrieg, Massensuizid, Ausbreitung von Pest und Cholera hatte ich geforscht, doch nichts gefunden. Stattdessen hatte ich eine schleichende Veränderung an den wenigen Reisenden und Kunden bemerkt, die noch kamen. Seltsam hölzern hatten die sich zunehmend bewegt und starre Gesichter vor sich hergetragen. Wie ferngesteuert, hatte ich noch gedacht. Zunächst war da nur eine Verwunderung gewesen, alsdann eine Beunruhigung, die erst mit fortlaufender Dauer dieses stoisch erkalteten Reisenden- und Kundenverhaltens zu einer Angst geworden war, die mich immer öfter nach meinem Revolver hatte greifen lassen.

Das war die Geburt meines Instinktverhaltens, die Aktivierung meiner tierischen Fähigkeit, drohendes Unheil zu wittern, zu ahnen, dass etwas Schreckliches passieren würde. Nichts war jedoch passiert, gar nichts. Wie eh und je hatte ich meinen Kleinkram von meinem Ausguck verkauft und mich, getrieben von meiner Ahnung, verhalten wie einer, der in der Falle sitzt und nicht weg kann, wenn es doch noch *hart auf hart* kommt. Die wenigen gesprochenen Worte und vor meinen Augen stattfindenden Gesten der Leute hatten sich allesamt in Drohgebärden verwandelt. Sogar die der jungen Frauen. Gerade die. Mit ihren belanglosen Kaufwünschen hatten sie mich derart in Erschütterung versetzt, dass ich ihnen ihre Zeitschriften, Schokoriegel und Getränke nur noch zitternd herausreichen konnte. Mittlerweile hat nun ein dauerhafter Schrecken begonnen, sich in meinen Gliedern einzunisten, und mit diesem Schrecken ist das große Zusammenzucken über mich gekommen. Mit den Wochen habe ich mich wie die alte, auf dem eisigen Bahnhofsvorplatz ausgeglittene Frau zu fühlen begonnen. Wie ihre graue Unterwäsche liegen meine Nerven für jedermann offen ersichtlich zu Spott und Entwürdigung bereit.

Tage, an denen nichts passiert, rufen ein Tickern und ein Pochen in mir auf den Plan. Dabei sind es gar keine Tage, sondern Phasen. Zeitstrecken, die sich dehnen wie Kaugummi. Ich sitze in meinem Verschlag und sehe über Stunden niemanden. Nur das pulsierende Blut in meinen Schläfen bestätigt mir noch meine eigene Existenz. Eine Dame vom Amt war seinerzeit so freundlich, mir sogar anzubieten, meinen Kiosk etwas zu verrücken, *mehr ins Geschehen hinein*, hat sie gesagt. Und vielleicht hat sie Recht gehabt, denn nun merke ich, dass nicht die Abgelegenheit mir zu schaffen macht, sondern jene Zeitstrecken, wo es keinerlei Geschehen gibt. Das kompromisslose Ausbleiben von Ereignissen. Abgelehnt habe ich ihr Entgegenkommen, habe es als falsch empfunden, schließlich hatte ich mich nicht entschieden, mich freiwillig zu einem Kioskbetreiber zu machen, um mitten in einem Geschehen zu sein. Die Stille hatte ich gesucht, hatte alle Schritte unternommen, sie zu finden, ihr auf die Schliche zu kommen. Mittendrin und doch nicht dabei zu sein, das hatte mich fasziniert und war meine Sehnsucht und meine blasse Ahnung von Seelenheil gewesen. Hätte ich den Kiosk nur um wenige Meter verrückt, alles wäre dahin gewesen, mein ganzer, perfekt durchgestylter Errettungs- und Erlösungsplan, komplett für die Katz`, wie man so sagt. Diese Momente aber, in denen schier gar nichts passiert, die haben mich dann doch überrascht, und ich fühle, dass ich einem Trugschluss erlegen bin. Ich sitze in meinem Verschlag, und obwohl der Bahnhof nicht weit ist und ich mich in einer normalerweise von Touristen stark frequentierten Gegend befinde, gibt es Momente, da sitze ich, wie unter einer Lawine begraben. Hart und schneidend drückt mir die Kälte meinen Brustkorb ein, ich ahne das Licht dort oben, dort vorne, dort hinten, ahne es mehr, als dass ich es wirklich sehe, und dumpf gelangen kaum identifizierbare Geräusche zu mir. Ich frage mich dann, ob mich gerade jemand sucht, ob sie bereits mit Bernhardinern auf dem Weg zu mir sind, der ich hier in meinem Kiosk sitze wie eingeschneit. Oder ob sie sich bereits entfernen, sich alle entfernen, mich aufgegeben haben, eine weitere Suche für sinn- und zwecklos halten, ja allesamt abwinken, denken, das bringt doch nichts mehr und dann, kaum dass sie fort sind, die Stille über mich kommen lassen. Ja, es besteht ein Unterschied zwischen der Stille, die Menschen selbst aufsuchen und der Stille, die andere Menschen einem Hilflosen, zu Gegenwehr nicht Fähigen, überstülpen. Das hier ist nicht meine Stille. Es ist ihre Stille, ihre Blockade, ihre Ignoranz. Ich wollte gehen, mich von den Menschen entfernen, zum Einsiedler inmitten einer Großstadt werden. Doch, noch bevor ich meinen ersten Schritt hinaus getätigt hatte, hatten sie mich bereits hinausgeschoben, waren regelrecht froh gewesen, mich nicht mehr unter sich zu haben.

Das Chaos des vergangenen Jahres ist fort, denn ich funktioniere nur als Widerpart der sich vor meinem Auge ausbreitenden Realität. Solange dort draußen alles in Aufruhr war, fühlte ich mich bei Sinnen, doch seit nun die Bewegungslosigkeit zunimmt, setzen sich ein Pochen und ein Ticken tief in mir in Gang. Ich sitze in meinem Kiosk und vernehme die Stille, die sich weiter kratzend und nervtötend an meine Ohren presst und mir mein Trommelfell zerreißt. Während ich aus meinem Ausguck hinausspähe, den seltsam leeren Bahnhofsvorplatz sehe und bemerke, dass ich nicht einmal den in einiger Entfernung wie besinnungslos vorbeifahrenden Autos ein Geräusch entlocken kann, denke ich: Diese Stille bleibt. Sie wird von Dauer sein. Etwas wird passieren. Und ich fürchte mich.

Der Regen klopft dezent und fast fragend wie ein vertrauter Freund auf mein Vordach. Das beruhigt mich. Auch Lara mochte den Regen. Und ich mochte Lara. Meine Eltern waren es, die Lara nicht mochten. Nie haben sie Lara gemocht, nie. Mein Vater hat in ihr nie die Lara sehen können, die ich gesehen habe und sie deshalb nicht gemocht. Und meine Mutter? Die hat in Lara immer zu viel von sich selbst sehen und finden können und sie schon deswegen nicht ausstehen können.

Ich erinnere mich an weit entfernte Freunde, die sich Sorgen um mich machten, die mir Depression diagnostizierten und Lethargie vorwarfen. Doch meine Argumente für eine Existenz in einem Kiosk, und damit außerhalb der Menschenwelt, waren schlichtweg überwältigend. Und kristallklar. *Alles führt zu nichts*, habe ich ihnen entgegengehalten. *Und nichts führt zu allem.* Was haben sie mich gehasst für derlei Sätze, meine nun weit entfernten Freunde. Ob ich es mir nicht ein wenig zu einfach mache, haben sich mich gefragt. Natürlich hätte ich mehr aus meinem Leben machen können. Und vielleicht könnte ich das sogar noch, ich bin Mitte dreißig, da passiert nicht mehr viel, aber einiges geht noch, hier und dort. Doch diese Hatz gebe ich mir nicht.

Schon damals, kurz nach meinem Kioskerwerb, war mir klar gewesen, dass ich nur hier, in dieser sterbenden Gegend, meine Ziele verfolgen kann. Die Ignoranz der Menschen zerreibt mich bei lebendigem Leibe, und dennoch muss ich bleiben, genau hier, an diesem wahrlich unwirtlichen Ort. Muss bleiben, um schon bald gehen zu können. Aufgehen zu können in diesem Tohuwabohu, das ich bereits erahne, dessen Vorboten ich am Himmel erblicke, wenn ich spät in der Nacht aus meinem Unterschlupf krieche und nach oben schaue. Berlin, so weiß ich, wird als Erstes umkommen. Hier auf meinem Bahnhofsvorplatz sehe ich bereits den Tanz der Toten, feiernd und BH-los laufen die Jungen ihrem Untergang entgegen, unwürdig rutschen ihm die Alten auf Eisschichten entgegen. Zwischen all den möglichen Lebenszielen habe ich mir jenes erwählt, das gar keines ist. Mein Lebensplan ist das Verharren, die Beobachtung aus sicherer Deckung. Ich sitze in meinem Kiosk wie an einem Strand, schaue der Brandung zu, atme gleichmäßig ein und genauso gleichmäßig wieder aus und warte auf das Ende. An das Pochen in meinen Schläfen kann ich mich gewöhnen, es scheint zu einem ständigen Begleiter zu werden, also wird es wohl zur Routine. Ich werde freiwillig hier in meinem Kiosk versacken, mit der einen Hand am Schädel und der anderen zwischen meinen Knien, am Revolver.

Der Regen wird jetzt heftiger. Er trifft so unablässig und willensstark auf meinen Kiosk, dass ein menschliches Gehör schon nicht mehr in der Lage ist, die unterschiedlichen Tropfen wahrzunehmen, ergießt sich in einem einzigen Rauschen, ist mehr Wasserfall und Ventilator als sanft anklopfender Besucher. Auch Lara mochte den Regen, ich erinnere mich noch gut daran, wie sehr sie den Regen gemocht hat. Ihr kastanienbraunes Haar, es roch so gut, wenn sie von einem ihrer Regenspaziergänge zurückkehrte. Die Strähnen klebten ihr an der Stirn und an den Wangen und dann ihr Blick, ihr wunderbarer, dunkler Blick. Wann immer sie zurückkehrte aus dem Regen, war er so verheißungsvoll. Doch das ist lange her. Ich sehe sie noch immer in mir. Alle übrigen Erinnerungen verblassen, ich streife meine Vergangenheit ab, entledige mich ihrer. Nur Lara nicht. Lara bleibt. Lara, wie sie mich anschaut und mich fragt: „Bist du verflucht? Ein verfluchter Mensch?" Ich stehe hier, mit ihrem Blick in meinen Gedanken und dem Duft ihrer nassen Haare in meiner Nase und dem Geräusch des Regens in meinen Ohren und meiner Antwort, außer Atem, sehnend, fast etwas lachend, etwas keuchend: „Ich war es. Ich war verflucht. Aber ich bin geheilt, Lara. Ich bin geheilt!" Ich rufe es laut hinaus, aber niemand hört mich. Wie leergespült und reingewaschen liegt der Bahnhofsvorplatz vor mir. Alles, was Lara mir ließ, sind Erinnerungen. Und die Sehnsucht danach, ein verblassender, ein unsichtbarer Mann zu werden.

Manchmal gibt es Momente, in denen die dumpfe, wie abgepackt um mich herumstehende Stille selbst für mich zu allumfassend, zu laut wird. Wann immer diese Stille an mir zu nagen und mich zu überfordern droht, wenn ich mich und mein Sein nicht länger ertrage und alles, hier drinnen wie dort draußen, mir als Ekel vor den Augen umhertanzt, dann greife ich in mein Geheimfach über mir. Dann trinke ich. Ich habe verlernt, diese Stille, die ich vor vielen Jahren bewusst aufgesucht habe, zu kontrollieren. Entglitten ist sie mir, ich habe keine Handhabe mehr über sie. Wie eine riesige Welle ist sie manchmal, türmt sich vor mir auf, wird größer und größer, während ich gebannt, gleichermaßen schockiert, dastehe, wie angewurzelt, erfroren oder blockiert. Schon ist sie dann über mir, neben mir, vor und hinter mir, durchflutet meinen ganzen Kiosk, diese unsägliche Stille, nimmt mich hoch und zermalmt mich lautlos. Sie wirbelt mich ohne ein einziges Geräusch umher, schlägt mir auf den Rücken und in den Unterleib, ja genau, mit der blanken Faust in den Unterleib, nur um mich im selben Augenblick aus höchster überhaupt vorstellbarer Höhe abstürzen zu lassen, mit dem Kopf voran, direkt auf den asphaltierten Weg vor meinem Kiosk. So ist die Stille hier drinnen.

Der Regen ist jetzt sehr laut und rauscht vor meinem Ausguck wie eine Wand aus Abermillionen fallender Nadeln herunter.

Allein in einem kleinen Kiosk zu sitzen und sich umspülen zu lassen vom Regen; die Straßen, die Gehwege und den Vorplatz dabei zu beobachten, wie sie verschwimmen, nicht nur vor den Augen ihre Konturen aufgeben, sondern wirklich und wahrhaftig verwischen. Zu spüren, wie eine Form von Stille Besitz von mir ergreift, mich aller Körperlichkeit und aller Menschlichkeit beraubt, mich endlich befreit von den Lastern der Beschränktheit und mich fortträgt – dafür habe ich diesen Kiosk gekauft. Um aufzugehen im Nichts.

„Ich sehe alles nur noch verpixelt", habe ich Lara damals, vor so vielen Monaten, angeschrien. „Mein ganzes Leben findet verpixelt statt!" Doch Lara, mit ihrer Schönheit und ihrem Sinn für Naivität, hat mich in die Arme genommen, hat mich gewiegt, wie man ein kleines Kind wiegt. Mir sind die Tränen gekommen, wie sie kleinen Kindern immer kommen, wenn Erschrecken und Wiegen zu heftig aufeinanderprallen. Lara mit ihrem Sinn für Naivität und ich mit meinem Sinn für das Warten, wie haben wir den Regen geliebt. Und wie liebe ich den Regen noch immer. Sitze in meinem kleinen Kiosk, habe noch kein Stück verkauft heute, keine Zeitung, keine Zigaretten, nichts, doch höre dem Regen zu und denke an Lara. In meinen Schläfen beginnt es, erneut zu pochen. Das sind die vielen Verästelungen, das ist der Lebensballast. Was für ein feines Leben wir Menschen doch führen könnten, hätten wir nur eine Möglichkeit, unsere Schädel loszuwerden. Dass unsere Gehirne uns durch all die Jahrtausende getragen haben, sagen die Wissenschaftler und Historiker. Was für ein Unsinn! Sie behindern uns von Anbeginn an. Gehirne sind nichts anderes als Tumore, sie wuchern in unserem Kopf, und wir können nichts dagegen tun. Gedankenkrebs ist unser Schicksal.

Der Regen. Die Stille. Das Pochen. Lara. Greife ich hinunter, zwischen meine Knie, so ertaste ich den Revolver.

DIE ALISON, DER PAWEL

„Glaubst du", so fragte Alison den Pawel in ihrer ersten gemeinsamen Nacht, kurz nachdem sie das Licht gelöscht und sich vorsichtig an seine Schulter geschmiegt hatte, „dass wir unsere Vergangenheit einfach so abstreifen können, jeder für sich?"

Sie war selbst überrascht, wie theatralisch sie in Momenten wie diesen doch klingen konnte, wie aufgesetzt und pathetisch. Und dennoch ehrlich.

Pawel antwortete nicht, doch Alison kannte ihn bereits zu gut, sie wusste, dass sie noch eine Antwort erhalten würde, dass es nur manchmal etwas länger dauern konnte bei ihm. Sie hörte seinen Atem und sah im schwachen Lichtschein, der zum Fenster hineinfiel, wie sein Brustkorb sich hob und senkte, wieder und wieder.

„Nein", antwortete er. „Mit der eigenen Vergangenheit muss jeder leben, die hängt ganz eklig an uns dran, wie ein Zementklotz. Da können wir uns noch so oft auf den Kopf schlagen, die werden wir einfach nicht los."

„Hm", murmelte Alison, abgehackt, und selbst in der Stille ihres Schlafzimmers kaum hörbar.

„Jeder Mensch ist immer ganz viel von dem, was er bereits war und nur ganz wenig von dem, was er noch werden könnte", fügte Pawel dann hinzu. „Erzähl mir dein Gestern, und ich sage dir, wer du heute bist. Oh, oder auch sehr schön: Heute ist immer die Summe aus gestern plus vorgestern."

Wie immer amüsierte er sich selbst am meisten über den Klang seiner seltsamen Weisheiten, diesen sprichwortartigen Eingebungen, die ihm scheinbar überall unbegrenzt in den Sinn kommen konnten.

Er lachte geräuschlos, so dass es in den Ohren von Alison fast ein wenig nach Asthma klang, wie sie sich überhaupt wunderte, dass ein Mann offenbar problemlos etwas derartig Hoffnungsloses sagen und dennoch zugleich lachen konnte.

Die Sekunden verstrichen, und gemeinsam sahen sie tief hinein in die Finsternis, die sich direkt vor Alisons großem Bett ausgebreitet hatte.

„Du glaubst also, wir sind schon zu alt und zu verkorkst, um überhaupt noch eine Chance zu haben?“

Wieder verstrichen die Sekunden, doch Alison mochte diese langen Pausen in ihren Gesprächen, waren sie ihr doch Beweis genug, dass, wann immer sie und Pawel sich unterhielten, auch ein wirklicher Dialog stattfand.

„Das habe ich nicht gesagt, Alison. Und das meine ich auch nicht, denn ob wir nun alt oder verkorkst sind oder vielleicht sogar beides zugleich, das spielt doch gar keine Rolle bei der Frage, ob wir beide eine Chance haben.“

„Nicht? Was ist es dann, Pawel? Was spielt eine Rolle?“

Ihre Augen ruhten noch immer auf der Finsternis, die am Fußende ihres Bettes alle Anstalten machte, auf das Laken heraufgekrabbelt zu kommen.

„Die Frage ist doch viel mehr die“, setzte Pawel diesmal zu einer schnelleren Antwort an, hielt dann jedoch inne, so dass es Alison erschien, als würde er nun ausgerechnet in dieser bodenlosen Dunkelheit vor ihnen nach einer Fortsetzung seines Satzes stochern.

„Ich frage mich manchmal, Alison, ob es wirklich so klar ist, dass Franz Kafka die Musik von ABBA nicht ertragen hätte. Ich weiß, wie irrsinnig das ist, allein über so etwas Grunddämliches nachzudenken, aber ich trage diese Frage schon seit Jahren mit mir herum, so absurd sie auch sein mag. Es gibt sogar Tage, an denen kann ich an gar nichts anderes denken als an genau diese blöde Frage. Ich meine, kann es nicht theoretisch doch möglich sein, dass Kafka ABBA gemocht hätte? Dass er mitten in Prag seine Fenster weit aufgerissen, die Frühlingsluft hinein gelassen und dabei gutgelaunt und frohgemut „Dancing Queen“ gesummt hätte? Ist das wirklich so unvorstellbar, Alison? Was denkst du?“

„Kafka und ABBA?“ Alison lachte laut auf. „Nein, Pawel, niemals. Vollkommen ausgeschlossen.“

„Hm. Und was hätte Kafka dann gemocht? Bob Dylan vielleicht? Johnny Cash?“

„Schon eher. Leonard Cohen könnte ich mir auch gut vorstellen bei Kafka.“

„Und kein ABBA, Alison?“

„Nein«, lachte Alison, „ganz sicher nicht.“

„Und warum nicht?“

„Pawel! Ich bitte dich, der Mann hat *Das Urteil* geschrieben. In nur acht Stunden! So einer hört doch keine Lieder von ABBA!"

Alison spürte, wie sehr es in Pawel arbeitete. Es ist seltsam, dachte Alison in diesem Moment, wie sehr Pawel sich an derlei unsinnigen Fragestellungen abarbeiten kann.

„Und nur weil er *Das Urteil* geschrieben hat, darf er jetzt keine ABBA-Musik mehr hören? Verstehst du, worauf ich hinaus will, Alison? Wo steht denn das überhaupt geschrieben, dass ein solcher Mensch, der *Das Urteil* in nur acht Stunden herunterschreibt, dass der im Anschluss daran nicht zu *Super Trouper* durch Prag schunkeln darf?"

„Es behauptet doch niemand, dass er das nicht darf", sagte Alison heftig, „es ist nur einfach schwer vorstellbar, dass er es tun würde. Glaubst du denn allen Ernstes selbst daran, dass Kafka seine Freude an ABBA gehabt hätte?"

Pawel gab ihr einen eher väterlich anmutenden Kuss auf die Stirn und lachte: „Nein, natürlich nicht. Kafka hätte ABBA niemals gemocht, ganz sicher. Aber ist es nicht gerade an Menschen wie dir und mir, sich genau so etwas zumindest vorstellen zu können? Einfach zu vergessen, dass der Mann ‚Das Urteil' in acht Stunden runtergeleiert hat und sich stattdessen auszumalen, wie Kafka ganz lasziv zu *Voulez-Vous* sein Becken kreisen lässt?"

„Lustige Vorstellung, ja, aber – was bringt uns das, Pawel?"

„Tja, wenn ich das nur wüsste. Trotzdem könnte es durchaus sein, dass an genau dieser lächerlichen Frage unsere Zukunft hängt."

„Wie – ob wir beide eine Chance haben, hängt davon ab, ob Kafka ABBA gemocht hätte?", kicherte Alison.

„Ich bin mir selbst noch nicht ganz sicher", lachte nun auch Pawel, „aber ja, genau das könnte durchaus der Fall sein. Ob wir es wollen oder nicht, Alison, aber du und ich, wir sind ein Experiment, und unsere einzige Chance könnte darin bestehen, Kafka posthum für ABBA zu begeistern. Und sei es auch einfach nur für einige Minuten und auch nur in unseren Köpfen."

Viele Wochen zuvor ergab es sich, dass der Pawel, kaum dass er wieder in die Canal Street eingebogen war, sich selbst als den seltsamsten aller New Yorker zu betrachten begonnen hatte. Erst wenige Augenblicke zuvor war er vor Alison davongelaufen, hatte sie im strömenden Regen vor der *Academy Of Art* einfach stehengelassen und war abgehauen, immer die Church Street entlang, hatte den Regen kaum wahrgenommen, dafür aber das Geheul der Polizei- und Feuerwehrsirenen im Ohr gehabt. Ein Geheul, an das er sich schon kurz nach seiner Ankunft hier in Manhattan so sehr gewöhnt hatte, dass es ihm zu einer Art Soundtrack geworden war, dem Soundtrack dieser Stadt, der beständig durch die Häuserschluchten wehte, so unablässig, dass er sich längst unbehaglich fühlte, in just jenen Momenten, in denen dieses typische New Yorker Sirenengeheul einmal nicht zu vernehmen war.

So war er also nach wenigen Augenblicken von der Church Street aus in die Canal Street abgebogen, war an den vielen nichtssagenden Drogerien und kleinen Boutiquen entlanggeeilt und hatte mit einem Mal festgestellt, wie eine Verwunderung mehr und mehr Besitz von ihm ergriff, stark und heftig, bis er plötzlich, kurz vor Ecke Mulberry Street, stehengeblieben war. So abrupt, dass einige hinter ihm laufende Passanten fast auf ihn aufgelaufen wären, mit ihren großen Regenschirmen und den zu Boden gerichteten Blicken. Das Gefühl der Verwunderung war so stark und klar über ihn hereingebrochen, dass er sich hier, mitten im Regen auf der Canal Street, Ecke Mulberry, an einem Lampenpfeiler hatte festhalten müssen, um nicht davon hinfortgeweht zu werden.

„Wo kommt nur dieses plötzliche Erstaunen her?", fragte er sich nun, hatte weder Augen für den prasselnden und immer stärker werdenden Regen und auch nicht mehr für das ihm doch so angenehme Geheul der Sirenen, sondern nur noch für dieses Gefühl von Verwunderung, welches irgendwo tief in ihm begann, sich immer weiter auszubreiten.

Mit Alison vor der *New York Academy Of Art* herumzustehen, war Teil jener Unternehmungen gewesen, die sie beide sich in den vergangenen zwei Jahren zu einer Form von Gewohnheit hatten werden lassen. Eine jede, von dort ausgehende neue Ausstellung hatten Alison und er zu einer Art Pflichtprogramm für sich auserkoren, und Pawel hatte begonnen, diese Ausflüge mit Alison nicht nur zu mögen, sondern sie geradewegs zu lieben, ja sogar kaum weniger zu lieben als jenes Geheul der New Yorker Sirenen. Alison hatte Architektur in Berkeley studiert und den Pawel sogleich von Beginn ihrer Freundschaft an mit ihrem künstlerischen

Wissen fasziniert, welches sich, das hatte er schnell bemerkt, längst nicht nur auf das formvollendete Bauen von Häusern beschränkte, sondern auch fast alle anderen Sparten der Kunst umfasste. Ihr Datengerüst saß beeindruckend fest, und Pawel mochte es, der Alison dabei zuzuhören, wie sie einer großen künstlerischen Assoziationsmaschine gleich von einer Epoche in die nächste schwenken und von einem berühmten Namen einen wunderbaren Bogen zu einem ganz anderen berühmten Namen schlagen konnte, scheinbar mühelos und nicht selten innerhalb eines einzigen Satzes. Zwei Jahre lebte er nun hier und war mit Recht stolz darauf, es überhaupt hierher geschafft zu haben, doch noch viel stolzer war er darauf, bereits nach wenigen Wochen einen Menschen wie Alison kennengelernt zu haben, die ihn nicht nur künstlerisch bereicherte, sondern die ihm – und das war dem Pawel nicht minder wichtig – ein Gefühl für die USA gab.

Dass New York ein kultureller Schmelztiegel war, das hatte er selbstredend schon vor seiner Ankunft am John-F.-Kennedy-Flughafen gewusst, und dass es dementsprechend wohl keinen passenderen Ort in den Vereinigten Staaten gab, an dem sich besser nach so etwas wie einer originären amerikanischen Seele fahnden ließ, auch das hatte er vermutet. Doch bereits nach wenigen Wochen hatte er gespürt, dass in New York in Wahrheit gar kein uramerikanisches Gefühl zu erspüren war, dafür aber eine Form von Weltwissen und Weltgewissen, ein globaler Mikrokosmos und ja, eine ganz eigenständige Art, die Welt nicht nur zu sehen und zu denken, sondern sie sich auch zu *ersehen* und immer wieder neu zu *erdenken*. Einige Reisen durch die USA hatte Pawel seitdem unternommen, hatte es in die distanzierte Trostlosigkeit Atlantas geschafft und die aufgeblähte Romantik des Sunset Strips in Los Angeles begutachtet. Auch in den tiefsten Mittleren Westen, bis nach Carson City in Nevada, hatte Pawel es bereits verschlagen – ein Trip, der vollkommen sinnlos gewesen war, der ihm jedoch gerade wegen dieser Sinnlosigkeit gut getan und ihn erfüllt hatte. Er hatte also schon eine Menge gesehen in diesem Land und doch immer gewusst, dass er an keinem anderen Ort als New York leben wollte und könnte.

„Ich mag die USA nicht", hatte Pawel der Alison dementsprechend auch erklärt, nachdem sie sich ein wenig besser kannten und er somit nicht mehr befürchten musste, sie eventuell in ihrem Patriotismus zu verletzen. „Die Vereinigten Staaten sind einer der schönsten Flecke der Welt, aber deine Leute, sie machen mich wahnsinnig, sie lassen mich verzweifeln, und ich könnte nicht einen Tag in ihrer Nachbarschaft leben. In New York aber kann ich genau das, hier kann ich atmen." Kaum ausgesprochen, hatte Pawels Bemerkung selbst in seinen Ohren plötzlich etwas sehr Unstatthaftes und Respektloses angenommen. Schließlich betrachtete er sich selbst noch immer als Gast in diesem Land und erinnerte sich auch noch deutlich daran, wie sehr ihn Türken und Araber aufgeregt hatten, die in Deutschland zwar ordentlich und sicher in gemäßigtem Wohlstand lebten, dennoch nur zu deutschlandfeindlichen Äußerungen zu bewegen waren.

So hatte er sich schnell bei Alison entschuldigen wollen, was jedoch gar nicht notwendig gewesen war, war Alison doch eine Frau, die zwar tatsächlich von jenem berühmt-berüchtigten amerikanischen Patriotismus beseelt war, der ihr das eigene Heimatland beständig als das beste Land der Welt vor Augen führte, die jedoch zugleich über eine bemerkenswerte Form von Zynismus und Selbstreflexion verfügte. Da sie außerdem niemals Entschuldigungen, dafür jedoch Ehrlichkeit erwartete – ein äußerst feiner Charakterzug, den der Pawel jedoch erst nach vielen Monaten endgültig verstanden hatte – fühlte sie sich von seiner Bemerkung gar nicht verletzt, und er und Alison waren, anstatt in einen Streit nur in ein langes Gespräch darüber geraten, ob New York nun amerikanisch sei oder nicht. Ein Gespräch, das beide in völliger Ruhe und mit guten und stichhaltigen Argumenten auf beiden Seiten geführt hatten und das zwar, natürlich, kein Ergebnis hervorgebracht, ihn wie auch sie jedoch, wie er später noch oft dachte, ein Stück nach vorne gebracht hatte in ihren jeweiligen persönlichen Entwicklungen. Das hatte Pawel schon daran erkennen können, dass die Alison und er jenen Tag dann ausgerechnet damit beschlossen hatten, sich den Film „Manhattan" von Woody Allen anzusehen.

Einmal im Monat trafen sich Pawel und Alison, niemals öfter, aber auch niemals seltener. Immer zog es sie zuerst in eine künstlerische Ausstellung, mit der Alison ihn ein jedes Mal überraschte, um anschließend, gleich einer wunderbaren Tradition, noch gemeinsam eine Stunde in einem jener gemütlichen nordamerikanischen Coffeehouses zu verbringen, in denen neben wohltuenden

Getränken auch oftmals ebenso akustisch-beruhigende Live-Musik angeboten wurde. Ihre Treffen verliefen also nach konstanten Drehbüchern, deren Variablen einzig und allein der Regie von Alison unterstanden. So sprach sie Pawel, der kein Handy besaß, immer eine Nachricht auf den Anrufbeantworter in seiner Wohnung und bestellte ihn für irgendeine Uhrzeit an irgendeinen Ort in New York. Wie er sich nun erinnerte, hatte Pawel erste Anzeichen dieser Verwunderung, die nun, an dem Lampenpfeiler in der Canal Street, Ecke Mulberry, so übermächtig geworden war, viele Monate zuvor bereits bei genau jenen Ansagen von Alison festgestellt. So hatte er bis zum heutigen Tag beispielsweise nicht herausfinden können, wie es Alison gelingen konnte, immer genau dann in seiner Wohnung anzurufen, wenn er gerade nicht zu Hause war. Seit zwei Jahren traf er sich nun mit ihr, Monat für Monat, doch noch nie war er daheim gewesen, wenn sie angerufen hatte, um ihm den nächsten Treffpunkt mitzuteilen, so dass innerhalb weniger Monate aus dieser Mitteilung zwangsläufig eine Aufforderung geworden war. Auch Alisons Ansagen auf seinem Anrufbeantworter hatten, das hatte er amüsiert und ebenso verwundert festgestellt, mit der Zeit einen für sie ungewöhnlich strengen, ja fast schon dominanten Tonfall angenommen.

Zunächst hatte Pawel noch einige Male versucht, Alison auszutricksen, hatte tagelang beschäftigungslos in seiner kleinen Wohnung herumgelungert, in der verwegenen Hoffnung, sie vielleicht doch einmal bei frischer Tat zu ertappen, sozusagen, doch es war ihm einfach nie gelungen.

Kaum war er einmal für zehn Minuten aus dem Haus gegangen, um Getränke und etwas Brot zu kaufen, schon hatte er bei seiner Rückkehr das hektisch blinkende Rotlicht seines Anrufbeantworters bemerkt. Sehr verwundert hatte ihn das, doch er hatte sich an diese Verwunderung gewöhnt, so dass er irgendwann einfach aufgehört hatte, beständig dagegen anzukämpfen, wie er auch die Tatsache hingenommen hatte, dass Alison ihm immer aus dem Stand Zeitpunkte für ihre Treffen auf das Band sprach, an denen er dann auch wirklich problemlos erscheinen konnte. Nie hatten sie diese Seltsamkeit thematisiert. Auch hatte ihn Alison nie ganz nach Frauenart darauf hingewiesen, wie schwer er zu erreichen sei oder dass er sich endlich einmal ein Handy zulegen müsse. Ihre Kommunikation funktionierte, und so hatte es für die Alison scheinbar nie einen Grund gegeben, Zeit mit einer derartigen Diskussion zu verplempern. Pawel hatte so zum ersten Mal in seinem Leben bemerkt, dass Dinge, die wunderlich sind, nicht immer thematisiert und zerkaut werden müssen.

Diesmal hatten sie sich erstmalig direkt an der *Academy Of Art* getroffen, und Pawel hatte sich gefreut, dass er die kurze Distanz von seiner Wohnung in der Canal Street aus zu Fuß zurücklegen konnte. Alison hatte – wie immer – bereits am Treffpunkt auf ihn gewartet, und Pawel hatte sich erneut gefragt, wieso es ihm mit Mitte dreißig noch immer nicht gelungen war, sich selbst zu einem pünktlichen Menschen werden zu lassen. Doch Alison, die ihm mit ihrer 80er-Jahre-Kleidung und ihrer 80er-Jahre-Frisur stets ein wenig wie aus „Hannah und ihre Schwestern" entsprungen vorkam, hatte einfach nur gelacht und sein Zuspätkommen nicht einmal mit einem bissigen Kommentar versehen. Stattdessen hatte sie ihn einfach nur darauf hingewiesen, dass er durch den Regen wie ein „begossener jüdischer Pudel" aussähe, woraufhin Pawel geantwortet hatte, dass er aber doch gar kein „jüdischer Pudel" sei, sondern allenfalls ein „deutscher Pudel mit polnisch-rumänischen Vorfahren", woraufhin Alison gemeint hatte, dass das im Grunde das Gleiche sei und begonnen hatte, noch lauter als zuvor zu lachen. Pawel hatte sich sofort von diesem Lachen anstecken lassen, so dass sie beide also im strömenden Regen vor der *Academy Of Art* gestanden und lauthals gelacht hatten, wobei Pawel gar nicht so richtig gewusst hatte, worüber er dort lachte. Er hatte bereits begonnen, Alisons Witz zu analysieren, ihn verwundert auseinanderzunehmen und wieder zusammenzusetzen, ohne auf den wahren Kern des Witzes oder überhaupt auch nur irgendeine Lachhaftigkeit zu stoßen.

Seine Verwunderung wurde noch größer als ihm in genau diesem Moment auffiel, dass es immer, wenn er Alison traf, regnete. Er besah Alison mit ihrer Frisur, die sie im Gegensatz zu ihm mit einem Regenschirm trocken gehalten hatte und der gerade ein ordentlicher Regenguss vielleicht ihren Achtziger-Look genommen hätte, ihr diese für einen Mann wie den Pawel nicht zu entwirrende Mischung aus Pudel und Dauerwelle vom Kopf gespült und in etwas Sinnliches, Nasses und Modernes verwandelt hätte. Und während Pawel dort gestanden und Alison beim Reden beobachtet hatte, hatte er sich gefragt, wie sie mit nassen Haaren aussehen könnte, und wie ihr Gesicht wohl bei Sonne betrachtet auf ihn wirken würde.

Ihm wurde klar, dass er Alison, die er so gut kannte, wie niemanden sonst in dieser Stadt, im Grunde gar nicht kannte, sondern dass er allenfalls rettungslos festhing in einem Bild von ihr, einem Bild, welches aus Regenguss, Regenschirm und strengen Ansagen auf dem Anrufbeantworter bestand.

Gemeinsam waren sie dann vor dem Gebäude der *Academy* auf- und abgegangen, und Alison hatte ihm erklärt, dass es sich hierbei um eine private Kunstakademie handelte, die 1982 unter anderem von Andy Warhol gegründet worden war und die den *Master of Fine Arts* in Malerei oder auch Bildhauerei vergab. Pawel hatte Alison, wie immer, aufmerksam zugehört, sich jedoch gefragt, was es in einer Universität schon großartig zu sehen gäbe, doch Alison hatte ihm erklärt, dass ein Treffen an diesem Ort längst überfällig gewesen sei, sei es doch stets wichtig zu sehen, woher jemand komme und wo er seinen Alltag verbringe, bevor es überhaupt möglich sei, dessen Kunst auch nur im Ansatz zu verstehen.

„Das ist wie die Sache mit den Juden", hatte Alison dann hinzugefügt, „natürlich kann ich mich hinstellen und behaupten, dass die Deutschen dämlich waren, sich zu Nazis machen zu lassen und Juden zu hassen. Aber solange ich nicht verstehe, woher diese Deutschen kamen, wie ihr tägliches Leben aussah, was ihnen Freude machte und worunter sie litten, solange werde ich auch niemals nur im Ansatz begreifen, wie aus ihnen Nazis haben werden können."

Pawel, der Alison gegenüber so gerne zynische Kommentare über den amerikanischen Patriotismus machte, kam nicht umhin, sich ein weiteres Mal darüber zu wundern, warum sie nur immer die Sache mit den Juden und den Nazis aus dem Hut zauberte. Kein Thema, so empfand es Pawel, schien dieser Frau zu weit hergeholt, um nicht einen Bogen zu Juden und Nazis schlagen zu können. Immer pflegte sie ihn dabei klar und direkt anzublicken, wie auch er sie anblickte, wenn er etwas über den amerikanischen Patriotismus sagte. Er hatte schon mehrmals überlegt, ob er Alison noch einmal erklären sollte, dass er weder osteuropäischer Jude noch ein Nachkomme eines deutschen Nationalsozialisten war. Er fürchtete zugleich, auch ein wenig von seiner Anziehungskraft auf Alison zu verlieren, indem er ihr gegenüber zugab, dass er weder das eine, noch das andere war, sondern, was sein „Deutschsein" betraf, etwas konturlos und schwammig umhermäanderte, ohne ein Gefühl für schuldig und nicht schuldig, für Stolz und Scham, für richtig und falsch, für gestern und heute – und überhaupt viel zu nah dran an einem Gefühl von egal.

Langsam und fast wie in Zeitlupe hatte Alison dann ein Faltblatt aus der Tasche ihres dunklen, teuer erscheinenden Mantels geholt und ihm in die Hand gedrückt. Das Blatt hatte ihm einige Kunstwerke einer Ausstellung vor Augen geführt, die den Titel *Uncovered* trug. Sie war in der *Eden Rock Gallery* in St. Barth zu bestaunen, in der Studenten oder Absolventen der *Academy* Bilder ausstellten, die sich offenbar allesamt diesem Oberthema zuordnen ließen.

„Highlights include pieces by Margaret Bowland, Rosson Crowe, Robert Feintuch, Natalie Frank, Julie Heffernan, Kurt Kauper and Alyssa Monks", hatte Pawel langsam und laut aus diesem Faltblatt vorgelesen und war sich dabei der Tatsache bewusst, dass gerade die Langsamkeit seines Vorlesens klar machte, dass er keinen einzigen der dort genannten Namen jemals zuvor gehört hatte. Auch das war ein Prozedere, welches Alison und er längst institutionalisiert hatten, schwang in seiner Langsamkeit doch exakt jene Mischung aus fehlender Ahnung und Abschätzigkeit mit, die auch Alison ihrerseits anwandte, wann immer er ihr europäische Dinge zu erklären versuchte. Genau diese mit allzu plakativer Idiotie kaschierte ironische Arroganz war es, die Pawel so sehr an Alison mochte, war es doch eine Ironie, die ihn dazu brachte, sich nicht nur beständig weiterzuentwickeln, sondern sich und seine eigenen Ansichten auch immerwährend selbst zu hinterfragen; und er vermutete, dass auch Alison ihrerseits genau diesen etwas versteckten Charakterzug an ihm längst entdeckt und zu mögen begonnen hatte. Obwohl er sich bereits im gleichen Moment darüber ärgerte, kam er nicht umhin, sich beim Vorlesen der Namen zu fragen, welche dieser Künstler wohl ein deutsch-jüdisches Erbe mit sich herumtrugen. Er hatte Alison bisher nie davon erzählt, um ihr Feuer für die nationalsozialistische Geschichte Deutschlands nicht unnötig weiter zu entfachen, doch schon kurz nach seiner Ankunft in New York hatte er bemerkt, dass dies ein Spiel war, an dem er so gut wie gar nicht vorbeikam. Ganze Nachmittage konnte er damit verbringen, durch die

Straßen dieser Stadt zu laufen und all die Schilder nach deutschen und jüdischen Namen abzusuchen, vielleicht sogar eine Symbiose auszumachen, also deutsch-jüdische Namen aufzuspüren – ein Unterfangen, welches in einer Stadt wie New York wahrlich nicht schwierig war. Hatte er wieder einmal einen solchen Namen entdeckt, so konnte er minutenlang vor dem betreffenden Schild stehenbleiben und sich eine Geschichte zusammenphantasieren, was der Familie wohl alles widerfahren war, wie sie dereinst in Deutschland gelebt hatte und wie sie, vielleicht via Palästina, schließlich nach New York gekommen war. Mit den Monaten war Pawel nicht nur immer besser in der Ausschmückung geworden, sondern auch immer treffsicherer in seinen Vorstellungen, die er diesen Namen andichtete, so dass er nicht mehr anders konnte, als manche Phantasie nicht länger als Phantasie, sondern eher als Ahnung zu bezeichnen, da sich viel von dem, was er sich intuitiv auf einen Namen zusammengereimt hatte, bei näherer Recherche dann als wahr entpuppt hatte. Noch in Berlin hatte er zum ersten Mal von der Familiengeschichte des Popmusikers Billy Joel gehört, dessen Vorfahren die eigentlichen Eigentümer eines großen deutschen Kaufhauses gewesen waren, die dann jedoch von den Nationalsozialisten enteignet worden waren, so dass ein deutscher Unternehmer die großartigen Fundamente genau dieses Kaufhauses nutzen und zur eigenen Bereicherung ausbauen konnte, so gut und so weit, dass er seine Familie zu einer der größten deutschen Wirtschaftsdynastien hatte machen können. Als Pawel dann in New York zum ersten Mal den Namen eines Schmuckhändlers gelesen und in seine Internetsuchmaschine getippt hatte, war er sich noch etwas schäbig vorgekommen, hatte dann jedoch entdeckt, dass vieles von seinen Phantasien gar nicht einmal so abwegig und so weit von der bitteren Wahrheit entfernt gewesen war. Eine Form von Wahn hatte ihn daraufhin erfasst, eine seltsame Lust an der Durchleuchtung menschlicher Schicksale, einen Drang, für den es, da konnte er der Alison insgeheim nur recht geben, kaum einen besseren Nährboden geben konnte, als den der deutsch-jüdischen Geschichte.

Als er nun das Faltblatt für die Ausstellung *Uncovered* so in den Händen gehalten und die Namen der ausstellenden Künstler gelesen hatte, hatte es wieder begonnen, in ihm zu arbeiten, hatte sich jene Form der Analyse in Gang gesetzt. Eine Analyse, von der er sich noch immer nicht eingestehen mochte, dass sie sich am Ende eines langen Tunnels eventuell nur als eine weitere Form der Selbstanalyse entpuppen könnte. „Robert Feintuch" und „Natalie Frank" waren ganz gewiss jüdischer Herkunft, „Kurt Kauper" jedoch offenbarte nominell eine Deutschstämmigkeit, die mit Judentum nur schwerlich etwas gemein haben konnte. Pawel konnte sich so auch nicht den lauten Kommentar ersparen, dass er sich die Ausstellungsstücke dieses Kurt Kauper sehr gerne ansehen würde, da mit etwas Glück vielleicht das ein oder andere Exponat aus Bernstein dabei wäre, was Alison in ein lautes Lachen hatte ausbrechen lassen, dem auch Pawel sich nach kurzer Überlegung gern angeschlossen hatte, verbunden mit einem leichten, jedoch nur gedachten Bedauern. Denn wie gerne hätte er der Alison einen Nazi in der eigenen Familiengeschichte präsentiert, doch die Suche danach hatte er schon in früher Jugend erfolglos abgebrochen, hatte er doch auf der polnischen Seite seines Stammbaums nur zahnlose Bauern und Wegelagerer ausfindig machen können und auf rumänischer Seite tatsächlich nichts anderes als singendes Hausierervolk, Sinti und Roma, ja Zigeuner.

Und dann war sein Blick auf ein abgedrucktes Foto eines Gemäldes der Künstlerin Natalie Frank gefallen, welches den Namen „Couple" trug und ein Paar bei der Ausübung sexueller Gefälligkeiten zeigte, wobei die Frau mit gespreizten Beinen und lustvoll nach hinten geworfenem Kopf auf einem Bett lag, während sich der Mann mit seinem Mund an ihrem unteren Torso zu schaffen machte. Ein durchaus apartes Bild, trotz eindeutiger sexueller Implikation von bewundernswerter Eleganz und Nostalgie durchdrungen. Dann aber, während Pawel kurz davor gewesen war, einen weiteren pointierten Kommentar zu äußern, hatte ihn mit einem Mal eine seltsame Panik erfasst. Es hatte sich angefühlt, als hätte er plötzlich einen schweren Schlag mit einem Holzhammer auf den Hinterkopf bekommen, und so hatte er, anstatt seinen lustigen Kommentar loszuwerden, sich nur verwirrt umgeblickt und sich dabei den Kopf gehalten, so dass Alison noch gefragt hatte, was denn los sei. Sogar eine ernsthafte Sorge im Blick hatte sie gehabt, wie Pawel sie noch nie bei ihr wahrgenommen hatte, und dann war er auch schon losgelaufen, hatte das Faltblatt einfach fallenlassen und war losgerannt, durch den Regen die Church Street entlang, und während er so gelaufen war, hatte er sich, an die Selbstreflexion seit vielen Jahren gewöhnt, bereits selbst untersucht, hatte schnell erkannt, dass er körperlich keinerlei Probleme hatte, dass im Grunde alles okay war, sogar alles in bester Ordnung, dass aber ein Gefühl von Panik ihn plötzlich ergriffen hatte und ihn antrieb zu laufen, schnell zu laufen. Erst an dem Laternenpfahl in der Canal Street war er dann, wie er selbst feststellte, wieder zur Besinnung gekommen, hatte sich an den kalten und längst durchnässten Rost der Lampe geklammert und war hier, unweit seiner Wohnung, zum Stehen gekommen. So sehr es ihn kurz vorher noch getrieben hatte, so unablässig, dass an Stillstand gar nicht zu denken gewesen war, so hatte ihn jetzt eine Blockade an diesem Lampenpfahl zum Stehen gebracht, zum vollendeten Halt. Wie ein Ertrinkender klammerte sich der Pawel fest. Die Panik war zwar verschwunden, und auch ein Gefühl von Angst konnte er in sich nicht mehr ausmachen, jedoch fühlte er sich derart blockiert, dass er glaubte, geradewegs auf das Straßenpflaster zu schlagen, wenn er sich nicht festhielt und seine Finger tief in den Pfahl der rostigen Lampe krallte.

Und dann, als er noch dabei war, sich zu beruhigen und sich über sich selbst und sein seltsames Verhalten zu wundern, kam es ihm wieder in den Sinn, so scharf und so klar, wie nur Gedanken zurückkehren, die man vor sehr langer Zeit doch für immer abzutöten gehofft hatte, die man mit Ignoranz und Vergessen brutal ersticken hatte wollen. Ein Gedanke, den er doch schon so lange nicht mehr gedacht und dessen er sich sogar komplett entledigt zu haben geglaubt hatte, fuhr ihm jäh wieder durch den Kopf. Ganz klar war dieser plötzliche Gedanke – und vollkommen frei von Schmerz: niemals ankommen zu wollen. Niemals ankommen zu dürfen. Zu rennen, so lange er konnte. Und so weit ihn seine Füße trugen, ein Leben lang.

„Bleib ruhig, Pawel", sprach er beruhigend auf sich selbst ein. „Du bist ein guter Mensch. Ein guter Mensch."

Um Pawel herum eilten die Leute an ihm vorbei, in der Absicht, genau jenem Regen durch Flucht die Stirn zu bieten, dem er nun gar nicht mehr auszuweichen versuchte. Er war sich der Tatsache vollends bewusst, dass er gerade laut mit sich selbst sprach, wie ein Irrer bei strömendem Regen an einem alten Laternenpfahl stand und mit sich selbst redete. Doch New York war eine dieser Städte, in der auch so etwas möglich war, ohne weiter aufzufallen. An jedem Tag begegnete man in einer Stadt wie New York besinnungslos vor sich hin brabbelnden Menschen.

„Manche Menschen flüchten vor dem Regen, andere vor dem Leben", sprach er und blickte hinauf in den wolkenverhangenen Himmel.

Mit einer Bewegung riss er sich aus seiner Umklammerung des Laternenpfahls los und bemerkte sogleich den schneidenden Schmerz, der ihm durch den Knöchel drang, so scharf, dass er nicht nur seine schweren Gedanken, sondern auch die letzten Reste seiner plötzlichen Panik verlor. Langsam humpelte er weiter, Stück für Stück, mit nichts anderem als diesem ziehenden Schmerz mehr im Kopf, einer körperlichen Pein, die alles zuvor Gedachte im Nu verblassen ließ.

Als Pawel dann in seiner kleinen Dachgeschosswohnung angekommen war, hatte er seinen Mantel gleich an den Haken im Flur gehängt und im gleichen Moment auch an den Mantel von Alison denken müssen und wie teuer dieser Mantel doch ausgesehen hatte. Die Menschen, so dachte Pawel, während er sich den schmerzenden Knöchel rieb, kaufen teure Mäntel, um sie sich dann vom Regen komplett ruinieren zu lassen, nur um gleich darauf einen weiteren teuren Mantel zu kaufen. Daheim in Deutschland hatte seine Mutter auch stets teure Mäntel getragen, erinnerte sich Pawel nun und stolperte dabei den kargen und kalkweißen Flur entlang ins Wohnzimmer, wo er sich schwerfällig in seinen Sessel fallenließ.

„Und – was hat es ihr genützt?", fragte er sich laut, während er sein Hosenbein umständlich nach oben krempelte, um seinen Fuß abzutasten. „Nichts hat es ihr genützt, im Gegenteil, ganz jämmerlich verreckt ist sie in diesem teuren Mantel."

Als Jugendlicher, erinnerte sich Pawel, hatte er sehr oft über den Tod seiner Mutter nachdenken müssen und darüber sinniert, ob sie an jenem Tag wohl auch verreckt wäre, hätte sie nicht diesen sündhaft teuren Mantel angehabt. Alison hatte ihren eigenen teuren Mantel zum ersten Mal angehabt, noch nie hatte Pawel, da war er sich sehr sicher, sie darin gesehen. Und während er sich nun Alison in sein Gedächtnis zurückrief, wie sie dort vor der *Academy Of Art* gestanden und auf ihn gewartet hatte, da fiel ihm zum ersten Mal ihre Ähnlichkeit zu seiner Mutter auf. Was durchaus etwas seltsam war, denn Alison sprach nicht wie seine

Mutter, sie bewegte sich nicht wie seine Mutter und abgesehen von diesem teuren Mantel sah sie seiner Mutter auch überhaupt nicht ähnlich. Dennoch begann Alison, je länger Pawel sie kannte, immer mehr seiner Mutter zu ähneln.

„Prima", murmelte Pawel, während er mit seinen Fingern den Knöchel betastete, aber weder etwas sehen, noch etwas Besorgniserregendes erfühlen konnte. Wie ihm überhaupt auffiel, konnte er so fest und unnachgiebig auf seinem Fuß herumdrücken, wie er eben wollte – es schmerzte einfach nicht mehr.

„Pawel, du wirst wunderlich", sagte er zu sich selbst, „du quatscht in aller Öffentlichkeit mit dir selbst, hast Phantomschmerzen und beginnst, deine tote Mutter zu sehen."

Er krempelte sein Hosenbein wieder herunter und dachte an die Verwunderung, die ihn schon vorhin so sehr irritiert und ihn in diese seltsame Panik und in diese noch viel seltsamere Flucht hatte fallen lassen, und ihm fiel Alison ein, der er unbedingt noch darüber Rechenschaft abzulegen hatte. Auch wenn Alison keine Frau war, die Entschuldigungen erwartete, seine panische Flucht von vorhin verlangte ganz einfach eine förmliche Bitte um Verzeihung. Doch je heftiger er darüber nachdachte, wie er ihr diese Verwunderung erklären könnte, desto klarer wurde ihm, dass er sie zunächst einmal sich selbst zu erklären hatte – und nicht einmal dazu in der Lage war.

„Ich muss ganz dringend Alison anrufen und mich bei ihr entschuldigen", sprach Pawel von seinem Sessel aus an die ihm gegenüberliegende, kahle Wand, schrie es fast schon hinüber, als ginge es darum, sich dazu zu zwingen, sich einer unbequemen Situation zu stellen. Und das ist es ja auch, dachte er, es ist unangenehm, es ist peinlich, ich bin fortgerannt wie ein Irrer, im einen Moment noch der feinsinnige Kunstgenießer, im nächsten dann bereits ein emotionaler Amokläufer, so verwirrt, dass nur ein rostiger Lampenpfahl mich zum Stehen bringen konnte.

Er musste laut auflachen, wie er sich selbst in seinen Gedanken nun über die Church und dann die Canal Street rennen und schließlich auf diesen dämlichen Laternenpfahl auflaufen sah. Schaudernd bemerkte er, dass sein Lachen nicht so von seinen kahlen Wänden widerhallte, wie er es erwartet hatte. Angst, analysierte er sofort, schwingt in meinem Lachen mit. Seit wann, so fragte er sich, bin ich denn ein ängstlicher Lacher? Bin ich vielleicht schon immer ein solcher ängstlicher Lacher gewesen, bin aber erst durch diese seltsame Verwunderung in der Lage, die Angst aus meinem eigenen Lachen herauszuhören? Oder ist es erst diese Verwunderung, die mich zu einem ängstlichen Lacher hat werden lassen?

Er krempelte sein Hosenbein ein weiteres Mal hoch, um zu sehen, ob sein Knöchel ihn nicht doch arglistig getäuscht hatte, aber als auch alles erneute Krempeln keine sichtbare Fußbeschädigung zutage förderte, stand er auf und humpelte zum Fenster. Unten auf der Canal Street war wie üblich alles voller Chinesen, und Pawel fragte sich zum ersten Mal seit seiner Ankunft in New York, wie er hier nur hatte landen können, ausgerechnet in China Town. Alles andere, wunderte er sich, wäre nicht nur erträglich gewesen, sondern auch plausibel. Aber ausgerechnet ich in China Town, das ist nur grotesk.

Ich muss Alison anrufen und mich bei ihr entschuldigen, überlegte Pawel, während er hinunter auf den regennassen Asphalt der Canal Street schaute. Unbedingt muss ich mich bei ihr entschuldigen. Kein Mensch, der halbwegs bei Sinnen ist, läuft von einem Moment auf den anderen einfach so davon, dachte er, noch immer aufrichtig verwundert über sich selbst.

In seiner Fensterscheibe sorgten die dunklen Fassaden der anderen Straßenseite sowie der wolkenverhangene Himmel dafür, dass er sich im Glas vor seiner Nase schemenhaft selbst sehen konnte. Wüsste ich nicht, dass ich es bin, der sich hier direkt anschaut, ich käme kaum auf mich, dachte er. Diese Stirn, dieses Kinn, diese Schulterpartie, nein, alles nicht von mir.

„Ich werde tatsächlich wunderlich“, wiederholte er laut seinen bereits einmal geäußerten Gedanken. „Das kann nur die Einsamkeit sein, die Abgeschiedenheit und die selbstgewählte Isolation. Noch keine vierzig Jahre alt, werde ich schon zum Zausel. Dabei könnte doch alles nicht nur so einfach sein, sondern auch so herrlich Sinn ergeben: Aufwachen, Einschlafen, Arm heben, Kopf senken, Atmen − bis hin zum bloßen Stehen vor einem Fenster und zum Hinunterglotzen auf die Pfützen der Canal Street. Alles das könnte einen Sinn ergeben.“ Pawel kam nicht umhin, diese Vorstellung, dass doch alles ganz einfach sein könnte, wenn er nur nicht so wunderlich wäre, als ziemlich ungeheuerlich zu empfinden.

Mit seinen Händen tief in den Hosentaschen vergraben stand er vor seinem Fenster, betrachtete die Häuserfassade gegenüber und sah, dass die schöne, blonde Frau aus dem dritten Stock dort gerade nach Hause kam. Sie hatte beim Betreten ihrer Wohnung die Beleuchtung in ihrer Küche eingeschaltet, so wie sie beim Betreten ihrer Wohnung immer als Erstes die Küchenbeleuchtung einschaltete.

Selbst bei strahlendem Sonnenschein, mittags und mitten im Sommer, dachte er, schaltet sie ihr Licht in der Küche an, immer gleich als Erstes, kaum hat sie die Tür hinter sich geschlossen, hastet sie auch schon zum Schalter. Dabei ist sie schon so schön blond, dachte Pawel und sinnierte darüber nach, wie es sein konnte, dass eine strahlende, hellblond erleuchtete Frau im Sommer ihr Licht einschaltete, während er, Pawel, mit seinem dunkelbraunen Schopf sogar in der tiefsten Nacht und im tiefsten Winter seine Lampen kaum benutzte.

Auf der Stelle verlieben sollte ich mich, dachte Pawel, während er der schönen, blonden Frau dabei zusah, wie sie sich auszog. Mir endlich eine rosarote Brille besorgen und damit durchs Leben laufen, das wäre gut, das wäre überfällig. Phantomschmerzen mit Illusionen bekämpfen. Stattdessen aber, so überlegte er, wundere ich mich immer nur, komme nicht vom Fleck und verzausele zusehends.

Er konnte genau verfolgen, wie die schöne blonde Frau in ihrer Unterwäsche hastig durch die Wohnung lief. Soeben noch in dem einen Fenster zu sehen, tauchte ihr schlanke Gestalt schon im nächsten Moment in einem anderen ihrer vier Fenster auf, und Pawel suchte angesichts ihres fraglos schönen Körpers nach einer Empfindung in sich, stieß jedoch auf keinerlei Gefühle.

„Ekelhaft“, kam es ihm mit einem Male wie von selbst über die Lippen, direkt aus seinem Mund an die Fensterscheibe vor ihm. „Mir ist alles ekelhaft. Mutter verreckt in ihrem teuren Mantel, und ich flüchte bis ans andere Ende der Welt, um mich tagein, tagaus nur noch zu erbrechen.“

Als Alison in der Nähe der *Academy Of Art* stand und auf Pawel wartete, begann es auf einmal zu regnen und die Alison fragte sich, ob das wohl zu bedeuten hatte, dass Pawel noch viel später zu ihrem Treffen kommen würde als sowieso schon.

Zunächst wollte sie Schutz unter einem Vordach suchen, bis ihr einfiel, dass sie ja einen kleinen Regenschirm in ihrer Tasche mit sich trug. Sie spannte ihn auf und verharrte dann reglos in dieser Position, den Blick die Church Street hinunter gerichtet, aus der der Pawel doch kommen musste.

Sie lauschte dem Regen, der beruhigend auf ihren Schirm tröpfelte und überlegte, ob auch der Pawel inzwischen wohl gemerkt hatte, dass sie sich immer genau einmal im Monat treffen.

Ganz bestimmt nicht. Männer merken so etwas nicht, dachte sich die Alison und kickte mit dem Fuß das Titelblatt der *New York Times* fort, welches ein Leser scheinbar erst zerknüllt und dann achtlos hier fallenlassen hatte. Der durchnässte Gehsteig sorgte dafür, dass ihr Tritt das Papier nur wenige Zentimeter weit bugsierte, bevor es sich in einer Pfütze mit Wasser vollsog und so inmitten der eigenen Bewegung erstarrte.

Nichts ist so alt wie die Zeitung von gestern, dachte sie und überlegte, wie es wohl dazu gekommen sein konnte, dass jemand offenbar nur die erste Seite dieser Zeitung genommen, zerknüllt und weggeworfen hatte. War das aus Wut geschehen? Hatte dieser Jemand etwas gelesen, das ihn aufgeregt hatte? Oder lag hier eher ein Fall praktikabler Zweckentfremdung vor, hatte der Jemand das Titelblatt der *New York Times* gar nicht gelesen, sondern vielleicht etwas darin eingewickelt?

Vielleicht, so überlegte Alison, hatte jemand Blumen darin eingewickelt und sie genau an dieser Stelle hier dann einer Frau gegeben?

Nun war die *Academy Of Art* mit Sicherheit nicht der Ort für erste Dates oder frisch Verliebte, aber möglich war es durchaus, dass sich just hier, wo sie nun mit ihrem Regenschirm stand und auf den Pawel wartete, erst vor kurzem ein Paar getroffen hatte. Sie waren aufeinander zugegangen, malte Alison es sich aus, und währenddessen hatte der Mann schnell das Zeitungspapier vom Blumenstrauß entfernt, zerknüllt und achtlos auf den Boden geworfen. Einfach so.

Ihr Blick wanderte wieder die Church Street entlang, in der Hoffnung, irgendwo dort vorn vielleicht doch endlich den dunklen Haarschopf vom Pawel zu erblicken, denn dass Pawel mit Sicherheit nicht mit einem Regenschirm auftauchen würde, darin war sich Alison seltsam sicher.

Der Pawel ist kein Regenschirm-Typ, dachte Alison und musste unwillkürlich grinsen. Dann machte sie einen großen Schritt nach vorn und stellte sich exakt auf die Stelle, von der sie annahm, dass sich das Paar aus ihrer Vorstellung nach dem Überreichen der Blumen dort geküsst hatte.

Mit der linken Hand nestelte sie in ihrer Manteltasche und zog das Faltblatt hervor, auf das sie im *Digsy's Diner* gestoßen war, drüben in Brooklyn. In diesem Faltblatt war eine Ausstellung der Studenten der *Academy Of Art* angekündigt und sie hatte, kaum hatte sie es ausliegen sehen, sofort an Pawel denken müssen und an ihre monatlichen Verabredungen und dass es vielleicht eine ganz wunderbare Idee sein könnte, mit Pawel dorthin zu gehen. Sicherlich, New York war groß und fraglos auch eine der größten, wenn nicht gar die größte, Künstlermetropole der Welt. Dennoch war Alison für jeden Ratschlag dankbar, für jeden Tipp und jeden Wink, wohin sie ihn als Nächstes führen könnte.

„New York ist so groß", sprach Alison leise vor sich hin, „dass kein Mensch weiß, wohin mit sich."

Sie dachte, dass Pawel mit Sicherheit ein Mensch war, der nicht bemerkte, dass er dauernd zu spät kam. Sie steckte das Faltblatt zurück in ihre Manteltasche und bemerkte im gleichen Augenblick, wie ihr Herz ein wenig schneller zu schlagen begann, war es doch genau diese Unbeschwertheit, die Pawel zu einem so sonderlichen und aufregenden Charakter machte. Noch nie hatte die Alison einen Menschen gekannt, der derart zeitlos lebte wie Pawel. Noch nie hatte sie an ihm eine Uhr gesehen, und nach etwa einem Jahr hatte Alison daraufhin ebenfalls begonnen, zumindest zu ihren Treffen ebenfalls ohne Uhr zu gehen, was sich als komplizierter herausgestellt hatte als gedacht. Sie erinnerte sich an die Zeit, in der ihr ständig gesagt worden war, dass sie dringend vom Alkohol loskommen müsse und dass niemand ihr geglaubt hatte, wenn sie geantwortet hatte, dass das kein Problem für sie sei, ja dass sie von einem Tag auf den anderen mit dem Trinken aufhören könne – wenn sie nur wolle. Und genau das hatte sie tatsächlich irgendwann getan, ganz so, wie von ihr selbst vorausgesagt. Von einem Dienstag zu einem Mittwoch hatte sie einfach aufgehört, noch einen Schluck Gin aus der letzten vorrätigen Flasche genommen, dann diese letzte Flasche mit allen anderen Flaschen, die sie in der Abstellkammer und unter sowie hinter ihrem Sofa gefunden hatte, entsorgt, die Fenster aufgerissen, ihre Wohnung gut durchlüftet – und nie wieder Alkohol getrunken.

Den Alkohol hatte sie also immer im Griff gehabt. Sie war die Dompteuse gewesen und der Alkohol der Tiger, so dachte Alison. Doch mit der Zeit verhielt es sich genau andersherum, hier war sie ganz offensichtlich der Tiger, der von der Peitsche und den scharfen Befehlen der Zeit abhängig war.

„Wie nackt sich ein Mensch ohne Uhr am Handgelenk fühlen kann", hatte Alison dann bei ihrem ersten Treffen mit Pawel, zu dem sie ebenfalls ganz ohne zeitliche Hilfsmittel gekommen war, ganz überrascht festgestellt und gleich darüber nachgedacht, ob die Zeit nicht ein noch viel perfiderer Kerkermeister war als Bruder Alkohol.

Am Ende der Church Street sah Alison nun Pawel auftauchen – ohne Regenschirm, natürlich, und gehetzt und doch unsagbar langsam, wie nur Pawel es fertigbrachte, in Eile und langsam zugleich zu sein. „Es muss diese Zeitlosigkeit sein", dachte sie fasziniert, „die Zeitlosigkeit ist es, die ihn in diese langsame Hetze drängt, ihn zwischen zwei Polen zerreibt."

Ein interessanter Gedanke, für den Alison sich in den vergangenen Monaten immer mehr hatte begeistern können, denn was mit einem Menschen geschieht, der in Zeitlosigkeit aufgeht, das konnte sie an niemandem so exemplarisch studieren wie am Pawel. Sie selbst war eine blutige Anfängerin in dieser Zeitlosigkeit, ging zu ihren Treffen sogar noch immer viel zu früh los, um einen zeitlichen Puffer zu haben, wenn sie schon so komplett ohne Uhr unterwegs war. So wie Pawel immer zu spät auftauchte, so war sich Alison durchaus der Tatsache bewusst, dass sie selbst dafür immer viel zu früh erschien, wobei sie sich selbst wunderte, wie sicher sie auch ohne Uhr wusste, dass Pawel tatsächlich zu spät war. Sie hatte zwar keinen Beweis mehr am Arm, doch den brauchte sie auch nicht. Sie wusste, dass sie noch immer so weit von der Zeitlosigkeit entfernt war, wie sie Pawel längst erreicht hatte, dass ihr Gefühl über seine ständige Zuspätkommerei sie mit Sicherheit nicht trog, ganz zu schweigen von den vielen öffentlichen Uhren, denen sie bei ihren Treffen stets begegneten. Es war Alison auch gar nicht wichtig, einen Beweis zu haben. Sie achtete peinlich genau darauf, Pawel nicht durch ihre Mimik oder ihr sonstiges Verhalten ein Gefühl dafür zu geben, dass er sich dauernd verspätete. Dieser Zustand der Zeitlosigkeit, so empfand sie es, er war betörend jungfräulich, er war bewundernswert naiv und definitiv schützenswert.

Als Alison den Pawel nun auf sich zukommen sah, so gehetzt und dennoch so langsam, versuchte sie, tief in sich hineinzuhorchen und herauszufinden, ob da ein Gefühl von Freude in ihr war und wenn ja, wie dieses Gefühl beschaffen war, ob es enthusiastisch daherkam oder doch eher gelassen, besonnen oder gar erregt. Sie dachte an die vielen Männer, mit denen sie in den vergangenen Jahren geschlafen hatte und von denen nicht einer so ausgesehen hatte wie der Pawel. Auch jetzt, mit Mitte dreißig, hatte die Alison noch immer nicht herausfinden können, welcher Typ Mann ihr besonders zusagte, was dazu geführt hatte, dass sie so ziemlich alles im Bett gehabt hatte, an was in einem kulturellen Moloch wie New York zu kommen war: Dicke Männer, dünne Männer, muskulöse Männer, schmalgliedrige Männer, Afroamerikaner, Asiaten, Latinos, junge Kerle und natürlich ganz viele gesetzte Herren. Schnurrbartträger, Glatzköpfe, Punker, Musiker, Versicherungsagenten, und sogar ein Harvard-Professor war einmal dabei gewesen, der, anstatt die Alison zumindest geistig zu befruchten, während des Aktes immer nur gejammert hatte, dass er sein Leben weggeschmissen hätte, verschleudert an die falsche Frau und an den falschen Job. Erst nachdem er so ausgiebig gejammert hatte, erinnerte sich die Alison, war er zum Orgasmus gelangt, hatte sich dann wortlos angezogen und war zurückgekehrt in sein falsches Leben, zu seiner falschen Frau und in seinen falschen Job.

„Pawel", sprach sie nun leise vor sich hin, „ist wie keiner von ihnen."

Während Pawel sich Alison allmählich näherte, überlegte sie, wie es sein konnte, dass sie nun ausgerechnet ihn als so anders empfand, erschien er ihr doch zwar als gutaussehend, aber nicht als überaus attraktiv, als geistreich, aber nicht als übermäßig intelligent. Pawel war einfach einer jener Menschen, die sich vor ihrem inneren wie auch vor ihrem äußeren Auge nicht durch das definierten, was sie waren – sondern durch das, was sie nicht waren.

„Sehe ich ihn", murmelte Alison, „so sehe ich eine Ansammlung von Nicht-Dingen, von Nicht-Äußerlichkeiten, von Nicht-Charakterzügen. Ich kenne und erkenne Pawel nur durch all die Dinge, die er nicht ist".

Als Pawel dann mit einem Mal direkt vor Alison stand, suchte sie sofort nach einer Möglichkeit, diese neue Erkenntnis umzusetzen, sogleich etwas zu finden, was Pawel tatsächlich war. Und so sah sie ihn vor sich, sah seine abgehetzte, durchnässte Gestalt und sagte: „Du siehst aus wie ein begossener jüdischer Pudel", woraufhin Pawel gleich wieder seinen etwas albernen Gesichtsausdruck aufgesetzt hatte, den er immer dann benutzte, wenn sie mit etwas Jüdischem um die Ecke kam. Sie hatte früh festgestellt, dass er, was das Thema Juden und Nazis anbetraf, eine äußerst sensible, wenn nicht gar verstörte Haltung hatte, die zwar auch hier vor allem dadurch zutage trat, dass er so vieles eben nicht war, anstatt klare Konturen anzunehmen, doch genau das hatte Alison schnell zu mögen begonnen, diese offensichtliche Unfähigkeit vom Pawel, eine klare Linie zwischen Täter und Opfer ziehen und sich offensiv und charakterfest zwischen Gut und Böse bewegen zu können.

„Die Deutschen werden den Juden Auschwitz nie verzeihen." Diesen Satz hatte Alison vor vielen Jahren einmal von dem israelischen Psychoanalytiker Zvi Rex gehört, und sie hatte nie verstanden, was damit gemeint sein konnte, wieso denn die Deutschen nun plötzlich die Opfer sein konnten. Bis sie Pawel und seinen konfusen und verlorenen Gesichtsausdruck kennengelernt hatte, einen Gesichtsausdruck, der ihr mit einem Mal das Zitat von Zvi Rex vollkommen erklärt hatte. Danach hatte sie begonnen, dieses durchaus leidliche Thema immer wieder anzuschneiden, war sie neben seiner Fähigkeit zur Zeitlosigkeit doch mindestens genauso fasziniert von seiner Unfähigkeit zu Nationalismus und Antinationalismus.

Er hetzt und geht zugleich langsam, dachte Alison, und er ist weder Nationalist noch Anti-Nationalist, er liebt sein Land nicht und hasst es auch nicht.

Während Pawel nun das Faltblatt betrachtete, welches Alison wieder aus ihrer Manteltasche gezogen und ihm in die Hand gedrückt hatte, beobachtete sie ihn und überlegte, ob es vielleicht wahrlich kein Zufall gewesen war, dass sie ihn zunächst hierher, vor die *Academy Of Art*, bestellt hatte, so nah seiner eigenen Wohnung. Zu sehen gab es hier wirklich nicht viel, und so redete sich Alison dem Pawel gegenüber nun damit heraus, dass es vielleicht ganz gut wäre, sich zunächst einmal anzuschauen, wo die

Künstler, deren Werke sie zusammen begutachten wollten, studiert hatten. Noch während sie diesen Vorschlag aussprach, war es ihr bereits peinlich, ihm mit solch einer fadenscheinigen Ausrede zu kommen, war es doch offensichtlich, dass sie nur darauf aus war, mit ihm nach all den Monaten endlich in seine Wohnung zu gehen. Noch nie hatte sie gesehen, wie er lebte und ihr Wunsch, dorthin zu gehen, war weniger sexuellen Gedanken geschuldet, als der simplen Überlegung, in seiner Wohnung endlich den handfesten Charakter hinter dem bisherigen Nicht-Charakter ausmachen zu können.

Zeig mir deine Wohnung, und ich sage dir, wer du bist, dachte Alison amüsiert, während sie Pawel einige leblose Sätze über die *Academy Of Art* zuwarf, besorgt, dass er ihr billiges Spiel durchschaut hatte. Und als Pawel dann begann, die Künstlernamen vom Faltblatt vorzulesen, fiel ihr auf, dass er das in so einem ironischen Tonfall tat, einem Tonfall, der Alison direkt unsicher in sich selbst werden ließ. Ganz sicher sogar hatte Pawel verstanden, dass es sich hier um eine Farce handelte, wie sie gemeinsam vor der *Academy Of Art* auf und ab gingen und noch immer über Kunst sprachen, während doch ganz offensichtlich beiden bewusst war, dass es schon lange nicht mehr um Kunst ging, sondern um etwas ganz anderes, so dachte Alison. Schließlich, als er dann ausgerechnet so lange auf die sexuelle Szenerie von *Couple* gestarrt hatte, war ihr sogar regelrecht schwindelig geworden vor Scham. Sie fragte sich, wie sie ihm nur ein Faltblatt mit einem solchen Bild hatte geben können und ärgerte sich, dass sie nicht vorher ausgiebig darüber nachgedacht hatte, in was für ein schlechtes Licht sie sich Pawel gegenüber nun selbst gerückt hatte.

Er denkt nicht nur, dass ich in seine Wohnung möchte, er denkt jetzt auch, dass ich eine dieser Frauen bin, die…, dachte Alison, ohne diesen Gedanken jedoch zu Ende zu bringen. Mit Pawel direkt vor Augen mochte sie diesen Gedanken nicht einmal in ihrem Kopf weiterführen, so sehr schämte sie sich mit einem Mal.

Als sie nun dort stand, an exakt dem Platz, an dem im Laufe des Tages ein Mann einer Frau ein paar Blumen überreicht und dann die Titelseite der New York Times zerknüllt und zu Boden geworfen hatte, wünschte sie sich, sie könnte ihre eigene Szene hier einfach so abbrechen, sie einfach abschalten, nach Hause gehen und im nächsten Monat einen erneuten, besser durchdachten Anlauf nehmen, um in seine Wohnung zu gelangen. Während sie merkte, wie ihr immer schwindeliger wurde und sie ihr Hirn nach einem Satz durchforstete, mit dem sie Pawel gegenüber ihren selbst geschändeten Ruf etwas in Ordnung bringen könnte, rannte er einfach fort. Alison brauchte einige Sekunden, um zu realisieren, was hier gerade passierte, dass Pawel einfach so losrannte, ohne Vorwarnung und aus dem Stand, von null auf hundert, sozusagen.

Ich habe alles kaputtgemacht, dachte sie und fühlte sich mit einem Mal gar nicht mehr beschämt, sondern einfach nur noch verloren. Unendlich klein kam sie sich vor, mit ihrem Regenschirm in der Hand, und ihr Blick fiel auf die zerknüllte Titelseite der New York Times vor ihr auf dem Boden. Sie wusste genau, würde sie nun aufschauen, sie würde ihn noch laufen sehen, den Pawel, würde ihn in seinem seltsamen, langsam gehetzten Schritt die Church Street entlangeilen sehen. Doch Alison wagte nicht aufzuschauen, sie wagte es nicht einmal, sich zu bewegen und stellte fest, wie überrascht sie war, von einem Moment auf den anderen aus sich selbst heraus den Boden unter den Füßen verlieren und in Bewegungslosigkeit stranden zu können. Und so stand sie dort für eine ganze Weile, und während sie dort stand, den Blick noch immer zu Boden gerichtet, überlegte sie, wie viel Zeit inzwischen wohl bereits vergangen sein könnte. War Pawel soeben erst losgerannt oder würde sie ihn noch immer sehen können, wenn sie nur ihren Blick endlich vom Boden losbekäme?

Und erst als Alison die Finger, mit denen sie sich krampfhaft an ihrem Regenschirm festgekrallt hatte, zu schmerzen begannen, wurde ihr klar, dass sie zum ersten Mal die Zeitlosigkeit an sich selbst erlebt hatte.

Ob auch Pawel seine Zeitlosigkeit aus einer Scham heraus empfindet?, fragte sie sich, während sie sich streckte und schüttelte und langsam wieder zu sich selbst zurückfand.

„Ich werde mich bei ihm entschuldigen müssen", murmelte sie vor sich hin, als sie schon auf dem Weg zurück zu ihrem Wagen war. „Ich weiß zwar nicht so recht wie und auch nicht wirklich wofür, aber ich werde es tun müssen."

Dann ging sie fort.

Als Alison dann etwas später mit ihrem alten Dodge Charger über die *Brooklyn Bridge* fuhr, sah sie hinaus aufs Wasser und dachte an ihre Mutter. Aus dem Kassettenrekorder ihres Autos wisperte Bruce Springsteen leise seinen *Ghost of Tom Joad*, und Alison bewegte lautlos die Lippen dazu. Sie überlegte, dass es an der Zeit wäre, ihrer Mutter einmal wieder einen Besuch abzustatten. Sie hatten sich bereits seit einem halben Jahr nicht mehr gesehen, seit jenem Familienfest, bei dem sie alle miteinander so sehr aneinandergeraten waren, dass sie infolgedessen gar nicht mehr miteinander gesprochen hatten. In diesem Moment, in dem Alison nun die *Brooklyn Bridge* hinter sich ließ und ihren Wagen am *War Memorial* vorbei in Richtung Amity Street steuerte, wusste sie schon gar nicht mehr so genau, was sie an jenem Tag im März so aufgebracht hatte. In der kleinen Wohnung ihrer Mutter hatten sie sich alle getroffen, Amy und Peter waren gekommen, Deborah hatte Steve mitgebracht und sie hatte sich wochenlang darauf gefreut, endlich einmal wieder ihre Schwestern und ihre Mutter gemeinsam zu sehen. Sie erinnerte sich, wie sie tagelang überlegt hatte, was sie zu diesem Fest anziehen sollte, sogar zum Friseur gegangen war sie am gleichen Morgen noch. Und dann hatte ein nichtiges Wort ein anderes belangloses Wort gestreift, und alles war durch unsichtbare Hand aus den Fugen geraten. Amy hatte Deborah beschimpft, Deborah sich bei ihrer Mutter beklagt, und am Ende hatten alle zusammen auf ihr, Alison, herumgehackt. So war es ihr jedenfalls an jenem Abend vorgekommen und sie hatte sich dabei so sehr an ihre Jugend erinnert gefühlt, dass sie es einfach nicht mehr ausgehalten hatte und gegangen war.

„Ganz so wie Pawel vorhin", murmelte sie nun leise vor sich hin, „weg war ich, einfach so." Sie musste laut auflachen, als sie sich die Szene jetzt in Erinnerung rief, wie sie mit ihrer Mutter und Amy und Deborah in der Küche gestanden hatte und sich plötzlich allen dreien gegenüber dafür hatte rechtfertigen müssen, dass es ihr als einziger gelungen war, ihre künstlerischen Interessen in einen sehr einträglichen Beruf münden zu lassen, während ihre Schwestern und ihre Mutter allesamt gescheitert waren, sich stattdessen einem falschen Mann nach dem anderen an den Hals geworfen und sich in ihrer Abhängigkeit sogar Kinder von ihnen hatten andrehen lassen. Amy war schon als Jugendliche schwanger geworden, Deborah vor einigen Jahren, doch beide Väter hatten das Weite gesucht, noch bevor Peter und später dann Steve das Licht der Welt erblickt hatten. Alison taten die beiden kleinen Jungen leid, und sie versuchte sich zu erinnern, ob sie auch das ihren Schwestern gesagt hatte, kurz bevor sie damals erbost aus der Wohnung ihrer Mutter gelaufen war. Peter war längst ein Teenager geworden, und Steve musste in etwa fünf Jahre alt sein, so ganz genau wusste Alison das gar nicht, dem einen wie auch dem anderen war jedoch deutlich anzumerken, dass ihnen die Vaterfiguren fehlten und sie unter der Herrschaft gebeutelter und frustrierter Frauen aufwuchsen. Als Alison nun in die Amity Street einbog und den Dodge vor ihrem Wohnhaus parkte, musste sie ein weiteres Mal laut auflachen, fiel ihr doch ihr eigener Hang zu älteren Männern ein, der wohl ebenfalls einem Vaterkomplex entsprungen war. Doch während sie ihre Komplexe zumindest im Ansatz damit kompensieren konnte, dass sie sich einen 50-Jährigen nach dem anderen ins Bett holte, waren Peter und Steve von vornherein verloren.

Dass Amy und Deborah weinerliche Pantoffelhelden hochzüchteten, das hatte sie an jenem Festtag zu ihren beiden jüngeren Schwestern gesagt, so fiel es ihr nun wieder ein. Und bei ihrer Mutter hatte sie sich sarkastisch dafür bedankt, dass wenigstens sie so schlau gewesen war, sich statt eines Sohnes einfach nur drei Töchter aus der Gebärmutter zu drücken, die Erstgeborene zwar etwas misslungen, die beiden anderen dafür aber ausnehmend hübsch und mit guten Charakteren ausgestattet. Dann war sie gegangen, trotzig und stolz. Und erst unten auf der Straße dann hemmungslos in Tränen ausgebrochen.

Wie immer schaute Alison zunächst auf ihren Anrufbeantworter, kaum dass sie die Wohnungstür hinter sich geschlossen hatte. Den Mantel noch über den Schultern und ihre Schuhe noch an den Füßen, den noch immer tropfenden Regenschirm zusammengeklappt in der Hand, ging sie direkt zu dem Telefon ganz am anderen Ende ihrer geräumigen Wohnung, sah, dass es keinen Anruf während ihrer Abwesenheit gegeben hatte, und lief erst dann zurück in den Flur, um sich auszuziehen. Sie mochte diese langen Wege, die sie in ihrer großen Wohnung zurücklegen konnte, es gab ihr ein sicheres Gefühl, nicht nach wenigen Metern bereits an eine Wand zu stoßen, so wie es in den armseligen Mietwohnungen von Amy, Deborah oder ihrer Mutter der Fall war.

Sie war auch stolz darauf, dass sie sich selbst durch ihre Intelligenz und ihre Disziplin, sowie ein über lange Jahre entbehrungsreiches Leben in die Lage versetzt hatte, eine solche Wohnung kaufen zu können, auch wenn ihre Mutter nicht müde wurde, ihr immer wieder zu sagen, dass sie, Alison, ohne sie, ihre Mutter, gar nichts erreicht hätte und wohl eher in der Gosse gelandet wäre als in einer netten 180-Quadratmeter-Wohnung in Brooklyn. Für einen Wohnsitz direkt in Manhattan hatte es bei Alison zwar nicht gereicht, doch dieser Traum aus frühen Jugendtagen hatte sich mit dem Ende dieser Jugend sowieso von ihr gelöst. Zwar liebte sie Manhattan, erachtete Brooklyn jedoch als weitaus besseren Ort für ein gutes Leben.

„Manhattan für Kunst und Karriere, Brooklyn für Luft und Liebe", so hatte sie es an jenem festlichen Abend in der Wohnung ihrer Mutter sogar etwas unvorsichtig formuliert, woraufhin alle gemeinsam gelacht hatten, doch nur sie selbst hatte ehrlich und aufrichtig gelacht, das war ihr sofort aufgefallen, während das Gelächter ihrer Schwestern und ihrer Mutter hinterhältig und zynisch geklungen hatte. Und es war auch gar nicht schwierig für Alison gewesen, aus der Art des Lachens der anderen herauszulesen, worüber sie dort lachten.

Bis zu ihrem dreißigsten Geburtstag hatte Alison das gute Gehalt, welches ihr ihre einträgliche Arbeit als Galeristin und Kunsthändlerin einbrachte, gespart und in den ersten Jahren nach ihrem Studium daher in einem wahren Drecksloch von Wohnung gewohnt. Zu ihrem Dreißigsten dann aber hatte sie ihr Bankkonto leer geräumt und sich selbst mit dem Erwerb dieses Schmuckstücks belohnt.

„Ich habe mir dieses Apartment erarbeitet, und ich habe es mir verdient", sagte sie laut vor sich hin, während sie barfuß über den großen Flokati-Teppich schritt und es sich auf ihrer Le-Corbusier-Liege bequem machte. Schmunzelnd rief sie sich die Gesichter ihrer Mutter und ihrer Schwestern ins Gedächtnis, als sie ihnen vom Erwerb dieser Wohnung erzählt hatte. Sie war damals tatsächlich noch naiv genug gewesen zu glauben, dass ihre Familie sich für sie freuen würde. Doch kaum hatte sie ihnen dann von dieser Wohnung erzählt, so war es, als hätte sie das sprichwörtliche Band zwischen ihnen endgültig zerschnitten. Es hatte seine Zeit gebraucht, bis Alison in der Ablehnung ihrer Schwestern und ihrer Mutter den Schmerz hatte herauslesen können, den Schmerz darüber, es nicht ebenfalls geschafft zu haben, mit Kunst Geld zu verdienen.

Nicht simpler Neid ist es, dachte Alison, sondern schmerzhafter Neid trennt uns. Sie sehen mich und mein Leben und empfinden ihr eigenes Leben als verpfuscht neben dem meinen. Und ich, ich sehe ihre Leben und stelle fest, dass ich doch im Grunde diejenige bin, die nichts erreicht hat, gar nichts. Und die sich ein ganzes Leben lang immer nur um sich selbst dreht.

Bei diesen Gedanken schaute sie sehnsüchtig zur Mini-Bar hinüber, in der jedoch längst nur noch Fruchtsäfte und Mineralwasser untergebracht waren, was Alison in nachdenklichen Momenten wie diesen als durchaus angebracht empfand. Zumal sie sich nun auch noch daran erinnerte, wie ihre Schwestern sie hier besucht hatten, den Flokati und die Le-Corbusier-Liege erblickt und sie sofort als dekadent beschimpft hatten, was Alison damals sehr zum Lachen gebracht hatte, wobei sie wusste, dass ihre Schwestern ihr dieses Lachen als arrogant auslegen würden. Dennoch hatte sie sich nicht gegen die Verrücktheit dieser Situation wehren können, hatten sie als junge Mädchen doch ihren ersten Flokati und ihre erste Le-Corbusier-Liege gemeinsam gesehen – mit glänzenden Augen und begeistert in einem Prospekt auf dem Schlafzimmertisch ihrer Mutter.

Inzwischen aber hassten ihre Schwestern und ihre Mutter sie für alles, was sie war und was sie hatte. Ihre Le-Corbusier-Liege erschien ihnen als dekadent, ihr alter Dodge mit Kassettenrekorder hingegen als widerwärtiges Understatement. Ihren Beruf als Kunsthändlerin geißelten sie als moralisch-verwerfliches Abfallprodukt, der mit Kunst doch im Grunde nichts zu tun habe, sondern nur Profit herauszuschlagen versuche aus dem Talent anderer Menschen. Sogar ihren Hang zu Bruce-Springsteen-Musik belächelten sie zu jeder Gelegenheit als plumpen Versuch, hinter ihrer zubetonierten Karrierefassade doch noch ein paar Emotionen aufzubauen.

Trotz allem, so dachte die Alison nun, ist es an der Zeit, sie alle wiederzusehen.

„Erzähl mir von den dunklen Momenten", forderte Alison Pawel auf, kurz nachdem sie sich in ihrer zweiten gemeinsamen

Nacht zu ihm ins Bett gelegt hatte. Die Sekunden verstrichen, und Alison beobachte die dunkle Wand, die sich an ihrem Bettende zu schaffen machte und wie eh und je danach trachtete, zu ihr, nein, zu ihnen gekrabbelt zu kommen und sich zwischen sie zu legen.

„Ich bin ein Klavierspieler, und ich spiele auf der Titanic“, sagte Pawel. „Die ganze Welt geht unter, alles um mich herum versinkt im Chaos und Verderben, aber ich, ich sitze am Klavier und spiele. Und obwohl ich weiß, dass es das Letzte ist, was ich in meinem Leben tun werde, ja mir ganz sicher bin, gerade die letzten Minuten meines Daseins zu gestalten, stehe ich nicht auf von meinem Schemel, sondern spiele seelenruhig weiter. Und dann, dann kommt mir diese Idee – wenn das hier der letzte Moment ist, der allerletzte Moment, und wenn alles in Auflösung begriffen ist, dann kann ich doch endlich einmal spielen, wie ich noch nie gespielt habe. Anstatt schöner und auswendig gelernter Melodien für das zahlende Publikum kann ich doch jetzt, in diesem letzten Moment, einfach einmal Töne aneinanderreihen, von denen es immer wie selbstverständlich heißt, dass das so nie funktioniert, dass es sich ganz grausig anhört.“

Weitere Sekunden verstrichen und Alison überlegte, ob es ein passender Moment wäre, nach Pawels Hand zu greifen, sie ganz fest zu drücken und ihm zu zeigen, dass sie da war, dass sie neben ihm lag und dass sie, Alison, keine Illusion war, vielleicht zum ersten Mal in ihrem Leben festen Boden unter sich verspürte. Doch sie wusste zu gut um sein Empfinden, welches auch die beste und aufrichtigste Geste schnell zur Plakativität umgestaltete.

„Verstehst du, Alison? Meine dunklen Momente sind gar keine dunklen Momente, sondern es sind spannende Momente. Ich habe viele Jahre gebraucht, um das zu begreifen, um zu erkennen, dass es niemals meine hellen, sondern immer nur diese dunklen Momente sind, die mich mit einem Eifer erfüllen und die mir den Reiz des Lebens bringen. Die Momente, in denen alles verloren ist und in denen ich mit dem Mut zur Hässlichkeit vor mein Publikum trete und eine falsche Note nach der anderen klimpere. Genau das sind die Momente, die mich am Leben halten. Genau das sind meine Depressionen.“

Pawel hielt inne und Alison spürte, dass er sich für einen kurzen Augenblick unsicher war, ob er das, was er auf der Zunge trug, tatsächlich aussprechen konnte, aussprechen wollte.

„Meine Depression sind nicht meine Feinde, Alison. Sie sind meine Freunde, die besten, die ich habe.“

Der Alison war es, als würden diese Worte vom Pawel seltsam nachklingen in ihrem großen Schlafzimmer, sich von der einen Wand zur anderen werfen, lustvoll von der Tür zum Fenster hangeln und wieder zurück.

„Nein, meine Depressionen sind nicht meine Feinde. Die Menschen sind es. Immer, wenn ich diese kostbaren Momente gehabt habe, schauen sie mich ganz verständnislos an. Kannst du dir das vorstellen, Alison? Ich spiele auf meinem Klavier die unstimmigsten Misstöne, die bizarrsten Klangabfolgen, und die Menschen können es einfach nicht lassen, mich daraufhin ganz verstört anzuschauen, mir noch Tage später vorzuwerfen, dass ich ja schon wieder so schreckliche Töne gespielt hätte, wo ich doch ein so begabter Pianist sei. Wie könne ich da vorsätzlich derart schreckliche Melodien erzeugen! Die Menschen verstehen meine Vorsätzlichkeit nicht, sie begreifen die Suche nach dem Schmerz nicht, Alison. Nein, nicht meine Depressionen sind meine Feinde, denn meine Depressionen haben mich immer nur stärker machen wollen. Meine guten Launen haben mir nie den Weg gezeigt, mir nie eingeflüstert umzukehren und neue Wege zu beschreiten. Das haben nur meine düsteren Stimmungen vollbracht.“

Tonlose Sekunden, und Alison spürte mit einem Mal eine Neugier in sich, von der sie wusste, wie fehlplatziert sie in diesem Moment war, und die sie dennoch nicht niederzukämpfen vermochte.

„Nimmst du noch deine Pillen, Pawel?“, hörte sie sich selbst in die Dunkelheit hinein fragen.

Pawel lachte. Es war kein lautes Lachen, auch kein hämisches Lachen, wie Alison es befürchtet hatte, sondern ein kurzes, sehr ehrliches Lachen.

„Nein, Alison. Ich nehme meine Pillen nicht mehr.“

„Und zur Therapie? Gehst du noch dorthin?“

„Auch keine Therapie mehr, Alison. Keine Pillen, keine Therapie. Nur noch meine Depressionen, ab und an, ungefiltert, roh und grob. Wie filterlose Zigaretten, Alison, ein ganz spezieller Genuss.“

„Bist du also“, Alison kratzte sich am Kopf, wusste um ihre sehr ungelenke Formulierung, fand jedoch keine sprachliche Alternative. „Bist du also geheilt, Pawel?“

Zu ihrer großen Verwunderung lachte Pawel jetzt nicht. Dafür jedoch spürte sie seine Finger, die nach ihrer Hand griffen und sie zu sich auf seine Brust zogen.

„Geheilt, Alison? Wovon? Von der Wahrheit? Von mir selbst? Da ist nichts, was geheilt werden müsste. In seiner Schlechtigkeit ist alles gut, alles richtig.“

Alison wusste, dass die Sätze, die Pawel gesagt hatte, keine schönen Sätze waren, aber sie spürte, wie genau diese Sätze ihr ein Vertrauen einflößten, ihr eine kleine Prise Kraft schenkten und ihrem beständigen Gefühl, Illusionen zu erliegen oder gar selbst eine solche Illusion zu sein, ein wenig den Schrecken nahmen.

„Unsere Narben“, so dachte Alison in dieser Nacht, kurz bevor sie einschlief, „mögen verheilen. Doch verschwinden werden sie nie. Es liegt an uns, ihre Schönheit zu entdecken.“

DON JOSEF KRÄMER

Herr Borck

An jenem Tag, an dem Don Josef Krämer plötzlich vor der Haustür von Herrn Borck auftauchte, hing das Wetter einem schweren, schwarzen Vogel gleich über der Stadt. Auch Don Josef Krämer sah schon nicht mehr ganz so blendend aus wie noch am Abend zuvor, als er auf der großzügigen Bühne des _Pantheon_ gestanden und gesungen hatte. Herr Borck war gleich ein wenig erschrocken in jenem Moment, war einige Schritte zurückgewichen und hatte sich gefragt, über wie viele Gesichter ein Künstler wohl verfügen mochte. Den euphorischen Don Josef Krämer, den hatte er am Abend zuvor gerade noch erlebt, jenen schwelgerischen Barden, der mit Inbrunst seine geschwungenen Chansons vortrug, elegant, amüsant, humorvoll – und jederzeit Herr der Lage. Über zwei Stunden lang hatte Don Josef Krämer dort Aznavour _gegeben_, wie er es selbst so gern titulierte, hatte Brel und Gainsbourg wiederaufleben lassen und mittendrin auch viele seiner eigenen, so fraglos wunderbaren Melodiebögen zelebriert.

Doch in diesem Moment, vor Herrn Borcks Wohnungstür, da hatte Don Josef Krämer gar nichts mehr unter Kontrolle gehabt. War weder schwelgerisch gewesen, noch elegant – sondern auf eine schon wahnsinnig zu nennende Art und Weise kopflos. Er schwankte, trat unruhig von einem Fuß auf den anderen und blickte unruhig nach überall und nirgendwo.

Herr Borck bat ihn herein, ließ ihn sich in den großen Baststuhl setzen und ging in die Küche, um ihm einen Tee aufzubrühen. Don Josef Krämer war völlig durchnässt hier bei ihm angekommen, sein Hosensaum hing im Wasser, und das lange schwarze Haar hing ihm schwer ins Gesicht. Am Abend zuvor, auf der Bühne im _Pantheon_, da hatte dieses Haar noch einen bläulichen Schimmer in sich getragen, hatte seine weichen Gesichtszüge liebevoll ummantelt und ihm die Aura eines schönen arabischen Prinzen verliehen. Ein Naturell, das er schon immer an und in sich getragen hatte, das jedoch erst durch die unnachgiebige Detailversessenheit des Herrn Borck ins rechte Licht gerückt worden war. Die Frauen liebten Don Josef Krämer, das war offensichtlich, doch auch gestern, hinter der Bühne des *Pantheon* stehend, hatte Herr Borck erneut bemerkt, dass die weitaus größere Innigkeit den schmachtenden Augen der Männer zu entnehmen war. Die Blicke der Frauen, sie mochten direkter, fast schon aggressiver sein, doch die Pupillen der Männer, sie öffneten und weiteten sich in einer ehrlichen Klammheimlichkeit, sobald Don Josef Krämer zu singen begann. Ein Umstand, der ausnehmend früh begonnen hatte, Herrn Borck zu faszinieren, war es doch gerade dieser verstohlenen männlichen Verehrung zu verdanken, dass er selbst das schier endlose wirtschaftliche Potential von Don Josef Krämer erkannt hatte.

„Don, Junge, wie du aussiehst!", schalt er ihn. „Na, hoffentlich hat dich niemand gesehen. Bist du vielen Leuten begegnet?"

Der Sänger antwortete ihm nicht, sondern saß einfach nur in dem Baststuhl, schlapp und doch wie unter Hochspannung. Herr Borck war derartige Anfälle durchaus gewohnt. Seit vielen Jahren arbeitete er mit Musikern zusammen, führte sie aus ihrer Bedeutungslosigkeit mitten hinein ins Scheinwerferlicht – eine Tätigkeit, die ihn zwar zum Experten für Machbarkeiten und Ausschöpfungen gemacht hatte, ihn aber zwangsläufig auch stets aufs Neue mit den Schattenwelten seiner Klienten konfrontierte und mit all den Dämonen, die ihre Existenzen immer wieder ins Wanken brachten. Die Dämonen von Don Josef Krämer waren schon immer die größten Dämonen gewesen, die Herrn Borck jemals begegnet waren, denn Don Josef Krämer war ein Genie, nicht mehr und nicht weniger, und gerade Genies haben bekanntlich die größten aller Zechen zu zahlen.

Als Don Josef Krämer an diesem Abend also in seiner Wohnung in der Fliedergasse auftauchte war Herr Borck durchaus erschrocken ob seines Aussehens, nicht jedoch ob seines Verhaltens, denn genau das war ihm längst zu einer Art täglich Brot geworden.

Mit seinen zartgliedrigen, langen Fingern umfasste Don Josef Krämer die Teetasse, und der heiße Dampf des Getränks verfing sich in einer seiner vielen krausen Stirnlocken.

„Was für ein hübscher Mann", dachte Herr Borck einen kurzen Moment lang, ganz für sich. „Nur für die Bühne und für das Scheinwerferlicht gemacht."

Don Josef Krämer ließ sich viel Zeit beim Trinken, so wie immer, wenn er von seinen Dämonen aus dem eigenen Haus herüber zu Herrn Borck geweht wurde. Sein Blick war starr, nichts erinnerte mehr an die süffisante Erotik und an den kultivierten Schmelz, den er noch am Abend zuvor von der Bühne über ein Meer von Opfern geträufelt hatte. Doch selbst dieser starre Blick stellte keine Neuigkeit dar, schon oft hatte Herr Borck ihn an Don Josef Krämer gesehen, wenn er halbnackt und zitternd in seiner Garderobe vor ihm stand und regelrecht auf die Bühne geprügelt werden musste wie ein räudiger Köter vom Hof. Auch vom Beifahrersitz seines Wagens aus war Herrn Borck dieser starre Blick diverse Male begegnet, denn Don Josef Krämer besaß keinen Führerschein, ja war überhaupt unfähig, irgendwelche Maschinen zu bedienen. Und dann natürlich im Schlafzimmer und auf der kleinen Lichtung im Wald, zu der sie beide manches Mal gemeinsam gefahren waren, damals, vor so vielen Jahren. Auch dort hatte er viele Male in die starren Augen von Don Josef Krämer geblickt.

„Ich habe einen Menschen getötet“, sagte Don Josef Krämer.

Stille durchschnitt das Wohnzimmer, und lediglich der Bast unter Don Josef Krämer knarrte leise.

„Soso. Hast du, ja? Wann? Wen?“ Herr Borck kannte die überzogene Theatralik seines Schützlings. Er selbst hatte sie ihm beigebracht, sie ihm anerzogen. Er wusste, dass es wenig Sinn ergab, Don Josef Krämer ernst zu nehmen.

„Ich weiß es nicht“, sagte Don Josef Krämer und hob dann beide Arme empor, um ihm seine Handflächen zu zeigen. „Aber schau mal, Herr Borck, meine Hände: voller Blut. Als würde ich gerade aus einem Krieg kommen.“

Herr Borck betrachtete eingehend die Handflächen von Don Josef Krämer, konnte aber nichts Ungewöhnliches daran feststellen.

„Beruhige dich, Don, Junge. Nichts ist geschehen. Gar nichts.“

Doch der Sänger wollte sich nicht von seiner Behauptung abbringen lassen. Zögerlich und stockend begann er, in sich dahinschleppenden Sätzen zu erzählen, wie er nach seinem gestrigen Auftritt noch mit einigen Freunden in einer kleinen Kneipe gefeiert hatte, drüben in Kreuzberg. Auch die Jungs seiner Begleitband waren zunächst noch dabei gewesen, hatten sich dann jedoch

– ganz die professionellen Musiker – frühzeitig verabschiedet, während für Don Josef Krämer wieder einmal die Nacht erst richtig begonnen hatte. Vor einigen Stunden war er dann zu Hause aufgewacht und hatte sich an kaum noch etwas erinnern können, aber sofort gewusst, dass er einen Menschen umgebracht hatte. Einfach gewusst hatte er es, hatte instinktiv gespürt, dass ihn seine Dämonen diesmal nicht mehr so billig hatten davonkommen lassen wie all die Jahre zuvor, sondern nun endgültig ihren Tribut gefordert hatten für sein Talent, für seine Schönheit und für seinen Erfolg.

„Don, Kind", wiederholte sich Herr Borck. „Beruhige dich erst einmal." Doch noch während er diesen Satz aussprach, wusste er bereits um seine Unsinnigkeit, wirkte Don Josef Krämer doch gar nicht wie in Aufruhr oder gehetzt, sondern einfach nur starr, gebannt und hochkonzentriert.

„Was heißt denn überhaupt, dass du *einen Menschen getötet* hast? Einen Mann? Eine Frau? Und wie? Erschossen? Erstochen? Totgesungen?"

Vergeblich versuchte er sich an einem Lachen. Und stellte es sofort wieder ein.

Herr Borck besah sich Don Josef Krämers Hände, zog seinen eigenen Stuhl ganz nah an ihn heran und hob die Finger des Sängers vor sein Gesicht, wie er es damals, als sie sich kennenlernten, so gerne getan hatte. Blut war keines zu sehen, die Finger von Don Josef Krämer strahlten die gleiche grazile Ehrwürdigkeit aus wie noch am Abend zuvor, als er mit ihnen immer wieder sein Piano in Schwingung versetzt hatte.

„Du glaubst mir nicht", erwiderte der Musiker. Es klang verletzt.

„Don, Junge – glaubst du selbst dir denn? Da ist kein Blut an deinen Händen, und wenn du jemanden umgebracht hättest, wirklich und ehrlich getötet, glaube mir, dann würdest selbst du dich an irgendetwas erinnern. Und kannst du das? Nein, kannst du nicht. Du hast ja noch nicht einmal eine Leiche. Verstehst du, Don? Kein Opfer – kein Mord!"

Herr Borck sah seinem Schützling aufmunternd ins Gesicht, bemerkte jedoch gleichzeitig, wie sich draußen, vor dem Fenster, der Himmel immer weiter zuzog und die Welt verfinsterte. Reglos lag das Gesicht von Don Josef Krämer vor ihm, und Herr

Borck betrachtete es eingehend, wie er es seit so vielen Jahren tat – und fühlte sich doch noch immer unfähig zu erkennen, hinter welcher der vielen feinen Augenfältchen noch ein wahrer, ein nicht-theatralischer Don Josef Krämer zu erahnen war. In Borcks Augen ließen Momente wie dieser das Gesicht des Sängers zu einer prunkvollen, aber nicht zu entschlüsselnden Totenmaske erstarren. Wie ein junger Tutanchamun kam Don Josef Krämer ihm dann vor. Ein Sarkophag-Mann, der von Ägypten aus den Weg nach Mitteleuropa genommen hatte. Herr Borck wusste, dass er sich ein Werkzeug erschaffen hatte, das zunehmend seiner Kontrolle zu entgleiten drohte.

„Doch, es gibt eine Leiche", fügte Don schließlich mit fester Stimme hinzu. Er weigerte sich weiterhin, von seiner Teetasse aufzusehen.

„Was? Wo?"

„Ich weiß es nicht, Herr Borck. Aber es gibt eine, ganz bestimmt. Irgendwo da draußen liegt ein Mensch mit eingeschlagenem Schädel in einem Gestrüpp oder erdolcht unter einer Brücke. Sie werden ihn finden und alle werden sofort wissen, dass ich es gewesen bin."

„Moment, Don, Kind. Noch einmal ganz ruhig jetzt: *Weißt* du, dass du jemanden getötet hast? Oder *denkst* du es nur?"

„Ich spüre es, Herr Borck. Ich sehe in den Spiegel und denke: Mörder."

Herr Borck seufzte erleichtert. „Ja, aber Don, Junge: Das hast du doch schon so oft gedacht. Wie oft hast du hier bei mir gesessen, auf genau diesem Stuhl, und darüber gesprochen, ein Mörder zu sein? Fünfzigmal? Hundertmal?"

„Genau deswegen, Herr Borck. Denn jetzt kenne ich den Unterschied zwischen *darüber reden* und *es wirklich machen*. Alles ist jetzt anders, Herr Borck. Ich bin keiner mehr, der nur darüber redet. Ich bin einer, der es getan hat."

Herr Borck sah Don Josef Krämers starren Gesichtsausdruck und suchte in seinen Locken vergebens nach dem herrlichen blauen Glanz des vergangenen Abends. Er beschloss, seinen Schützling zurück in sein eigenes Haus zu fahren, ahnte er doch, dass er ihm diesmal mit einigen weisen Ratschlägen bei Tee in seinem Wohnzimmer nicht würde helfen können. So zog er Don Josef Krämer aus dem Baststuhl, bugsierte ihn aus seiner

Wohnung und dirigierte ihn schwerfällig auf den Beifahrersitz seines Wagens.

Don Josef Krämer hatte sich mit seiner schönen Frau und den ebenfalls eigenartig schönen Kindern ein kleines Haus gemietet, draußen hinterm Wannsee, ganz in der Nähe von Schloss Genthin. Angenehm versteckt in einem Seitenweg lag das Häuschen, und fuhr man jetzt, im dunklen Regenwetter eines sterbenden Herbsttages dorthin, so konnte man sich des Eindrucks einer gewissen romantischen Unheimlichkeit kaum erwehren. Schon von draußen achtete Herr Borck, seinem prinzipiellen Unglauben zum Trotz, auf jede mörderische Kleinigkeit, fasste alle vermeintlichen Belanglosigkeiten ins Auge, konnte jedoch keinerlei Unstimmigkeit feststellen. Er parkte seinen Wagen inmitten einer perfekten Idylle, in der auch Don Josef Krämer nicht länger wie ein Fremdkörper wirkte, sondern vielmehr als integraler Bestandteil. Herr Borck und Don Josef Krämers Frau hatten das Haus gemeinsam ausgesucht, hatten den Charakter ihres Schützlings und Ehemannes genau bedacht und sich die glänzende Zukunft vergegenwärtigt, an der sie doch gemeinsam so hart arbeiteten. Trotzdem mochten sich Herr Borck und Katja, Don Josef Krämers Ehefrau, nicht sonderlich. Sie beäugten einander misstrauisch wann und wo immer sie auch aufeinandertrafen, was jedoch weder ihn noch sie weiter verwunderte, hatten sie doch, jeder auf seine Art, sehr viel Inbrunst in Don Josef Krämer investiert.

Als der Sänger die Haustür entriegelte, strömte Herrn Borck sogleich der Geruch des alten Holzes entgegen, welches Don Josef Krämer im Wohnzimmer zur Befeuerung des Kamins hortete. Herr Borck sah hinüber zu den vielen sorgsam gestapelten Scheiten. Er ahnte, dass nicht Don Josef Krämer das Holz gehackt, hierher gewuchtet und anschließend derart ordentlich platziert hatte. Nein, das war ganz sicher seine Frau gewesen.

Herr Borck hatte einen Anflug von Alkohol befürchtet, eine Spur von Wodka oder Schnaps, einen abgehangenen Schleier Bier über den Möbeln und Teppichen, doch nichts davon lag in der Luft. Alles, was er wahrnehmen konnte, war dieser Geruch von Holz, sorgsam aufgestapelt in heimischer Beschaulichkeit.

„Don, Junge, wo ist Katja? Wo sind die Kinder?"

Herr Borck sah sich um und begann, nach den Spuren eines Verbrechens zu Ausschau zu halten, das es mit Sicherheit niemals gegeben hatte. Don Josef Krämer stand seltsam blockiert neben ihm. Wieder wippte er von einer Fußsohle auf die andere, und Herr Borck meinte erkennen zu können, dass ihm die Hände zitterten. Noch immer mied der Sänger seinen Blick. Seine Augen wanderten stattdessen rastlos in die Ecken und über die Wände des eigenen Hauses.

„Hörnum. Herbstferien", stammelte er.

Herr Borck erinnerte sich, wie er vor vielen Jahren die Mutter von Don Josef Krämer kennengelernt hatte, eine aus seiner Sicht ausnehmend herzliche Frau, das genaue Gegenteil der kalten, schroffen und so berechnenden Katja. Ganz wunderbar verstanden hatte er sich mit ihr, so wunderbar, dass sie auch ihn, Herrn Borck, sofort in ihr kleines Haus auf Sylt eingeladen hatte. Er war fast versucht gewesen, der Einladung zu folgen, hatte sie dann jedoch unter Angabe diverser Ausreden immer wieder abgelehnt und hinausgeschoben. Es erschien ihm irgendwie unpassend, die Mutter seines Schützlings privat zu treffen.

Ohne wirklich zu wissen, wonach er suchen sollte, schritt Herr Borck durch die niedrigen, eng möblierten Räume, in denen eine Fußbodenheizung für ein angenehmes Laufgefühl sorgte. Im warmen, gedämmten Licht der diversen Lampenschirme wirkte alles sorgsam aufgeräumt und unaufgeregt wie eh und je, und lediglich in der Küche nahm Herr Borck wahr, dass eines der großen Brotmesser fehlte, die als Set aus einem dicken Eichenblock auf der Anrichte ragten. Aus dem Fenster sah er hinaus in den Wald, der sich vor dem Haus ausbreitete, jedoch ebenfalls weit davon entfernt war, die düstere Feindseligkeit jener Wälder auszustrahlen, die in beklemmenden Sagen oder abstrusen Horrorfilmen vorkamen.

„Wer hier mordet, meuchelt allenfalls ein Eichhörnchen", dachte Herr Borck, während er die Treppe hinauf ins Obergeschoss nahm. Auch im Schlafzimmer wollte ihm nichts Besonderes auffallen. Er war bereits mehrfach hier gewesen, einige Male, um Don Josef Krämer zu berühren und einige weitere Male, um Katja zu besänftigen, wenn sie wieder einmal über die Stränge geschlagen hatte und wie eine Furie über ihren wehrlosen Ehemann hergefallen war. Er betrachtete ihr reichlich überdimensioniertes Portraitfoto, das sie an der Wand, direkt gegenüber dem Bett, aufgehängt hatte. Herrn Borck war das sogleich befremdlich vorgekommen. Menschen, die sich gleich mit ihrem ersten morgendlichen Blick der eigenen Schönheit vergewissern mussten, widerten ihn nicht nur an, sondern machten ihm auch ein wenig Angst. Wenn in diesem Haus jemand in der Lage war, über Leichen zu gehen, dann war es Katja, dessen war er sich sicher. Der Blick bohrend, die Zähne weiß und kräftig, streng am Hinterkopf verknotet das Haar – Herrn Borck überraschte es nicht, das in jedem Zimmer dieses Hauses ein solches Bild von Katja hing. Von ihrem berühmten Ehemann jedoch, von dem es nun wahrlich tausende von Fotos gab, schien es nicht ein einziges an die Wände dieses Hauses geschafft zu haben.

Ab und an, während der Abwesenheit von Don, Katja und den Kindern, hatte er auf dem Ehebett der Krämers gelegen und versucht sich vorzustellen, wie Don sich hier fühlen mochte. Doch so sehr er sich auch bemüht hatte, sogar er war mit seinen umherwandernden Blicken immer nur bei dieser überdimensionierten Fotografie von Katjas kaltem Gesicht gestrandet. Schnell hatte ihn Katjas Gebaren in diesem Haus an den ikonographischen Personenkult von Diktatoren zu erinnern begonnen.

„Hitler, Stalin, Katja", murmelte er schmunzelnd vor sich hin. Er war froh, zu jenen Männern zu gehören, an denen Frauen sich nicht einmal theoretisch vergehen konnten.

„An diesem Ort", dachte Herr Borck, „ist so einiges zu entlarven und zu beanstanden. Ein Mord aber, nein, der ist hier nicht zu finden."

Langsam lief er durch den dunklen Flur hinüber ins Kinderzimmer. Unten, in der Diele, hörte er Don Josef Krämer, der mit unsicheren Schritten noch immer versuchte, Herr seines eigenen Hauses und Herr seiner selbst zu werden.

„Den Revolver, hast du den noch?", rief Herr Borck die Treppe hinunter, kurz bevor er das Kinderzimmer betrat.

„Ja. Natürlich." Schwach und unentschlossen drang die Stimme des Sängers zu ihm nach oben.

„Wo liegt er?"

„Na, da wo er immer liegt. Oder nein, warte. Da liegt er schon lange nicht mehr. Er liegt jetzt hier unten, bei mir."

Herr Borck war sich weiterhin sicher, dass Don Josef Krämer unfähig war, auch nur einen einzigen Schuss abzugeben, dennoch erschien ihm der Gedanke, seinen labilen Schützling dort unten allein mit einem Revolver zu wissen, als durchaus bedenklich.

„Lass ihn einfach liegen, Don, Kind! Ich sehe ihn mir später an!"

„Ja, ich lege ihn wieder zurück. Aber Herr Borck? Wie leicht er sich auf einmal anfühlt. Gar nicht mehr so schwer wie vorher."

Einen kurzen Moment dachte Herr Borck daran, dass es wohl angebracht war, nun nach unten zu eilen, Don Josef Krämer die Waffe zu entreißen und sie an sich zu nehmen. Noch während er jedoch diesen Gedanken in seinem Kopf hin- und herschob, fiel ihm ein zerrissenes Nachthemd ins Auge, das auf dem Boden des Kinderzimmers lag. Langsam ging er darauf zu, begab sich in die Hocke und führte den Seidenstoff vor sein Gesicht. Das Nachthemd war in viele kleine Streifen zerfetzt worden und gab ihm den ersten Eindruck einer Gewalt, wie sie vielleicht doch und sogar hier, in diesem Hause, stattgefunden haben könnte.

„Hm. Vielleicht ein Hund", murmelte Herr Borck leise vor sich hin. „Oder Bastelarbeit, ausgelassen spielende Kinder – es gibt viele Dinge, die ein Hemd derart in Streifen reißen können." Er steckte das Hemd schnell und ohne einen wirklichen Grund dafür zu haben in seine Manteltasche, stand auf, warf noch einen kurzen Blick ins Bad und ging wieder hinunter.

Unten in der Diele stand Don Josef Krämer noch immer wie angewurzelt, die eine Hand an der Schläfe, in der anderen den Revolver. Behutsam nahm Herr Borck ihm die Waffe ab, wog sie in seiner Hand und stellte fest, dass sie auch ihm unnatürlich leicht vorkam. Als Künstleragent hatte er weitaus weniger Ahnung von Schusswaffen, als es in dieser windigen Branche vielleicht vonnöten war – dennoch erschien ihm dieser Revolver so gar nicht wie eine Waffe, aus der vor kurzer Zeit erst geschossen worden war. Fachkundige Begründungen dafür hatte er keine, er spürte lediglich, dass eine tatsächlich verwendete Mordwaffe anders aussah, sich anders anfühlte und vermutlich auch ganz anders roch, ja überhaupt doch irgendeinen Geruch von Schwefel und Gewalt abgeben musste. Er zog die oberste Schublade der Kommode auf, legte den Revolver hinein und schob sie mit einer schnellen Bewegung wieder zu. Als er sich schon umwenden und mit Don Josef Krämer wieder ins Wohnzimmer gehen wollte, fiel sein Blick auf eine Bahnfahrkarte, die auf der Flurkommode lag.

„Du bist in Hamburg gewesen, Don?", fragte er überrascht.

„Ja. Ich habe meinen Bruder besucht.“

„Für nur einen Tag?“

„Ja. Wir hatten Dringendes zu bereden.“

„Oh. Don, Junge, ich hoffe nichts Schlimmes! Ich weiß doch, wie ungern du dort bist.“

„Ja. Ich habe mich von ihnen getrennt.“

„Getrennt?“

„Ja, Herr Borck. Sagt man das nicht so, wenn man jemanden nie wieder sehen will?“

„Ich wusste nicht, dass es derart schlecht um euer Verhältnis stand.“

Herr Borck erinnerte sich, wie Don Josef Krämer ihm vor einigen Monaten einmal davon erzählt hatte, dass er zwar hin und wieder nach Hamburg fuhr, um im Haus seines Bruders zu übernachten, dass er dies jedoch stets mit dem allergrößten Widerwillen tat. Herr Borck hatte versucht, aus ihm herauszubekommen, was denn das Problem zwischen ihm und seinem Bruder war und warum er überhaupt so regelmäßig dorthin fuhr, wenn es ihn doch derart belastete. Don Josef Krämer hatte ihm jedoch in dieser Sache keinen tieferen Einblick in sein Seelenleben gewährt, so dass Herr Borck wieder einmal in seinen Liedtexten hatte wühlen müssen, um darauf zu stoßen, dass er seinen Bruder an und für sich für einen gar keinen so üblen Kerl hielt. Zu anderer Gelegenheit aber hatte der Sänger immerhin offenbart, dass Christopher Krämer höchstens sein seit früher Jugend festsitzender Glaube vorzuwerfen sei, dass er ihn, Josef, vor der Brutalität, aber noch viel mehr der Zuneigung von Männern beschützen müsse.

„Mein Bruder ist berufsblind“, hatte Don Josef Krämer seinerzeit gesagt. „Den ganzen Tag über langt er Frauen akademisch und wissenschaftlich zwischen die Beine und hat darüber ganz vergessen, wie gefährlich und durchtrieben sie sein können. Er glaubt, sie in und auswendig zu kennen und tastet doch nur ahnungslos in ihnen herum.“

Herr Borck erinnerte sich, wie er sich insgeheim gefreut hatte über diesen Kommentar, hatte er doch geglaubt, dass es Katja war, über die sich Don Josef Krämer gewissermaßen *zwischen den Zeilen* beschwerte. Er hatte vor allem gehofft, dass Don Josef sich von ihr trennen würde, doch nichts war geschehen. Im Gegenteil. Im Verlauf der letzten Monate schien die Ehe der Krämers immer inniger geworden zu sein, so dass Borck erst jetzt, den Blick noch immer auf den Fahrkarten, erstmalig auf den Gedanken verfiel, dass sein Schützling damals nicht von seiner eigenen Gattin gesprochen haben könnte, sondern von einer ganz anderen Frau.

„Don, Junge", ging er etwas später, sie hatten sich gerade gemeinsam auf die Couch gesetzt, einen erneuten Beruhigungsversuch an. Neben der Couch stand Don Josef Krämers großer weißer Flügel, an dem er die meisten seiner Chansons komponiert hatte, immer im Beisein seiner Frau und ab und an gar im Beisein seiner Kinder. Lange hatte Herr Borck versucht durchzusetzen, dass Katja Don Josef Krämer nicht permanent über die Schulter schaute, wenn er nach neuen Melodiebögen suchte oder seine Kompositionen mit gefühlvollen Texten unterlegte. Es war ein aussichtsloser Kampf gewesen. Katja konnte und wollte nicht begreifen, dass die beschissensten Songs und die miesesten Bücher allesamt von glücklichen Familienvätern stammten.

„Ohne vergebliche Sehnsucht geht gar nichts in unserer Branche", hatte Herr Borck sogar in einem ihrer vielen Streitgesprächen ausgerufen, doch Katja war eine viel zu starke und kontrollfixierte Frau, um ihren gutaussehenden Künstlergatten auch nur eine Sekunde allein kreativ werden zu lassen. Don Josef Krämer selbst hingegen, das hatte Herr Borck früh festgestellt, verhielt sich immer nur seltsam schwach in Katjas Gegenwart. So schwach, dass seine letzten Alben und Lieder somit im Grunde nur noch von ihr gehandelt hatten. Seine vielen Zuhörer und Fans bemerkten es nicht, Herr Borck jedoch hatte sich schon seit Jahren keine Don-Josef-Krämer-Platte mehr anhören können, da ihm in jeder verdammten Textzeile nur noch Katjas eiserner Wille und ihr unbeugsamer Charakter begegnet waren, genau wie ihre für einen Mann wie Herrn Borck unerklärliche Gabe, Don mit Haut und Haar für sich zu beanspruchen.

Ihm selbst gegenüber, so dachte Herr Borck nun, während er auf den weißen Flügel starrte, war Katja zwar fordernd, nie aber derart dominant aufgetreten. Auch als er sie in Unterhaltungen mit anderen Männern gesehen hatte, war sie kaum wiederzuerkennen gewesen. Wie ein frisch erblühtes Mädchen hatte sich diese Enddreißigerin da plötzlich in den Hüften gewiegt, sich mit den Fingern versonnen die langen Haare gezwirbelt und sogar – Herr Borck hatte es genau gesehen – in gewiss gespielter

Betörung ihren Augenaufschlag besonders lasziv wirken lassen.

„Sie macht ihn fertig", dachte er nun mit Don Josef Krämer neben sich auf der Couch. „Sie frisst ihn auf, mit Haut und Haar und lässt nichts von ihm übrig. Er ist John Lennon, sie ist Yoko Ono, und ich bin Paul McCartney. Stehe daneben, fasse mir fortwährend an den Kopf und kann nichts gegen sie unternehmen. Ich habe ihn extravagant werden lassen, das ist wahr. Doch sie sorgt dafür, dass er immer verschrobener wird. Ich wusste, dass es schlimm um ihn steht, schon immer war es problematisch mit ihm, das ist nicht allein ihr Werk. Aber sie ist es, die ihm den Rest gibt."

„Don, Junge – wo ist Katja? Wo sind die Kinder?", fragte er erneut.

Don Josef Krämer war nun Mitte 30, doch Herr Borck sah in ihm noch immer den schüchternen Jungen, den er vor fast fünfzehn Jahren von der kleinen Behelfsbühne eines schummerigen Lokals weggeholt hatte. Mit der Zeit hatte er oft darüber nachgedacht, wie lächerlich es von ihm war, einen erfolgreichen, verheirateten Familienvater noch immer nach bester Zöglingsmanier zu behandeln. Und doch hatten sie beide, Don Josef Krämer genauso wie er, ihre gegenseitigen Umgangsformen nicht abändern können, vielleicht auch gar nicht wollen. Katja, die nach Art aller Ehefrauen keine weitere Gottheiten neben sich duldete, hatte Don schon oft eine Szene gemacht wegen dieser Hierarchien, genau wie sie, auch das wusste Herr Borck, keinerlei Verständnis für den Sinn und Nutzen hatte, den ein Manager wie er ihrem Mann überhaupt noch bringen konnte.

„Don Josef Krämer ist jetzt groß, er kann alleine laufen", hatte sie ihn sogar einmal angefaucht, kurz nachdem er angeregt hatte, Dons verbal doch ein wenig aus dem Ruder gelaufene Liebesbezeugung an Katja aus dem Widmungsteil seines neuen CD-Booklets streichen zu lassen. Ein Schritt, den Katja rigoros unterbunden hatte, ohne freilich zu begreifen, dass es nicht die Enttäuschung weiblicher Krämer-Fans war, die Herr Borck hatte vermeiden wollen, sondern das viel perspektivlosere Gefühl der zahlreichen männlichen Plattenkäufer und Konzertbesucher.

„Katja? Sie... sie ist auf Sylt. Habe ich das nicht bereits gesagt? Nein? Ja, ganz sicher. Sie hat die Kinder genommen, erst das eine, dann das andere. Und ist nach Sylt gefahren. Auf Sylt ist sie."

Die Sätze fielen aus Don Josef Krämers Mund als wären es Eiswürfel, nach wie vor mied er Herrn Borcks Blick und massierte sich stattdessen beständig die Schläfen. Es passte so gar nicht zu Katja, überlegte Herr Borck, ihren schönen Künstlermann aus freien Stücken allein hier zurückzulassen. Wenn sein Tourkalender Don Josef Krämer nach Süddeutschland zog, in die Schweiz oder Österreich, dann kam es mitunter tatsächlich vor, dass sie mit den Kindern hier am Wannsee blieb und ihrem Mann etwas Luft zum Atmen ließ. Doch für die kommende Zeit hatte Herr Borck lediglich einige Auftritte im Großraum Berlin angesetzt, so dass Don Josef Krämer nach jeder Show die Möglichkeit hatte, nach Hause zurückzukehren. Es passte einfach nicht zu Katja, in gerade dieser Zeit das Weite zu suchen.

„Möchtest du sie vielleicht anrufen, Don? Sprich mit ihr, sprich auch mit deinen Kindern. Glaub mir, es wird dir sofort etwas besser gehen und...“

„Nein!“, fuhr ihm Don Josef Krämer ins Wort. „Ich möchte nicht mit ihnen sprechen!“

Der Sänger stand abrupt auf und verließ den Raum. Er wirkte noch immer erschüttert und verwirrt. Herr Borck sah ihm nach und dachte an das zerrissene Nachthemd, das er im Kinderzimmer gefunden hatte. Er war über Don Josef Krämers so kategorische Ablehnung, mit seiner Familie zu telefonieren, erschrocken. Einen Mord konnte und wollte Borck sich weiterhin nicht vorstellen, nicht in diesem Haus und schon gar nicht durch die weichen Hände dieses Künstlers. Doch seltsam war hier etwas, sehr seltsam sogar. Etwas ging vonstatten, von dem Herr Borck noch nicht sagen konnte, was es war. Legte er seinen Kopf leicht in den Nacken und schaute in die Luft, so meinte er viele feine Fäden zu sehen, die funkensprühenden Nervenenden gleich über seinem Kopf zirkulierten.

„Herr Borck?“, hörte er Don Josef Krämer dann noch sagen, irgendwo hinter sich.

„Ja, mein Junge?“

„Ich liebe Sie. Sie wissen, dass ich Sie liebe, oder?“

„Ja, das weiß ich, mein Junge. Ich liebe dich auch. Alles wird gut.“

„Ja, Herr Borck. Jetzt wird alles gut.“

Christopher Krämer

Als Christopher Krämer seinen Bruder vom Bahnhof abholte, spürte er wieder jenes Unbehagen, das ihm immer den Rücken herauf und in den Nacken kroch, wenn er mit Josef in Kontakt kam.

„Don Josef", dachte er, etwas verächtlich, als er seinen Volvo auf dem Vorplatz des Hamburger Hauptbahnhofs abstellte. „Don Josef, der große Künstler. Klingt dämlich, ist dämlich."

Obwohl so viele Jahre vergangen waren, seitdem sein Bruder losgezogen war, um die Welt mit seinen Liedern zu erobern, hatte Christopher sich noch immer nicht an dessen Künstlernamen und schon gar nicht an diese nervige Berühmtheit gewöhnen können. Er war jedoch Arzt genug, um an sich selbst zu diagnostizieren, dass das befremdliche Gefühl, das ihn ergriff, wann immer er an seinen Bruder dachte, weder mit dessen Pseudonym noch dessen Prominenz zu tun hatte, sondern schlicht und ergreifend Neid war.

Und so stand Christopher Krämer in der großen Bahnhofshalle, wartete auf die Einfahrt des ICE und dachte an die Zeit, in der Don Josef Krämer einfach nur *der Josef* gewesen war, miese Schulnoten nach Hause gebracht und den unwiderlegbaren Ruf mit sich herumgetragen hatte, Jammerlappen und Heulsuse zugleich zu sein.

„Und jetzt steht er vor Tausenden von Leuten, singt solche watteweichen Lieder und wird von diesen Schwanzlutschern dafür geliebt", grummelte er vor sich hin, peinlich darauf bedacht, nicht von Umstehenden gehört zu werden. Schließlich hatte auch er als angesehener Blankeneser Frauenarzt mit Doktortitel einen Ruf zu verlieren.

Christopher Krämer wusste, dass es im Grunde nichts gab, weswegen er auf seinen Bruder eifersüchtig hätte sein müssen. Das gute Aussehen hatten sie beide von ihrer Mutter geerbt, er, Christopher, hatte aber obendrauf auch noch den hohen Wuchs und das breite Kreuz ihres Vaters erhalten, wohingegen Josef schon früh bei einem Meter und siebzig hängengeblieben war. Christopher war der Ältere von beiden und hatte seinen schwächlichen Bruder dementsprechend eine ganze Kindheit und Jugend hindurch wieder und wieder spüren lassen, welcher der Krämer-Brüder die Fäden in der Hand hielt. Er war der Krämer mit den vielen Mädchen und den Partys gewesen, der Krämer mit dem tollen Bizeps und den vielen Sporturkunden und ja, er war auch der Krämer mit dem Abitur, dem Studium, der gut laufenden Arztpraxis in Blankenese und der stillen und treuen Frau. Dennoch hatte sein kleiner verweichlichter Bruder sich vor einigen Jahren, inmitten eines gemeinsamen Segeltörns an der Nordsee, einfach zu ihm umgedreht und *Ich knacke deine Frau, Christopher* zu ihm gesagt. Ganz unvermittelt hatte Josef diesen Satz von sich gegeben. Die Sonne hatte geschienen, einige Möwen waren ihnen um die Köpfe geschwirrt und Jessica war mit Katja und ihren verzogenen Gören an Land geblieben, um einen Drachen steigen zu lassen. Zuerst hatte Christopher gedacht, dass er sich womöglich verhört hatte, dass Josef unter keinen Umständen einen solchen Satz gesagt haben konnte. Auch dass sein Bruder lediglich einen etwas trockenen und geschmacklosen Witz von sich gegeben hatte, war ihm als Möglichkeit in den Sinn gekommen, weswegen er in der betreffenden Situation dann auch einfach mit einem lautlosen Lachen reagiert hatte. Danach war dann jedoch nichts weiter geschehen. Josef hatte nie wieder einen auch nur ähnlichen Kommentar abgegeben, und er selbst hatte in den ruhigen Gesichtszügen seiner Frau nie einen Grund zur Beunruhigung finden können. Er wusste um die wirren Worte und Botschaften, die sein Bruder unvermittelt zum Besten geben konnte und dass er selten etwas so meinte, wie er es sagte. Schon in ihrer Jugend hatte Josef die seltsame Angewohnheit gehabt, anderen Menschen aus dem Nichts heraus unbeabsichtigt Unverschämtheiten an den Kopf zu werfen. Niemand hatte so früh wie Christopher geahnt, dass Josef ein klar definiertes Desinteresse an Frauen mit sich herumtrug und doch hatte er, Christopher war dabei gewesen, zu einer Supermarktkassiererin einmal „Ich brauche noch den Bon, du geiles Stück!", gesagt. Die Kassiererin hatte ihn ganz ungläubig angeschaut, und anstatt seine Klappe zu halten, hatte Josef es wiederholt: „Ihr Pullover ist so eng, ich kann ihre Brüste sehen. Und jetzt her mit dem Bon."

Christopher hatte seinen Bruder nie mit Pornos erwischt, wie er ihn auch nie für Mädchen hatte schwärmen hören, so dass er der Überraschteste von allen gewesen war, als Josef plötzlich mit Katja aufgetaucht war und später sogar Kinder in die Welt gesetzt hatte. Viele Vermutungen hatte er bereits darüber angestellt, wie es zu diesen zwei verzogenen Gören gekommen sein mochte, nichts erschien ihm in dieser Hinsicht als zu weit hergeholt. Einzig und allein die simpelste aller Begründungen, wonach Josef mit seiner Frau Geschlechtsverkehr gehabt haben könnte, schloss er kategorisch aus. Schließlich war er, Christopher, nicht nur ein normal tickender Mann, sondern auch noch Frauenarzt. Gut möglich, dass sein Scharlatan-Bruder das ganze Land an der Nase herumführen konnte. Ihn mit Sicherheit nicht.

Ja, Josef hatte seit frühester Jugend diese Eigenart gehabt, vollkommen unvorhergesehen die widersinnigsten und unverschämtesten Sätze zu sagen, frei von Anstand oder Timing. Das hatte ihm in der Folge mehr als einmal Prügel eingebracht, und vermutlich wäre er das ein oder andere Mal sogar im Krankenhaus gelandet, wenn nicht er, Christopher, ihn im wahrsten Sinne des Wortes rausgehauen hätte aus manch` brenzligen Situationen. Im Grunde schuldete ihm sein Bruder also noch etwas, anstatt ihn mit einem dämlichen Satz wie *Ich knacke deine Frau* zu konfrontieren.

Mittlerweile aber war Christopher ein gestandener Mann von 40 Jahren, Akademiker sogar, und sein Bruder berühmt genug, um an jeder zweiten Ecke erkannt und fotografiert zu werden. Nein, die Zeit der Prügeleien war definitiv vorbei, was er im tiefsten Grunde seines Herzens manchmal bedauerte.

Und so stand Christopher Krämer nun am Bahnsteig, wartete auf die Ankunft des ICE aus Berlin und hatte ein unbehagliches Gefühl, wenn er an seinen Bruder dachte. Was verstand Josef überhaupt unter dem *Knacken* einer Frau?

Vielleicht, hatte Christopher ab und an überlegt, hatte Josef dieses Knacken nicht in sexuellem, sondern in charakterlichem Sinne gemeint. Schließlich war nicht von der Hand zu weisen, dass Jessica in ihrem fast schon bornierten Traditionalismus und Konservativismus das exakte Gegenteil jener künstlerischen Bohème darstellte, zu der Josef sich zählte. Sein Bruder und Jessica sprachen selten miteinander, Welten trennten sie, doch wenn sie sich unterhielten, dann flogen die Fetzen. Er hatte diverse Male miterlebt, wie aus seiner stillen Frau und seinem Heulsusenbruder inmitten eines gemütlichen Abendessens hasserfüllte Eiferer geworden waren, die sich gegenseitig beschuldigten, für den Untergang des Westens verantwortlich zu sein. Josef pflegte mit Joseph Beuys und Karl Liebknecht zu argumentieren, während

Jessica sich vor seinen Augen in eine Jeanne d'Arc verwandelte und mit nicht weniger als Gott auf seinen Bruder losging. Er, Christopher, hatte dazwischen gesessen, ein wenig überfordert auf seiner Paella herumgekaut und sich jene Zeiten zurückgewünscht, in denen es ihm gesellschaftlich noch gestattet gewesen war, Idioten mit seiner Faust zum Schweigen zu bringen.

Was die idiotische Bemerkung seines Bruders betraf, hatte er sich manchmal auch damit ausgeholfen, dass *knacken* ebenso humoristisch gemeint sein konnte, verstand sich sein Bruder doch längst als Entertainer, dem die Herzen zuflogen, wo immer er auch stand, sprach oder sang. Für Christopher war es zwar schwer nachvollziehbar, doch außer Jessica bekamen alle Frauen augenblicklich einen ganz entrückten Blick, sobald Don Josef auf der Bildfläche erschien. Er gestand es sich nur ungern ein, aber sogar ihm selbst hatte Josefs Ruhm nach seiner Ankunft in Blankenese sogleich eine beträchtliche Reihe Patientinnen in seine frisch eröffnete Praxis gespült. Wollte man als Neuling an einem Ort wie Blankenese bestehen, so benötigte man auf Anhieb entweder viel Geld oder aber eine Menge Einfluss. Die Familie von Jessica besaß beides, nur deswegen waren sie nach ihrer Hochzeit überhaupt dort gelandet. Christopher hingegen hatte zu Beginn gar nichts besessen, außer eben einem Bruder, der just in jener Zeit auf den Titelblättern zu erscheinen begann, als Christopher sich seine Praxis einrichtete. Der Nachname Krämer war zu geläufig, um ständig nachgefragt zu werden, doch mit den Wochen hatte sich wie ein Lauffeuer in der Nachbarschaft verbreitet, dass *dieser* Arzt und *dieser* berühmte Künstler Brüder waren. Und Christopher, der es schon nach wenigen Monaten seiner Ehe gehörig leid war, immer nur am Rockzipfel seiner Frau und deren Familie zu hängen, hatte bereitwillig und fast etwas stolz begonnen, damit hausieren zu gehen. Er war sich nicht einmal zu schade gewesen, einige Fotos von sich und *Don Josef* im Wartezimmer aufzuhängen, wo sie beide nun in stiller Begierde angeschmachtet wurden von begüterten alten Witwen und Töchtern aus gutem Hause, die darauf warteten, dass er, Christopher, ihnen mit einem seiner Instrumente zwischen die Beine ging.

Alle Frauen waren vernarrt in Don Josef, nur seine eigene Frau nicht. Selbst über wirklich witzige Kommentare seines Bruders, über die sogar Christopher sich richtiggehend hatte ausschütten müssen vor Lachen, war Jessica geradezu taktlos hinweggegangen. Josefs Schmeicheleien und Charmeoffensiven, die er aller Gegnerschaft zum Trotz auch ihr gegenüber abspulte wie ein Uhrwerk, hatte sie nichts anderes als ihr Räuspern und das argwöhnische Hochziehen ihrer Augenbrauen entgegenzusetzen. Selbst ihre ausgestreckte Hand, wenn sie auf Josef zuging, um ihn zu begrüßen, war angefüllt mit derart viel Frost, dass sogar Christopher ein wenig dabei erschauderte.

Obwohl er also eine ganze Reihe plausibler Deutungsweisen für Josefs lapidar dahingesagten Satz fand, kam er nicht umhin, eine unterschwellige Angst aufzubauen. Was, wenn Josef, sein eigener Bruder, Jessica beschlief? Oder bereits beschlafen hatte?

„Wie zum Teufel", überlegte Christopher Krämer, als nun der ICE einfuhr, „geht ein besonnener Mensch damit um, dass sein Bruder *Ich knacke deine Frau* zu ihm gesagt hat? Müsste nicht gerade ein Arzt wie ich wissen, was in derlei Fällen zu tun ist? Aber ich weiß es nicht, ich stehe hier an Gleis 8 und habe zum wiederholten Male keine Ahnung, wie ich meinem Bruder entgegentreten soll und kann, wenn nicht mit Abscheu und Widerwillen."

Der Zug kam zum Stehen, Josef entstieg und einen kurzen, sehr inhaltslosen Moment lang begaben sich beide in eine eigenartig leere Umarmung. Eine Umarmung, während derer der Arzt auf dem Rücken und den schmalen Schultern seines Bruders nach einer gemeinsamen Vergangenheit tastete, die sie noch immer verbinden könnte.

Auf der Fahrt hinaus nach Blankenese schwiegen sie sich an, lächelten sich zwar hin und wieder unverbindlich zu, fanden jedoch nur schwer ins Gespräch.

„Wie läuft die Tour?", fragte Christopher schließlich, als sie Blankenese fast schon erreicht hatten.

„Nun", holte Josef etwas hölzern aus, „sämtliche Sitze sind belegt. Ich gehe auf die Bühne. Ich singe, ich tanze. Ein Witzchen hier, ein Witzchen dort. Dann das Ende: Verbeugung, Applaus, Kusshändchen links, Kusshändchen rechts. Es läuft, wie es laufen muss."

„Die Leute lieben dich", antworte Christopher und klang dabei kälter und abweisender als er es vorgehabt hatte.

„Ja", sagte Josef. „Die Leute lieben mich. Das müssen sie ja auch. Genau dafür sind sie ja *die Leute*."

Josef lachte laut auf, und auch wenn Christopher die Bemerkung seines Bruders nicht verstand, fand er es ganz praktisch, in dieses Gelächter einzustimmen, um nur jener lähmenden Stille zwischen ihnen zu entkommen.

„Lachen sie also noch, die Leute, ja?", fragte er dann, während er den Volvo in die Hauseinfahrt steuerte.

„Ja. Sie lachen noch."

„Und – immer noch an den gleichen Stellen?", hakte er nach.

„Ja, Christopher. Die Leute sind auch deswegen *die Leute*, weil sie immer an den exakt gleichen Stellen lachen. In Mannheim, in Köln, in Erfurt, in Kiel."

„Aber das ist doch gut", sagte Christopher, brachte den Wagen direkt neben dem imposanten, für ihn und Jessica im Grunde viel zu großen Haus zum Stehen und zog den Zündschlüssel ab.

„Nein, Christopher", antwortete Josef, während er seinen Gurt zurückschnellen ließ. „Das ist Scheiße. Eine ganz große Scheiße ist das."

„Ach komm, Josef. Es gibt Schlimmeres als Erfolg, der berechenbar ist."

„Nicht der Erfolg ist berechenbar. Die Leute sind berechenbar. Jeder macht was ich will und wann ich es will. Ich komme in einen Saal und tausend Leute sitzen da. Wenn ich will, dass sie jubeln, jubeln sie. Wenn ich will, dass sie lachen, lachen sie. Und wenn ich möchte, dass sie Rotz und Wasser heulen, dann heulen sie Rotz und Wasser. ‚Gehet hin und opfert mir euren Erstgeborenen`, könnte ich ins Mikro brüllen. Und sie würden es machen."

„Du bist Künstler, Josef. Du kannst Massen mitreißen. Die Leute lieben dich." „Massen mitreißen. Das konnte Hitler auch."

„Auch der war Künstler", lachte Christopher.

Sie betraten die großzügige Eingangshalle des Hauses, und Christopher konnte aus den Augenwinkeln sehen, wie sein Bruder den Kopf weit in den Nacken legte und die Helligkeit und Höhe des Raumes in sich einsog.

„Jessica und du, ich nehme an, ihr seid noch immer nur zu zweit?"

Christopher zuckte unter dem kalt klirrenden Stich, der ihn durchfuhr, zusammen, und spürte eine große Ohnmacht angesichts des Themas und der Tonlage seines Bruders.

„Ja. Zu zweit. Nur zu zweit"

„Tja, Christopher. So ein großes Haus und der große Wagen vor der Tür. Und ganz bestimmt auch ein genauso großes Bankkonto. Ziemlich viel Leben für zwei Personen.“

„Ja“, sagte Christopher kühl. „Jessica und ich. Nur wir beide.“

Für einen Moment trafen sich ihre Blicke, und Christopher suchte nach einem gehässigen Zug im Gesicht seines Bruders, nach einem sarkastischen Hochziehen der Augenbrauen oder auch nur einem frotzelnden Rümpfen der Nase. Doch er entdeckte nichts, gar nichts.

„Ich bin aber auch fast einen Meter und neunzig groß, Jessica ist nur zehn Zentimeter kleiner – wir brauchen eben alles etwas überdimensionierter als andere Menschen.“

Er lachte und schämte sich zugleich, wusste er doch, dass dies die einzig mögliche Reaktion gewesen war, jenen tief in sich vergrabenen Schmerz über ihre fortwährende Kinderlosigkeit zu lindern.

„Ihr solltet euch trennen“, sagte Don Josef plötzlich, doch bevor der sprachlose Christopher ihm etwas erwidern konnte, kam Jessica ihnen entgegen. Jedes Mal, wenn er sie so sah wie jetzt, als sie auf diese bestimmte Weise aus dem Dunkel des angrenzenden Flures auf ihn zukam, förmlich, konservativ und sehr reserviert, verliebte sich Christopher noch immer, all die Jahre nach ihrer Hochzeit, in sie. Im Schein der Lampe sah er zunächst nur ihre Silhouette, hörte bereits das Klacken ihrer Absätze, nahm jedoch nur ihre in einem Kostüm betörend eng zusammengeschnürte Taille wahr. Er wusste, dass Josef exakt die gleiche Sicht auf seine Frau hatte. Nein, er traute ihm nicht.

Jessica war die jüngste Tochter einer alteingesessenen und sehr angesehenen Hamburger Kaufmannsfamilie, und Christopher war klar, dass er es als Berufung in einen höheren Stand werten konnte, dass ihre Eltern ihre Einwilligung zu ihrer Vermählung gegeben hatten. Sicherlich, das Leben war nie einfach gewesen mit Jessica, hatten sich in ihrer so natürlich erscheinenden Reserviertheit zu einem Großteil doch nichts anderes als Etikette, Standesdünkel und schlichte Arroganz versammelt. Ihre Herkunft hatte seine Frau zu einer Maskenträgerin werden lassen, die einer griechischen Göttin gleich durch ihre Tage schritt, aristokratisch, hochmütig und unnahbar. In den Nächten aber, wenn er das Licht löschte und ihren so seltsam stoischen Atem hörte, dann war er in der Lage, ihr wahres Wesen zu erspüren. Ausgerechnet in der tiefsten Dunkelheit sah er stets all das, was Jessica am Tage so entschlossen zu verbergen trachtete. In diesen nächtlichen Stunden zeigte sich ihre Verletzlichkeit und Verzweiflung, so dass er am nächsten Morgen auf den anerzogen kontrollierten Zügen ihres Gesichts Tränenspuren entdecken konnte. Christopher wusste, dass er Jessicas Herz an just jenem Abend erobert hatte, an dem er ihr versprochen hatte, sie aus ihrem tiefen Verlies zu holen

Christopher Krämer betrachtete seinen Bruder, während der die gewohnt frostige Hand seiner Frau ergriff, sie schüttelte und sie dann zurückschnappen ließ. Jener während eines Segeltörns geäußerte Kommentar, nach dem sein Bruder beabsichtigte, Jessica zu *knacken*, ließ ihn nicht los. Er betrachtete sie, er schaute auf ihn, brachte beide jedoch einfach nicht übereinander, konnte weder in ihren, noch in seinen Augen Sympathie, geschweige denn Erotik, lesen und war eigentlich längst bereit, alles auf sich beruhen zu lassen, alles zu vergessen, es als seltsamen Kommentar eines verschrobenen Charakters zu werten und Josef nicht länger als unkalkulierbares Risiko, sondern endlich wieder als Bruder zu betrachten. Allein: Es mochte ihm nicht gelingen. Sein Misstrauen war stärker als sein Verstand.

Christopher brachte Josefs Reisetasche nach oben ins Gästezimmer, während Jessica seinen Bruder in den Salon bat, den einzigen Ort im Haus, an dem seine Frau und Josef tatsächlich so etwas wie eine Gemeinsamkeit fanden. Jessica hatte sich zu diesem Salon von der langen Tradition ihrer Familie inspirieren lassen, wirtschaftliche Potenz und gehobene Bourgeoisie mit blasiertem Mäzenatentum zu verbinden. Das Dünkelhafte an dieser Tradition, das war Jessicas Familie wie auch ihr selbst allerdings stets verborgen geblieben, hatte doch lediglich Christopher den sämiggönnerischen Gesichtsausdruck ihrer Eltern schnell auch im Gesicht seiner Frau wiederfinden können, kaum hatten sie diesen Salon eingerichtet, um dort einmal monatlich Musiker, Dichter und Literaten zu kleinen Vorführungen ihrer Kunst zu empfangen. Auch Christopher hatte diesen Kleinkunstgrässlichkeiten beizuwohnen, in diesem Zusammenhang allerdings immer nur an Theodor Fontane und dessen etwas bigotte Darstellung seiner Romanfigur *Frau Jenny Treibel* denken müssen.

Ab und an hatte er sich sogar gefragt, in was er hier eigentlich qua Heirat hineingeraten war und ob es hier vielleicht etwas gab, was er mit seinem Verstand und seinem noch immer großen Bizeps dringend verhindern musste. Dann jedoch hatte er sich schneller als geglaubt an die Vorteile einer wirtschaftlich abgesicherten Existenz gewöhnt, hatte in aller Ruhe begonnen, seine eigenen beruflichen Vorstellungen umzusetzen und auszubauen und Jessicas Familie ihre Blasiertheit gelassen.

Sein Bruder, dachte Christopher, während er Josefs Tasche unter das Gästebett schob, war wie gemacht für den Salon seiner Frau. Und vielleicht, so überlegte er, wäre Don Josef Krämer sogar wirklich der bessere Mann und Liebhaber für Jessica. Dann könnten sie sich gegenseitig in den Schlaf heulen, während er und Josefs Frau Katja, dieses herrschsüchtige Miststück, sich in einem anderen Bett nach Herzenslust die Seele aus dem Leib prügelten. Christopher musste beim dem Gedanken an solch einen absurden Partnertausch lachen, und es dauerte eine Weile, bis er sich wieder seriös genug fühlte, um zu Bruder und Frau zurückzukehren.

Beim Betreten des Salons fand er Jessica an der gläsernen Vitrine stehend vor, kühl sortierte sie einige Gläser von links nach rechts und von rechts dann wieder nach links, während Josef auf dem mit rotem Samt überzogenen Sofa Platz genommen hatte und ihr, während sie dort stand und sortierte, aufs Hinterteil glotzte. Zumindest empfand Christopher es in diesem Moment so, während er in einiger Entfernung stand, diese seltsame Szenerie betrachtete und sich wunderte, wie aufrichtig vereint zwei Menschen doch gerade in ihrer Ablehnung und Geringschätzung füreinander wirken können.

„Und wenn Jessica", so überlegte er, während er stumm im Türrahmen stehenblieb, „gar nicht so ist, wie ich sie sehe? Wenn sie gar nicht kühl ist, sondern lasziv? Nicht abweisend, sondern kokett? Nicht frostig, sondern geheimnisvoll?"

Er dachte an die vielen Nächte, die er mit ihr verbracht hatte, an ihre Kinderlosigkeit und daran, dass es da etwas gab, was zwischen ihm und seiner Frau stand, das weder er noch sie in Worte zu fassen vermochten. Er liebte Jessica und wusste, dass Jessica genauso für ihn empfand. Verlustängste, nein, die kannte Christopher nicht, hatte er nie gekannt, und doch standen unbeantwortete Fragen zwischen ihnen, unausgesprochene Vorwürfe und unerfüllte Sehnsüchte. Josef, da war er sich sicher, stellte in diesem stummen Konflikt nichts anderes dar als einen Platzhalter, war ein Stellvertreter, auf den er wie auch Jessica dieses und jenes projizieren konnten: Ärger, Wut, Ausflüchte, aber auch Verlangen.

„Wie lange willst du bleiben?“, fragte Christopher.

Josef blickte an die Zimmerdenke und schien in seinem Kopf etwas nachzurechnen. „Morgen muss ich zurück in Berlin sein.“

„Morgen schon?“, fragte Christopher. Er war überrascht, hatte sich sein Bruder bisher doch immer gleich für mehrere Tage bei ihnen einquartiert, wenn ihm sein Leben als Don Josef Krämer zu viel geworden war.

„Ja. Es ist alles genau geplant. Wie immer.“

„Wo trittst du morgen Abend auf?“

„Berlin. Pantheon.“

„Schon wieder? Warst du dort nicht gerade erst? Josef, tritt deinem Manager endlich in den Arsch. Du weißt, ich stimme selten mit Katja überein, aber in dem Punkt liegt deine Frau richtig. Der Typ ist nicht ganz koscher. Das war er vor 20 Jahren nicht und ist es bis heute nicht geworden. Der beutet dich aus. Sei nicht blind, schick ihn endlich in die Wüste!“

Josef antwortete nicht, saß einfach dort und sah verstohlen zum Klavier hinüber.

„Du kannst ruhig ein wenig spielen“, bot Jessica ihm an, ohne ihn dabei jedoch direkt anzusehen.

„Danke. Aber ich habe genug gespielt.“

Aus der Ferne betrachte Christopher die Finger seines Bruders. Zu halben Fäusten gekrümmt lagen sie auf dessen Schoß und erweckten so gar nicht den Anschein, Künstlerhände zu sein. Er blickte auf zu seiner Frau und sah, dass auch sie, am Fenster stehend, Josefs Hände musterte. Einige Minuten vergingen, ohne dass jemand auch nur ein Wort sagte. Christopher war diese angespannte Atmosphäre gewohnt. Selbst wenn er mit seiner Frau allein war, kam nie so richtig gelöste Stimmung auf. Wenn Josef dann, weil er es in Berlin nicht mehr aushielt, noch für einige Tage hinzustieß, wurde ihr Haus vollends zum Kühlschrank.

„Weiß Katja eigentlich, dass du hier bist?“, fragte Christopher seinen Bruder schließlich, als die Stille unerträglich wurde. Irgendetwas an der Gesamtsituation kam ihm seltsamer vor als sonst. Seine Frau hatte sich gegenüber Josef schon immer sehr kühl verhalten, doch gewöhnlich hatte sie zumindest ein paar Worte mit ihm gesprochen oder sie waren schnell in Streit geraten. Nun aber stand sie lediglich am Fenster und schaute auf Josefs Finger. Christopher betrachtete sie genauer und entdeckte eine große Ungläubigkeit in ihrem Gesicht. Ungläubigkeit und Bestürzung. Als hätte sie ein plötzliches, sehr schreckliches Geheimnis in den halb-gekrümmten Fäusten seines Bruders entdeckt.

„Sie weiß, dass ich in Hamburg bin", antworte Joseph.

„Und dein Manager, dieser ..."

„Borck?"

„Ja, genau. Der weicht doch sonst auch nicht von deiner Seite."

„Der ist auf Sylt. Bei Ma."

„Ach. Hat sie ihn auch eingeladen?"

Christopher wusste um die Warmherzigkeit und Einsamkeit ihrer Mutter, die im Zusammenspiel dazu führten, dass sie permanent halbfremde Menschen zu sich nach Hörnum einlud.

„Natürlich hat sie auch ihn eingeladen. Es sind ja schließlich gerade Herbstferien. Und da weder du noch ich vorhaben, sie zu besuchen, holt sie sich Ersatzkinder ins Haus. Wie immer."

„Ja", pflichtete Christopher seinem Bruder bei. „Wie immer. Ich habe mir schon ein wenig Sorgen gemacht, weil ich sie in den letzten Tagen anrufen wolte und nicht erreicht habe."

„Du musst dir keine Sorgen machen. Ma ist Ma. Es ist alles in Ordnung."

Christopher sah auf seine Uhr und stellte fest, dass er längst in seiner Praxis erwartet wurde. Unentschlossen stand er im Türrahmen des Salons und schaute abwechselnd erst seine Frau und schließlich seinen Bruder an.

„Ich muss los. Ihr seid sicher, dass ich euch allein lassen kann?"

Diese letzte Frage hatte er als Witz formulieren wollen, dabei jedoch ganz offenbar den gewünschten Tonfall nicht getroffen, wie er den Gesichtsausdrücken von Jessica und Josef entnehmen konnte. Doch dann, er hatte ihnen gerade den Rücken zugedreht, hörte er seinen Bruder noch etwas sagen:

„Christopher?"

„Ja?"

„Ich liebe Ma."

„Ich liebe Ma auch, Josef."

„Und dich liebe ich auch, Christopher. Kannst du nicht bleiben? Nimm dir doch frei und bleib, Christopher! Dann wird alles gut, du wirst es sehen.“

Christopher blickte seine Frau an, die ihm mit nur einer kleinen Bewegung ihrer Augenbraue unmissverständlich klar machte, für was für einen Irren sie seinen Bruder hielt. Er warf ihr einen lautlosen Kussmund zu, auf den er keine Reaktion von ihr erhielt, und verließ das Haus.

„Irgendetwas ist anders als sonst“, dachte er, als er wenige Augenblicke später in seinen Wagen stieg und langsam die Einfahrt hinabrollte.

„Ein seltsamer Schmerz liegt in der Luft.“

Dann ließ er seine Frau mit Josef allein.

Katja Krämer

Kurz nachdem Katja Krämer die Kinder zu Bett gebracht und sich mit einem Glas Wein auf die Couch direkt neben ihren großen Flügel gesetzt hatte, reifte in ihr der Gedanke heran, etwas zu ändern an sich und ihrem Verhalten. Sie hatte ihren Mann allein nach Hamburg reisen lassen, um dort einige Konzerte zu geben, hatte sie doch geglaubt, dass er inzwischen so weit sei, auch ohne sie bestehen zu können. Doch das war er nicht, ihr Don Josef war zu weich für diese Welt, täglich zerbrach er aufs Neue an ihr, konnte keiner Verlockung widerstehen und keinem Angebot aus dem Wege gehen. Sie hatte einen Mann geheiratet, der sich fortwährend verhedderte in seiner Welt der Möglichkeiten, und diese Schwäche machte ihn zu einem Opfer, einem leicht auszunutzenden Charakter. Wie eine klaffende Wunde kam er ihr vor, wann immer er von einer Tour zurückkehrte, die er ohne sie hatte bestreiten müssen, brach tränenüberströmt in ihren Armen zusammen, schluchzte sein „Verzeih, ich wollte nicht, ich konnte nicht!“, und war fortan zu nichts mehr zu gebrauchen.

„Reiß dich zusammen!“, hatte sie ihn bisher immer angeherrscht und ihre Wirkung damit nicht verfehlt, hatte sie doch mit einigem Wohlwollen das Zucken bemerkt, das den dünnen Körper ihres Mannes durchfuhr, wann immer sie schrie. Das Brüllen als solches fiel ihr nicht schwer, sie war von Geburt an mit einer lauten Stimme gesegnet und es gewohnt, dass die Menschen zusammenfuhren, wenn sie diese richtig einsetzte.

In jungen Jahren hatte sie es auf Anraten ihrer Freundinnen einmal mit Schüchternheit versucht, hatte mehr gepiepst und gehaucht, damit jedoch gar nichts erreicht und Männer auf die falscheste aller Fährten geschickt, was ihr in der Folge nichts anderes als Ärger und Belästigungen eingebracht hatte. Erst als sie sich zu ihrer lauten Stimme und der ungebändigten Kraft ihrer Emotionen bekannt hatte, war Ruhe eingekehrt in ihrem Leben. Alle Anstrengung und Orientierungslosigkeit war verschwunden, so dass sie es nun als wesentlich kraftschonender erachtete, ab und an und nur für wenige Minuten sehr laut zu werden, um anschließend ein entspanntes Leben führen zu können. Wunderbar funktioniert hatte das alles eigentlich, sie war glücklich gewesen, und auch Josef war glücklich gewesen, so dass nur sein Bruder und dieser überflüssige Borck sie ab und an noch in Aufruhr versetzt hatten mit ihren ständigen Einmischungen und ihrem Drang, in Josefs und ihrem Privatleben umherspuken zu müssen. In dieser Hinsicht war sie wirklich zu nachlässig gewesen, so dass sie zuletzt eine leichte Veränderung an Josef bemerkt hatte. Immer öfter verließ er das Haus, um spazieren zu gehen, kehrte dann jedoch erst nach vielen Stunden verwirrt und verängstigt und sie wie immer um Verzeihung bittend zurück. Irgendetwas ging vor sich, das spürte Katja. Und auch wenn sie nicht sehen konnte, was es war, so war sie sich doch sicher, dass Borck oder Christopher dahintersteckten. Schlimmstenfalls sogar beide zugleich.

Sie goss sich ein weiteres Glas Wein ein, wartete auf ihren Mann, der längst aus Hamburg zurückkehren hätte müssen und schaute auf den großen Flügel. Josef hatte ihn gekauft, und Josef war auch der Einzige im Haus, der auf ihm spielen konnte – und doch hatte sie früh begonnen, ihn *ihren Flügel* zu nennen, war sie doch der Geist hinter Josefs Liedern, die Muse, die hier im Haus alles zusammenhielt und Josefs Karriere am Laufen. Sie hatte alles Recht dazu, ihn *ihren Flügel* zu nennen.

Katja nahm noch einen kräftigen Schluck. Schon vor dem Zubettbringen der Kinder hatte sie sich drei Gläser genehmigt, auch das mit vollem Recht, beanspruchte ihr Gatte mit seiner unabgesprochenen Verspätung doch ihre Nerven. Schließlich war sie es, die sich um alles kümmerte und seine vielen kleinen und großen Nachlässigkeiten kaschierte. Sogar die Erziehung ihrer Kinder lag komplett in ihren Händen, musste sie doch stets darauf achten, dass Josef nicht zu viel Zeit mit ihnen verbrachte, um sie nicht unnötig einer Gefährdung auszusetzen. Sie liebte ihren Mann, ihn kennengelernt zu haben war das größte Glück ihres Lebens gewesen, doch Liebe und die Aufrechterhaltung einer Ehe, das waren zwei ganz verschiedene Paar Schuhe. Niemand wusste das so gut wie Katja, die zwei gescheiterte Ehen Zeit gehabt hatte es zu lernen.

Katja Krämer hörte einen Wagen in die Auffahrt kommen, kurz darauf das Schlagen einer Autotür und einen Moment später Josefs Schlüssel in der Haustür. Sie blickte auf ihre Armbanduhr: Josef war drei Stunden zu spät.

Ruhig blieb sie auf der Couch sitzen, nahm noch einen großen Schluck Wein und wartete ab, bis ihr Gatte das Wohnzimmer betrat.

„Wo bist du gewesen", fragte sie ihn kühl, als Josef neben ihr stand.

„Verzeih mir, Schatz, ich...", stammelte Josef, erkannte jedoch an ihrem Gesichtsausdruck, dass sein längst zur Floskel verkommenes Standardbitten diesmal fehl am Platze war.

„Du weißt doch, wie das ist bei Christopher. Wenn der erst einmal ins Reden kommt. Na und Jessica erst... ."

Während sein Blick unruhig im Zimmer umherwanderte, ließ ihn Katja nicht aus den Augen. Sie wusste, an welchen Fäden sie ziehen musste, um ihren Mann zu den gewünschten Bewegungen zu veranlassen.

„Wo bist du gewesen?", fragte sie ihn. Fest und klar schnitt ihre Stimme durch den Raum. Ihr Mann schien tatsächlich über diese Frage nachgrübeln zu müssen.

„In Hamburg war ich. Konzert. Und Christopher. Und...".

„Und warum geht dort niemand an den Apparat? Und auch nicht ans Handy? Die Finger wund getippt habe ich mir!"

„Der Salon. Wir saßen im Salon. Es war schön."

„Papperlapapp!", schnitt Katja ihrem Mann das Wort ab. „Ich kenne den Salon. Von dort hört man das Telefon sehr gut. Und ein Handy sowieso! Also? Ich warte!"

Josefs Blick wanderte nun nicht mehr im Zimmer herum, sondern hing rettungslos am Fußboden fest. Katja konnte seine Lippen sehen, die sich unmerklich, aber doch eindeutig bewegten. Er brabbelte wieder. Katja betrachte ihren Mann, schon oft hatte sie ihn derart verloren vor sich stehen sehen. Sie wusste, dass die meisten ihrer Freundinnen sich gerade grobschlächtige Handwerker als Ehemänner gesucht hatten, um möglichst selten dem kleinen Menschen im großen Manne begegnen zu müssen. Katja jedoch hatte sich genau in diese so offen zur Schau getragene Verletzlichkeit ihres Mannes verliebt und sah ihre Partnerschaft aus diesem Grund auch als die sicherste und beständigste aller Ehen an. Weder sie noch Josef spielten Spielchen miteinander, führten einander an der Nase herum, belogen oder betrogen sich. Sie war laut und fordernd, Josef verletzlich und gebend. Alles griff ganz wunderbar ineinander und so wusste sie, dass Josef niemals in der Lage sein würde, sie zu hintergehen. In seinem Verhalten konnte sie lesen wie in einem Buch. Josef war ein Mann, dem die Frauenherzen scharenweise zuflogen, das war ihr bewusst. Er war jedoch kein Mann, der mit diesen vielen Herzen etwas anzufangen wusste. Menschen im Allgemeinen und Frauen im Speziellen machten ihm viel zu viel Angst.

„Ich frage dich noch einmal, Josef." Katjas Ton war streng „Wo warst du diese drei Stunden lang? Und warum gehst weder du, noch Christopher oder Jessica ans Telefon, wenn ich anrufe? Du weißt doch noch, was wir besprochen haben, oder?"

„Ja."

„Was haben wir denn besprochen?"

„Wenn du anrufst, gehe ich ans Telefon."

„Und warum gehst du ans Telefon?"

„Damit du dir keine Sorgen um mich machst."

Seine Stimme war dünn; in Momenten wie diesen war es kaum zu glauben, dass er damit auf einer Bühne stehen und mehrere Tausend Menschen unterhalten konnte. Jetzt befand er sich keine zwei Meter von ihr entfernt und war doch kaum zu verstehen.

„Richtig. Weil du dich dauernd verläufst und verirrst und nicht mehr weißt, wo du gestern gewesen bist."

Sie seufzte und versuchte, einen etwas gütigeren Gesichtsausdruck aufzusetzen. „Und jetzt mache ich mir Sorgen. Wo also warst du in den drei Stunden?"

Langsam stellte sie ihr Glas vor sich auf der Tischplatte ab, stand auf und stellte sich direkt vor ihn. Sanft hob sie mit den Fingern ihrer rechten Hand sein Kinn nach oben, so dass sie ihm direkt in die Augen sehen konnte. Mit Schuhen war sie wenige

Zentimeter größer als Josef, so aber, barfuß wie jetzt, begegneten sie sich auf Augenhöhe.

„Ich war noch bei Herrn Borck.“

„Was zum Teufel soll so wichtig gewesen sein, dass du bei dem noch vorbeimusstest? Nach einer Tournee gehörst du nach Hause und nicht zu *Herrn Borck*.“

„Ich habe ihm gesagt, dass ich auf seine Arbeit keinen Wert mehr lege.“

Katja war überrascht. Oft hatte sie ihren Mann zu diesem Schritt gedrängt, zuletzt jedoch nicht mehr daran geglaubt, dass Josef sich wahrhaftig noch von Borck trennen würde.

„Wann hast du ihm das gesagt? Vorhin?“

„Nein. Vorgestern Abend.“

„Vorgestern Abend? An deinem freien Tag bist du extra aus Hamburg hierher gefahren gekommen, ohne mir was davon zu erzählen?“

„Ja. Nein. Ich weiß es nicht.“

Katja merkte, wie Misstrauen Besitz von ihr ergriff. Sie konnte sich weiterhin nicht vorstellen, dass Josef sie hinterging. Doch dass er offensichtlich Schritte unternahm, ohne sie im Vorfeld darüber zu unterrichten, machte sie wütend. Nur die Tatsache, dass er sich offenbar entschieden hatte, seinen verblödeten und viel zu teuren Manager endlich in die Wüste zu schicken, hielt ihre Rage ein wenig im Zaum.

„Okay, jetzt sammle dich erst einmal. Wo warst du gestern?“

„Hamburg.“

„Bei deinem Bruder?“

„Ja.“

„Gut. Und dann bist du nach Berlin, hast Borck gefeuert und bist wieder zurück nach Hamburg?“

Verwirrt schaute Don Josef Krämer sich um. Er trat von einer Fußsohle auf die andere, und Katja musste sich anstrengen, ihm nicht eine ihrer Ohrfeigen zu verpassen, die sie immer parat hatte, wenn er derart die Orientierung zu verlieren schien.

„Ja. So muss es gewesen sein. Wie die Leute mitgesungen haben in Hamburg. Geklatscht haben sie auch und gelacht.“

„Ja, geklatscht, gelacht und mitgesungen“, sagte Katja ungeduldig und machte eine wegwerfende Handbewegung. „Mich interessiert der Pöbel nicht, ich will wissen, warum du dich so plötzlich von Borck getrennt hast und dafür wie ein Idiot zwischen Hamburg und Berlin hin- und herfährst!"

Mit Unverständnis im Gesicht sah Josef seine Frau an und sagte dann mit brüchiger Stimme: „Ich bin Don Josef Krämer. Ich reise von Ort zu Ort. Ich singe und tanze. Ich mache die Menschen glücklich."

Katja wartete einen Moment ab, ob ihr Mann noch weitersprechen und mit einer gescheiten Antwort auf ihre berechtigte Frage kommen würde, doch er schien mit einem Mal, wie von einem Loch verschluckt.

„Ich muss gehen", sagte er schließlich mit einer Stimme, die weder Farbe noch Melodie hatte.

„Was? Wohin musst du denn jetzt noch gehen?"

„Ich habe einen Auftritt im Pantheon."

„Seit wann hast du heute einen Auftritt im Pantheon?", rief Katja und verschränkte die Arme vor ihrer Brust. Sie wusste, dass wieder einmal nicht viel fehlte. Noch zwei oder drei Sätze dieser Art, und sie würde vom Schreien ins Schlagen übergehen.

„Es ist wenig Zeit – wir besprechen das heute Nacht. Die Nacht kennt alle Geheimnisse", antwortete Josef ihr und klang seltsam ruhig dabei, fast schon stoisch.

Katja sah ihrem Mann zu, wie er sich schleppend und schwerfällig in Bewegung setzte. Monoton, wie ferngesteuert kam er ihr vor. Sie kannte diese Momente. Außenstehende hatten bereits Drogen vermutet, Katja aber wusste um die mentale Konstitution ihres Gatten, der keinerlei Substanzen benötigte, um in Zustände wie diesen zu geraten. Und doch war etwas anders als sonst, eine seltsame Entschlossenheit lag in Josefs eingefrorener Mimik und seinen abgehackten Sätzen. Auch wenn sie es sich zunächst nicht eingestehen wollte: Plötzlich bekam Katja es zum ersten Mal in ihrer Ehe mit dem Sänger Don Josef Krämer mit der Angst zu tun.

„Heute Nacht werde ich dir alles erklären", sagte er. „Kein Grund, böse zu werden. Du weißt doch, mein Schatz: Ich liebe dich. Alles wird gut. Ich verspreche es dir."

Dann ging Don Josef Krämer in den Flur, hinüber zu der großen Kommode, wo er die oberste Schublade aufzog. Verabschiedete sich von seiner Frau und den schlafenden Kindern und fuhr zum Pantheon.

LEICHEN HINTER WÄNDEN

Mein Nachbar ist tot. Schon seit fünf Wochen. Das macht mich, ehrlich gesagt, ziemlich fertig. Nicht, dass er tot ist, nein. Zu allen Zeiten sterben Nachbarn sang- und klanglos einfach so weg. Verglichen mit dem Leben ist der Tod schließlich eine Lappalie. Wer lebt, der stirbt auch. Aber wer stirbt, hat nicht automatisch auch gelebt. So ist der Tod dann auch kaum der Rede wert, weil er so viel verlässlicher ist als das Leben. Jeder weiß, dass er kommt, vollkommen egal, was vorher gewesen ist und was nicht.

Und doch werde ich von Trauer umfangen, denn fünf Wochen lang habe ich einen Leichnam hinter meiner Schlafzimmerwand liegen gehabt, ohne etwas davon mitzubekommen. Im Fernsehen sagen sie immer, es würde wie Sau stinken, wenn einer wegstirbt und nicht früh genug weggeholt wird. Aber nach Sau hat hier gar nichts gestunken. Im Gegenteil, ein Geruch von Milch und Honig erfüllte unser Treppenhaus. Selbst jetzt, wo sie unter lautem Getöse die Tür aufgebrochen und ihn herausgeholt haben, will hier einfach kein Gestank einkehren. Was für ein Betrug. Da machen sie uns seit Jahrzehnten Angst vor dem Tod und dann? Duftet er nach Milch und Honig.

Durch den Spion habe ich beobachtet, wie sie ihn abgeholt haben. Leise sind sie nicht gerade vorgegangen dabei, was ein Segen für mich gewesen ist, konnte ich so doch jedes Wort mitbekommen. Wen hätte ihr Gepoltere und Gerufe auch stören sollen? Wie alle Menschen, die über Wochen leblos in der eigenen Wohnung vor sich hingegammelt haben, hat auch mein Nachbar keine Angehörigen oder Freunde. Der Einzige, der sich über ihr rigides Vorgehen beschweren könnte, bin also ich. Aber den Teufel werde ich tun, denn seit mein Nachbar tot ist, ist hier endlich mal was los. Rambazamba in der Hütte, Feuer unterm Dach. Kaum zu glauben, wie viel Actionpotential der gute alte Sensenmann doch besitzt.

Erst kam ein Arzt und hat den Tod meines Nachbarn offiziell festgestellt. Wie genau er das angestellt hat, habe ich nicht mitbekommen. Vermutlich hat er kurz die Tür zu seinem Schlafzimmer aufgemacht und ist sofort rückwärts wieder rausgegangen. Geht ein Arzt erst einmal rückwärts aus dem Zimmer, so kann von einer Verwesung ersten Grades und höchster Güteklasse ausgegangen werden. Seit Nächten versuche ich mir vorzustellen, wie so ein Verwesender aussieht. Sicher, einige dementsprechende Fotografien hält das Internet parat, weitere gibt es in schlechten Filmen zu sehen, aber bekanntlich ist nichts so gruselig wie die Realität, und so versuche ich mir seit einigen Nächten vorzustellen, dass ich ihn gefunden hätte. Dass ich der Erste gewesen wäre, der in sein Zimmer getreten ist und ihn dann dort liegen gesehen hat, den vermoderten und verschimmelten Nachbarn. Aber schimmeln Leichen überhaupt? Nicht einmal das weiß ich. Eine Schande ist das. Da liegt mein Nachbar über Wochen direkt hinter meiner Wand, mausetot, und ich bekomme nichts davon mit.

Andererseits: Wie hätte ich auch? Mausetot ist mausetot. So schrecklich viel mitzukriegen ist da nicht. Ein letzter Schrei wäre halt nett und nachbarschaftlich gewesen. Ein finales würgendes Aufbäumen einer gequälten Seele. Aber nichts, kein Geräusch drang von seiner Wohnung in meine. Da stirbt also einer und hat nicht einmal was dagegen einzuwenden. Ein derart leichtes Spiel hat der Tod, dass man fast geneigt ist, sich zu wundern, dass nicht noch viel öfter Nachbarn versterben. Obwohl – auch das kann ich nicht wissen. Meine Wohnung ist zwar nicht groß, aber gerade ihre vielen Wände scheinen mir nun ein ungeheures Potential zu besitzen. Lauter Wände hat meine Wohnung, und hinter jeder von ihnen kann bereits der nächste Tote liegen. Ich bin weiß Gott kein morbider Charakter, aber diese Vorstellung behagt mir. „Ich dachte, der wär' im Urlaub", könnte ich zukünftig sagen. „Nein, der ist tot", würden sie antworten. „Ach so", würde ich dann noch hinzufügen.

In einem großen Plastiksack haben sie meinen Nachbarn abgeholt. Zwei Männer in schwarzen Anzügen. Sogar Krawatten hatten sie umgebunden. Irgendeine öffentliche Stelle muss sie beauftragt haben, das zu tun, was ich ganz lustig fand in jenem Moment. Treten dir ein Leben lang in den Hintern, aber fängst du an zu verwesen und vor dich hinzugammeln, schon stehen sie da, vollkommen gelackt und aufgestrapst. Nur ein toter Bürger ist ein guter Bürger, so scheint unsere Bezirksverwaltung zu denken. Warum sonst sollten sie sich alle so rausputzen?

Das hatte schon viel Lustiges, wie sie meinen Nachbarn dort in einem mannshohen Plastiksack mit Reißverschluss so feierlich aus der Wohnung geholt haben. Ich glaube, man hat mein Kichern durch meine Wohnungstür hindurch gehört, denn plötzlich läutete es. Ein Mann stand vor mir und fing an, mich zu befragen. Ich glaube, es war ein Wachmann, ein Kommissar, ein Detektiv. Doch so richtig weiß ich es nicht, mit seinem schwarzen Trenchcoat und den Lederhandschuhen hätte er auch ein Nazi- oder Stasi-Epigone sein können. Stilsicher sind die Burschen schließlich immer gewesen. Oder gleich Gevatter Tod, der, wenn schon gerade in meiner Gegend, einfach mal eben bimmelt und mich gleich mit in den Plastiksack legt. Tatsächlich aber starb ich nicht während des kurzen Gesprächs, nicht einen und schon gar nicht tausend Tode. Stattdessen quasselten wir nur stupide vor uns hin.

Ob ich denn nichts gehört habe, ich müsse doch was gehört haben, fragte mich der Mann. Und ich sagte nur, betont traurig: „Nein, leider nichts.“ Was nun einmal der Wahrheit entspricht, denn gerne hätte ich einen Revolverschuss gehört. Oder das Wegkippen eines Stuhles, kurz nachdem sich mein Nachbar aufgehängt hat. Selbst für das Geräusch einer tödlichen Dröhnung Heroin, die mittels Piks in die Haut injiziert wird, hätte ich so einiges gegeben. Aber nein, ich habe nichts gehört. Gar nichts. Sie wollten auch nicht so richtig heraus mit der Sprache. Wollten alles wissen, aber erzählten nichts. Wichen aus und schwafelten herum. Wie oder woran mein Nachbar verreckt ist – es ist ein Geheimnis, das hinter meiner Schlafzimmerwand verborgen bleiben wird. Ein Jammer, so an sich.

Schade für meinen Nachbarn. Aber auch schade für mich, denn hätte ich gewusst, dass dort nebenan gerade ein Dahingeschiedener in Verschimmelung und Vermoderung begriffen ist, was für ein Fest wäre mein eigener Alltag geworden. Vielleicht hätte ich sogar eine kleine Party gegeben. Nicht aus Sarkasmus oder gar Sadismus, sondern aus Lebensfreude, denn nur in der direkten Konfrontation mit dem Tod haben wir eine Chance, die Liebe zum Leben zu erlernen. Nur durch das glasklare Wissen, eines Tages dazuliegen und gar nichts mehr zu spüren, ergibt sich die Chance, zumindest zu Lebzeiten etwas zu fühlen. Die Selbstverständlichkeit des Lebens ist es, die alle unsere Sinne taub, stumpf und blind werden lässt, das weiß doch jedes Kind!

Mit einem Wissen um einen toten Nachbarn direkt hinter meiner Schlafzimmerwand wäre also alles anders geworden. Das Ticken der Uhrzeiger hätte sich seiner Abstraktion entledigt, und ich hätte als Lebender unter Lebenden mein Fest des Lebens geben können. Schließlich habe ich schon so lange keine Leute mehr um mich gehabt, schon gar nicht in meiner eigenen Wohnung. Und gekommen wären garantiert viele, denn wer kann schon von sich behaupten, gerade eine leibhaftige Leiche nebenan wohnen zu haben? Vielleicht hätte ich, nach Wein und Gesang, auch manches Weib in mein Schlafzimmer locken können, um ihr, mitten im Liebesakt, einflüstern zu dürfen: „Du, keine 50 Zentimeter hinter dir, da ist ein Toter."

Sie hätte mich dafür ein Leben lang gehasst, sicherlich, und doch: Traumatisiert und mental entjungfert hätte sie nie wieder aufgehört, meinen Namen in die Nacht zu rufen. Und ich? Tja, ich hätte aus allen Rohren gefeuert. Denn ein Toter, nur wenige Zentimeter von mir entfernt, der bringt mich in Wallung. Mein Geist hebt sich, und lustvoll schlängelt die Vergänglichkeit mir ihre vollen Hüften um den Leib.

Nekrophilie? Nein. Nur eine Erkenntnis. Die Erkenntnis, dass hinter meiner steinernen Schlafzimmerwand ein Leichnam lag, der mir die Chance gegeben hätte, jene Plastikwand niederzureißen, die wir modernen Menschen uns allesamt errichten, Tag für Tag. Schließlich sind wir seit einigen Jahrzehnten dabei, alles, was weh tut, aus unserem Leben zu streichen. Jeden Konflikt versuchen wir, durch Verbote zu umgehen, jede Schmähung durch die Wahrung von *political correctness* zu verhindern. Wir packen uns in Watte und schmieren uns Augen, Ohren und Münder zu, damit wir nur noch quietschbunte Wohlfühlmasse fressen müssen. Nur der Tod lässt sich nicht in dieses butterweiche Idiotenschema pressen, der Tod macht mit uns, was er will und wann er es will. Da können wir wegsehen, so oft wir wollen, aus dem Wege gehen werden wir ihm nie können. Wo wir ihm begegnen, sollten wir also innehalten, stehenbleiben und ihm genau zuschauen bei seinem morbiden Werk, denn bist du einmal dem Tode eines anderen begegnet, so ändert sich dein Leben. Zum Besseren. Immer nur zum Besseren.

Aber nein, alles vertan. Vertane Riesenchance.

Denn fünf Wochen hat mein Nachbar tot in der Wohnung nebenan gelegen. Und ich habe nichts mitbekommen.

DER TAG, AN DEM ICH MIR SELBST DEN GARAUS MACHEN WOLLTE

Am Tag, an dem ich mir selbst den Garaus machen wollte, traf ich eine schöne Frau im Park. Der Schritt, mich selbst zu zerstören, erschien mir logisch und richtig, hatte ich doch vor geraumer Zeit bereits damit begonnen, meine Person als Zumutung zu empfinden. Zunächst für mich, der ich mein Sein, mein Reden und mein Handeln selbst nicht mehr ertrug und mich dementsprechend selbst schlicht und ergreifend nicht mehr aushielt, dann aber, mit den Monaten, auch für meine Umgebung, für die Stadt, in der ich lebte und für das Land, das mich geboren hat.

Man kann es nicht anders sagen: Meine Selbstvorwürfe, dass es mir nicht gelungen war, mich zu einem anderen Menschen werden zu lassen, hatten mir nach und nach die Sprache geraubt. Die Gesellschaft jedoch hatte rigoros entschieden, mich meiner Menschlichkeit und Schwäche wegen in die Isolation zu schicken. Es waren ihre Vorwürfe, die mir diese dunkle Saat in den Kopf setzten und in mir die Sehnsucht weckten, alledem ein Ende zu bereiten und, so es sonst schon niemand für mich erledigen würde, mir selbst den Garaus zu machen.

Und so war da weder Jammern noch eine Spur von Selbstmitleid oder verweichlichter Selbstaufgabe. Stattdessen empfing mich am Morgen dieses einen Tages die vollkommene Nüchternheit. Die absolute Klarheit. In Filmen werden Selbstmörder stets als flennende Jammerlappen dargestellt. Rotz und Wasser wird geheult, wirr hängen die Haare vom Kopf, gerötet sind die Augen, abgebissen die Fingernägel. Doch das ist plumpe Mattscheibendramaturgie. Selbstmörder sind frisch geduscht und ordentlich frisiert. Selbstmörder duften nach Eau de Toilette und tragen ein leises Pfeifen auf den Lippen. Selbstmörder sind die Ruhe selbst.

Besonnen wie Mathematiker, Architekten und Ingenieure sorgen sie für Planungssicherheit. Stellen sicher, dass nichts schiefgeht beim längst Schiefgegangenen.

Mir war im Laufe der Zeit also klar geworden, dass ich mir selbst nur noch mit größter Mühe gegenübertreten konnte. Mein Spiegelbild erschreckte mich, mein Name auf dem Klingelschild widerte mich an, und der Nachhall meiner eigenen Stimme erschien mir unstatthaft. Anmaßend. Ich atmete ein, atmete aus – und empfand selbst dabei nichts anderes mehr als einen tief in mir sitzenden, aufrichtigen Ekel.

Immer öfter trachtete ich danach, allem aus dem Weg zu gehen, doch so wenig wie ein Mensch vor seiner eigenen Ungestalt davonlaufen kann, so wenig kann er vor seinen Mitmenschen flüchten. Zwar gelang es mir, mich über Wochen in meiner Wohnung zu verbarrikadieren, mich von Leitungswasser und Dosenfraß zu ernähren, doch ich wusste, dass der Tag kommen würde, an dem ich wieder hinausgehen und den Menschen unter die Augen treten musste. Und so kam es auch, natürlich. Denn obschon ich um die Schändlichkeit meines Charakters und die Fahrlässigkeit meiner Freiheit wusste, hatte ich meine Wohnung in den letzten Monaten immer wieder verlassen. Mal waren Hunger und Durst der Grund dafür, dann wieder ein Anruf, eine Nachfrage, eine Warnung oder eine Drohung.

Verbarrikadieren hatte ich mich wollen. Doch als Mensch unter Menschen kannst du dich nicht wegschließen, da kannst du deine Haustür mit Brettern und Nägeln versperren, wie du willst – kaum fertig, kommt wieder irgendein Anruf, und du musst hinaus, dich melden, deine Unterschrift leisten, Rechenschaft ablegen. Anstatt dir Zeit zu Heilung und Vergessen zu lassen, konfrontieren sie dich mit deiner Schändlichkeit wo und wann sie nur können, halten dir permanent deine charakterliche Verkrüppelung vor. Ziehen dich wieder und wieder heraus aus deinem schwarzen, sumpfigen Drecksloch. Hatten zwar hoch und heilig versprochen, dich dort krepieren zu lassen, dich sogar angegiftet, mit verbissenen und verzerrten Gesichtszügen *Verrecke, Bastard!*, gezischt – und kamen nun doch unentwegt vorbei, um nach dir zu sehen.

Zum Leben zu wenig, zum Sterben zu viel. Bis ein auf diese Art Getriebener und Gehetzter gar nicht mehr anders kann, als diese

Sehnsucht zu entwickeln, sich selbst den Garaus zu machen. Auf dass die ganze Welt endlich Ruhe hat vor mir und Frieden einkehre in unseren Köpfen.

Und so ging ich an jenem Tag, an dem ich mir selbst den Garaus machen wollte, freiwillig hinaus. Ob ich nun hinaus strebte, oder ob es mich letztendlich doch nur zog – es ist einerlei. Denn längst hatte ich den Entschluss gefasst, mich eigenhändig auszumerzen, mich auszuradieren aus dem Leben. Mich ungeschehen zu machen.

Also schnappte ich mir das Tau, ging in den Stadtpark und schlang das Seil um den stärksten Ast, den ich weit und breit zu finden vermochte. Jahrelang hatte dieses Tau in meiner Wohnung gelegen, bei einer ihrer vielen Durchsuchungsaktionen waren sie sogar darauf gestoßen, hatten es jedoch wahrhaftig fertiggebracht, es nicht einordnen, nicht deuten zu können. Waren so sehr im Begriff gewesen, mir ihre Verachtung entgegenzuschleudern, dass ihnen gar nicht aufgefallen war, dass nicht sie die Erfinder jener Geringschätzung für meine Person waren, sondern ich. Ich bin der Urheber. Ich besitze das Patent für Selbsthass.

Seit Jahren lag dieses Tau schon in meiner Wohnung herum, sauber geknüpft, ordentlich geknotet. Allzeit bereit. Ich hätte es längst nutzen sollen, es war klar, dass ich in Sachen Suizid überfällig war, doch ich habe es weiterlaufen lassen, mein Leben. Habe meinen vielen Verhaltensauffälligkeiten zugesehen, den Neurosen, den Ticks, bin geradezu fasziniert davon gewesen, wie tief ein Mensch doch sinken kann, wohl wissend, dass ich dieser im Schwinden begriffene Mensch bin. Ich habe meiner erwachenden Grausamkeit keinen Einhalt bieten können, bieten wollen.

Nein, ich bin nicht enthusiastisch gewesen, als ich mit dem Tau den Park durchquerte und es dann über den Ast warf. Aber auch nicht traurig. Denn hat ein Mensch mit dem Leben abgeschlossen, so entzieht es ihm als Erstes sämtliche Gefühle. Eine automatisierte Handbewegung reiht sich an die andere, in perfektionierter Roboterhaftigkeit vollbringt der geplant Dahinscheidende eine Vorbereitungsaktion nach der anderen und durchlebt nur noch Momente, in denen sich alles in ein *Egal* ergibt.

Auch ich befand mich bereits in diesem *Egal*, starrte hinauf zu dem knapp über meinem Kopf baumelnden Tau und besah den erdigen Grund zu meinen Füßen, auf den ich wohl urinieren würde. Denn immerhin das bekommen sie korrekt dargestellt in ihren Filmen. Baumelt einer am Strang, so ferkelt er sich als letzte Lebensaktion noch einmal ordentlich ein und zeigt der Welt so, was er zeitlebens von ihr gehalten hat.

Ich war also im Begriff, meinen Kopf durch diese so frohlockend über meinem Gesicht baumelnde Schlinge zu wuchten, als ich mit einem Male einer schönen Frau ansichtig wurde.

Nun, es handelte sich um einen Stadtpark und wie in Stadtparks üblich, ist auch dort niemand allein, da können Wald- und Wiesenflächen noch so weitläufig sein. Kaum steht einer irgendwo, kommt auch schon ein anderer vorbei. In Parks wimmelt es von Gaffern und Glotzern, Quatschern und Joggern, Händchenhaltenden und Hundeausführenden. Keinerlei Erholung ist möglich im Naherholungsgebiet!

Ich war natürlich darauf vorbereitet gewesen, kein Todgeweihter läuft mit seinem Strick in einen Park, um dann über Jahre nicht entdeckt zu werden. Nein, er läuft gerade dort hinein, um möglichst früh entdeckt zu werden, wenn die Gesichtsfarbe noch purpur und der Uringestank noch frisch ist. Ich war also auf Menschen vorbereitet gewesen, hatte sie in meinen Plan miteinbezogen.

Nur das Auftauchen einer Frau – und ausgerechnet einer schönen und jungen Frau – das hatte ich nicht vorausahnen können. Um ehrlich zu sein: Vollkommen überrumpelt hat es mich. Männer wie ich treffen keine schönen Frauen. Niemals! Nicht zufällig, nicht bewusst und schon gar nicht gewollt. Schließlich fliehen schöne Frauen vor Männern wie mir und Männer wie ich vor schönen Frauen. Und warum? Weil beim Aufeinandertreffen von schönen Frauen und Männern wie mir immer und überall Grausamkeit die Folge ist! Weswegen die Natur – aber auch die schönen Frauen und ich – es ganz gut eingerichtet haben und uns niemals treffen, nie des anderen Wege kreuzen, Lebenslaufbahnkollisionen komplett vermeiden.

Umso verdutzter, man kann es sich vorstellen, war ich, ausgerechnet an dem Tag, an dem ich mir selbst den Garaus machen wollte, eine schöne Frau im Park zu treffen.

Hohn des Schicksals!, dachte ich, kaum dass ich aus der Ferne ihrer Grazie und Anmut ansichtig wurde. Sie bemerkte mich nicht, aber ich sah sie, womit auch bereits die Geschichte meiner ganzen verkorksten Existenz in wenigen Worten zusammengefasst war. Schließlich sind schöne Frauen immer eins mit der Natur, laufen versonnen durch Parks, greifen selbstvergessen nach Zweigen und Blüten am Wegesrand, summen vor sich hin und zwirbeln sich mit dem Zeigefinger die Locken. Eins mit der Natur sind sie, bewegen sich sanft und hüftschwingend im Takt der Erde, während Männer wie ich aus unserem Gaststatus nicht herauskommen und wie bloße Besucher ahnungslos, schwerfällig und plump über diesen Planeten stapfen. Die ganze Welt braucht schöne Frauen, sie sind das Bindeglied zwischen Mutter Natur und dem Himmel. Männer wie mich hingegen braucht keine Sau. Handlanger sind wir, Erfüllungsgehilfen der Fortpflanzung, Mohren, geboren, unsere Schuldigkeit zu tun! Sieh dir eine tanzende Frau an und dann einen tanzenden Mann, und schon weißt du, wer hier heimisch ist. Und wer ganz schrecklich fehlplatziert.

So besehen ist meine Entrüstung nachvollziehbar, kann es doch eben nur jener wohlbekannte Hohn des Schicksals sein, der mir ausgerechnet in den letzten Sekunden meines Lebens und beim endgültigen und unumkehrbaren Aushauchen meiner Existenz das wohlgeformte Antlitz eines schönen Weibes zwischen mich und die Sonne schieben wollte! Habe ich nicht genug gelitten in meinem Leben? Gott, der Nicht-Existente, weiß, wie sehr ich gelitten habe an mir und an der Schönheit der Frauen. Schließlich liebe ich die Frauen, ich habe sie immer geliebt – nur gedankt worden ist es mir eben nie, wie es mich auch nie menschlicher hat werden lassen, sondern immer nur verformter und verfemter!

Doch all mein inneres Wehklagen führte zu nichts, verhallte ungehört zwischen den Ästen des Baumes, den ich doch auserkoren hatte, mich zu Grabe zu tragen. Und so sah ich sie des Weges kommen, erahnte ihre Schönheit schon aus der Ferne und erschnüffelte von meinem Platz unter dem Stricke aus bereits ihre Reinheit und Unbeflecktheit. Sie hatte mich nicht einmal entdeckt, da kannte ich sie bereits, hatte sie mir einverleibt.

Ich hielt inne. Kommt eine schöne Frau direkt auf mich zu, halte ich immer inne, blockiere im Angesicht der Schönheit. Abrupt kommen meine Bewegungen zum Stehen, meine Gedankenströme, die sonst niemals enden und niemals Ruhe geben, brechen ab, und ich werde zu willenloser Empfängnis, zu personalisierter Passivität.

Ja, es ist wahr. Eigensinn ist mir vorgeworfen worden, ein egozentrisches Weltbild sogar. Das mag stimmen, bin ich mir selbst doch nicht nur der Nächste, sondern stets auch der Übernächste und der Überübernächste. Ein Übel, denn beschäftige ich mich mit mir, so beschäftige ich mich zwangsläufig nicht mit einem, sondern mit vielen. Bin Opfer und bin Täter. Laut krakeele ich mir selbst ins Wort, um meinen stichhaltigen Argumenten für meine Monsterwerdung nicht länger zuhören zu müssen. Widerlege mich, hintergehe mich, täusche mich arglistig selbst. Unternehme alles, um nur nicht mit mir zusammen, mit mir allein sein zu müssen. Mein Kopf gehört deswegen auch nicht mir, schon lange nicht mehr. Er gehört den tausend Stimmen, die in mir sind und dieses beständige Kriegsgeschrei erzeugen.

Ich habe versucht, es ihnen zu erklären, habe versucht, ihnen von den vielen Richtungsdebatten in meinem Schädel zu erzählen, doch sie haben es nicht verstehen wollen. Stattdessen haben sie mir Starrsinn und Uneinsichtigkeit vorgeworfen. Dabei muss doch einfach einmal Ruhe herrschen. Ich habe es mit Alkohol versucht und mit Pillen. Habe mir die Unterarme zerschnitten und mir die Stirn an Mauervorsprüngen blutig gehauen. Nichts hat geholfen und die vielen Stimmen zum Verstummen gebracht. Es ist also nur logisch, dass die schönen Frauen mit ihrem Kontakt zur Natur der Schlüssel zu meinem wahren Ich sind. Gerade das macht doch den Mohren aus Männern wie mir: Dass es uns in allem, was wir tun, immer nur um die Aufmerksamkeit und die Zuneigung der Frauen geht, eben weil wir so genau wissen, dass sie uns eigentlich gar nicht brauchen.

Ein schiefes, in meinem Alter nicht mehr zu therapierendes Frauenbild haben sie mir vorgeworfen. Komplexe, Versagensängste, traumatische Mutter-Kind-Konstellationen. Und als sie schließlich gar nicht mehr weiterkamen: sexuelle Dysfunktionen.

Über Wochen an mir herumorakelt haben sie, immer vertrackter und komplizierter wurden sie in ihren Analysen und weigerten sich doch, das Naheliegende zu sehen: Dass ein Mann ohne Frau zeitlebens ein Außerirdischer bleibt. Dass er erst durch das Medium Frau die Chance erhält, zum Menschen zu werden. Das sind keine Komplexe. Es sind Realitäten.

Ich liebe die Frauen, habe sie immer geliebt. Die ganze Stadt weiß inzwischen von meiner Liebe zu den Frauen.

„Hey, bleib' doch mal stehen!", rief ich der schönen Frau im Park also durchaus freundlich und im Tonfall eines angenehmen Zeitgenossen zu. Doch schöne Frauen sprechen nicht und jene, denen man im Park begegnet, schon mal gar nicht. Anders als ich, der sich um Kopf und Kragen geplappert hat, um seiner eigenen Verworrenheit zu entkommen, haben schöne Frauen das Sprechen nie nötig gehabt. Ihr Aussehen ist es, das ihnen seit jeher jegliche Probleme vom Halse schafft. In der Wahrnehmungswelt einer schönen Frau ist daher jedes Wort ein Wort zu viel und sogar ein unkalkulierbares Risiko. Schweigsame Hochnäsigkeit wird schönen Frauen deswegen vorgeworfen, was natürlich Quatsch ist. Sie sprechen nicht, weil ihnen ihr Sprechen noch nie weitergeholfen und im schlimmsten Falle sogar vieles kaputtgemacht hat. Der Unterschied zwischen einer klugen und einer törichten schönen Frau? Die Fähigkeit zu schweigen.

„Hey, bleib' doch mal stehen!", rief ich der schönen Frau im Park also entgegen, doch sie hörte mich nicht. Also rief ich es erneut, doch noch immer schien sie mich nicht zu wahrzunehmen, schritt mit zu Boden gerichtetem Blick immer näher auf mich zu und schließlich sogar an mir vorbei.

Also tat ich, was ein jedes Menschenkind an meiner Stelle tun würde, ließ den Strick einen Strick sein, stolperte hinaus aus dem Dickicht und verstellte ihr den Weg. Sagte: „Hallo, hallo, wohin des Weges, schönes Kind?", und raunte hinter vorgehaltener Hand: „Doch nicht etwa zur Großmutter, ihr Kuchen und Wein zu bringen?" Ich liebe die Frauen, alle Welt weiß, wie sehr ich die Frauen liebe, und ein Rotkäppchen erkenne ich auf tausend Meter.

Doch die schöne Frau hörte mich nicht und sah mich auch nicht, starrte angespannt zu Boden und versuchte geradewegs, durch mich hindurchzugehen. Doch das ist dumm, sehr dumm sogar, denn durch Männer wie mich hindurchschauen können Frauen vielleicht, doch nicht durch uns hindurchgehen.

Ich hielt sie am Ärmel fest, griff nach ihrem dünnen Porzellanarm, bekam ein wenig Frauenhaut zu fassen und auch ein wenig Bluse.

„Lassen Sie mich!", rief sie, die Augen mit einem Male direkt auf mich gerichtet, die Lider panisch emporgerissen.

„Ja, siehst denn du nicht, was hier vor sich geht?", erwiderte ich mit sonorer Pastorenstimme. „Du wolltest soeben durch mich hindurchgehen, wolltest mich ignorieren, meine komplette Existenz in einer einzigen fließenden Bewegung mal eben so hinwegnegieren! Und wir müssen uns hier und jetzt die Frage stellen, warum schöne Frauen wie du das wollen!"

Aus den Augenwinkeln sah ich meinen Strick am Ast baumeln, sah, dass auch sie Strick und Ast sah – und zunehmend in Panik verfiel.

„Sieh, Mädchen, ich nehme mir einen Strick und suche mir einen Ast, schaffe mich, wie es sich für einen anständigen Mann gehört, heimlich, still und leise aus der Welt. Du aber willst mit dem Kopf durch eine Betonwand und schreist hier herum, weil du deinen Kleinmädchenwillen nicht bekommst, dabei bekommen schöne Frauen doch seit jeher immer, was sie wollen, kann doch niemand einer schönen Frau etwas abschlagen. Und ich am allerwenigsten, denn weißt du – ich liebe die Frauen, ich habe sie immer geliebt, und nichts liegt mir so sehr am Herzen, wie schönen Frauen alle Wünsche zu erfüllen. Jaja, du hast schon richtig gehört, nicht einen Wunsch will ich dir erfüllen, sondern alle. Und auch nicht irgendwann, sondern heute, jetzt! Hier und jetzt werde ich dir alle Wünsche von den Augen ablesen, so du mir nur versprichst, mich zu sehen, mich wahrzunehmen, mich zu einem Teil der Natur werden zu lassen, mich für dieses Erdenleben zu legitimieren! Es klingt so kompliziert und ist so einfach, alles, was du tun musst, ist, mich anzusehen wie einen Menschen."

Ich blickte zu meinem Strick hinüber. Es verlangte mich danach, mit einem großen Satz hinüberzuhüpfen, meinen Hals durch die Schlinge zu stecken und somit dieser Farce hier ein Ende zu bereiten. Denn auch wenn sie in Mimik und Gestik vorgab, sich vor mir in Sicherheit bringen zu müssen, so wussten wir beide, dass ich der Verlorene und Chancenlose hier war, der schon wieder bis zur Unkenntlichkeit deformierte Grimassenmann.

Suizid aus Notwehr!, schoss es mir durch den Kopf, als sie ein weiteres Mal versuchte, sich von mir loszumachen. Eine schöne Frau kam des Weges, als ich gerade in friedfertigster und bester Absicht dabei war, mich aus dem Staub zu machen. Präsentierte mir ihr makelloses Gesicht, hausierte mit ihrem wiegenden Weibergang, übertrieb es mit Augenaufschlag und Hüftschwung und drängte mich in den Freitod.

Ob ich in innerer Einkehr am Strang verreckt oder aber von einem Weib sprichwörtlich zu Tode gehetzt worden wäre, nun, es würde nicht einmal die Pathologen interessieren.

„Lassen Sie mich sofort los!", schrie sie, nutzte meine kurze gedankliche Abwesenheit schamlos aus, entzog sich meinem Zugriff und brachte tatsächlich einige Meter zwischen sich und mich. Sie klang so resolut, dass ich einen kurzen Moment lang hoffte, sie könnte stark und schnell sein. Mir einen Tritt zwischen die Beine geben, einen Kinnhaken versetzen, mir die Abreibung meines Lebens verpassen. Elegant davonsprinten oder mir zumindest in deftigen Worten eine Predigt halten, auf die ich keinerlei Antworten parat hätte.

Doch schöne Frauen ersterben lieber in ihrer Schönheit, als dass sie zu irgendeiner sinnstiftenden und nutzbringenden Aktion fähig wären. Sie lassen Männer wie mich einfach nicht zur Ruhe kommen, weigern sich aber zugleich, uns mal anständig in unsere Schranken zu weisen. Anstatt mich zu retten, mich anzublicken, wie man einen Menschen anblickt und mich alsdann mit meinem Galgen allein zu lassen, zog sie mich mit ihrer Passivität nach bester Schöne-Frauen-Art direkt ins Verderben. Sie tat gar nichts und machte dadurch alles noch viel schlimmer.

„Schau, ich bin ja viel schneller und stärker und größer als du!", rief ich ihr freundlich lachend ins Gesicht, kaum dass ich sie wieder eingeholt hatte. „Doch was bringt mir das ein, dass ich so viel besser in allem bin als du, hm? Na?"

Sie antwortete mir nicht, sah mich verängstigt an und begann, derart am ganzen Leib zu zittern, dass es eine Wonne war. Doch, ich liebe die Frauen, immer habe ich die Frauen geliebt, und einer schönen Frau tatenlos beim Zittern zuzusehen, danach steht einem Mann wie mir nicht einmal so kurz vor dem Suizid der Sinn. Also schlang ich schnell meine Arme um sie, hielt sie fest so gut ich konnte und wiegte sie nach bester Beschützerart sanft hin und her. Legte ihr mein Gesicht sanft über die Ohrmuschel, spitzte die Lippen und redete weiter leise auf sie ein. Hauchte: „Pst. Pst. Wir schaffen das. Du und ich, wir kommen heraus aus dieser schlimmen Situation, in die du uns nun gebracht hast. Weil du töricht bist. Eine törichte schöne Frau bist du."

Ich sah, wie ihr Tränen in die Augen traten. Sie begann, leise und herzzerreißend zu wimmern.

„Hab' keine Angst", flüsterte ich. Nahm ihr Gesicht in meine Hände, sah ihr tief in die tränenden Augen und versuchte, hinter ihr Gesicht und ihre Schönheit zu blicken, doch es gelang mir nicht. Stattdessen merkte ich, wie ich wieder einmal von Mitleid ergriffen wurde.

„Schau", sagte ich zu ihr. „Wir beide, du und ich, wir sind uns gar nicht so unähnlich. Du bist wunderschön, aber schwach. Sieh nur, wie schwach du bist, verglichen mit mir. Du kannst dich nicht losreißen, und vor mir davonlaufen kannst du auch nicht. Was ist das für ein Gott, der sich ein solch perfides Spiel einfallen lässt, einem Menschen so viel Schönheit zu geben und dann keine Mittel zur Verteidigung. Aber hab' keine Angst, denn ich verstehe dich. Denn was bringt es mir ein, dass ich dir körperlich überlegen bin. Dich jederzeit einholen und zu Boden werfen kann? Ich sage es dir: Einen Haufen Scherereien bringt es mir ein! Ständigen Ärger! Gesellschaftliche Ächtung! Verstehst du mich? Die Natur hat dich schön gemacht, so wunderschön. Du darfst einfach so durch diesen Park hier laufen mit deiner Anmut. Wie ich damit klarkomme, sagen sie, ist ja wohl mein Problem. Was es mit mir macht, so klar zu sehen, was du alles bist und was ich niemals sein werde, wie wundervoll du und wie verkorkst ich bin, auf Schritt und Tritt deiner Perfektion und meiner Schändlichkeit begegnen zu müssen, das müsse ich schon selbst in den Griff kriegen. Jaja, ich solle mich *in den Griff kriegen*, das haben sie tatsächlich so zu mir gesagt. Doch wie soll ich das schaffen, wenn ich nicht mehr stärker und schneller sein darf als du? Was ist ein Mann noch wert, wenn er den einzigen Direktkontakt zur Natur, den er überhaupt in die Wiege gelegt bekommen hat, brach liegenlassen muss? Meine Stärke und Schnelligkeit sind zu stumpfen Verteidigungsmitteln geworden, sie gestatten mir nicht mehr, sie zu benutzen. Das sei gestrig und animalisch, sagen sie. Wie also soll ich mich wehren, wenn alle Welt sagt, dass ich mir mein Schnellersein nur noch vorstellen, mein Stärkersein nur noch denken darf? Deine Schönheit trifft auf stumpfe Männerwaffen."

Noch immer hielt ich ihr Gesicht, sah ihr in die Augen und hoffte inständig, dass sie verstehen würde. Verstehen, wie verantwortungslos und unfair es von ihr gewesen war, in diesen Park zu kommen. Allein. Und mit nichts anderem als ihrer Schönheit im Schlepptau. Sanft begann ich, ihr Gesicht zu streicheln. Hielt sie noch immer im Arm, fest, ganz fest. Ergab mich ihrer Schönheit und küsste sie.

Sie wehrte sich, natürlich wehrte sie sich. Treffen Männer wie ich auf eine schöne Frau, so wird alles zu Dramaturgie und Theatralik. Hätte sie sich nicht gewehrt, ich hätte binnen weniger Sekunden auf dem Absatz kehrtgemacht und wäre mit einem Hechtsprung in meine noch immer auf mich wartende Schlinge gehüpft. Doch die Verantwortungslosigkeit schöner Frauen ist nicht ohne Grund legendär, und so wehrte sie sich, während ich ihr meine Zunge so tief in den Mundraum stieß, wie es mir nur eben möglich war. Lustige kleine Gurgellaute entsprangen ihrem Hals, noch immer tat sie so, als versuche sie sich von mir zu befreien, sorgte mit ihrem unfairen Verhalten aber für nichts anderes als Reibung.

„Spürst du, wie viel Macht du über mich hast?", flüsterte ich ihr keuchend ins Ohr. „Erkennst du nun meine Wehrlosigkeit, meine Schwäche? Ich ergebe mich dir, spürst du es? Niemand liebt und verehrt die Frauen so sehr wie ich, meinen ganzen Ruf und meine ganze verdammte Existenz habe ich eurer Macht untergeordnet. Und dankt ihr es mir? Nein. Ihr schaut mich an wie einen Irren, einen Perversen. Ruft die Polizei, weil ich euch durch die halbe Stadt gefolgt bin, nachts unter euren Fenstern gesessen habe und in eure Schlafzimmer eingebrochen bin. Mit Haut und Haar gebe ich mich euch hin, als Hohepriester eurer Schönheit halte ich eine Messe nach der anderen ab, beobachte euch auf dem Weg zur Arbeit, wühle in eurer Abwesenheit in euren Mülltonnen, inspiziere eure Lauf- und Fahrtrouten, lasse Begegnungen wie Zufälle aussehen und Zufälle wie segensreiche Gottesgeschenke. Ich gebe euch die Romantik, die euch eure eigenen Männer nicht geben, aber ihr versteht es einfach nicht. Ihr schaut mich so an, wie du mich gerade anschaust. Und ich frage euch: Warum nur schaut ihr so angewidert?!! Warum schickt ihr manche Männer direkt in eure Schlafzimmer und andere ins Gefängnis? Warum haltet ihr euch lieber an die, von denen ihr wisst, dass sie euch nicht guttun werden, und lasst die, die sich für euch in die Selbstaufgabe begeben haben, am langen Arm verhungern, ja gönnt ihnen nicht einmal den selbstgewählten Tod?"

Ich sah ihr in ihr Puppengesicht. Sie hatte aufgehört zu weinen und blickte mich nur noch still und voller Verachtung an.

„Bist du armselig", sagte sie dann, tonlos.

Ich stieß sie von mir, so heftig und so weit ich nur konnte. Doch nicht einmal meine unbändige Kraft reichte aus, um sie loszuwerden. Nur wenige Schritte entfernt von mir kam sie zum Stehen, stolperte und schlug der Länge nach hin. Mein Mitleid für die körperliche Schwäche von Frauen nahm mich erneut in Besitz, kaum sah ich sie dort direkt vor mir liegen, so zerbrechlich und grazil, so perfekt und wunderschön. Sie begann zu schreien und zu kreischen, zu weinen und zu toben. Ihre Angst vor mir und meinem Sein war offensichtlich und fuhr mir durch Mark und Bein.

„Lass dir aufhelfen", sprach ich, bückte mich zu ihr hinab und begann, an ihrem schmalen, wild um sich schlagenden Körper zu zerren. „Komm, ich helfe dir auf. Na, nun sei doch ruhig, du bist ja ganz außer dir!"

Hatte sie mich Sekunden zuvor noch kühl und voller Verachtung angeblickt, so war sie nun Opfer einer Hysterie, eine Gefangene ihrer Panik vor mir. Ich stand über ihr und versuchte, ihr weiter gut zuzureden, ihr zu erklären, die Rechte und Pflichten einer schönen Frau darzulegen, doch sie war nicht mehr imstande zuzuhören, rief um Hilfe und wusste doch so gut wie ich, dass abgesehen von einer schönen Frau kein Mensch so dämlich wäre, einem Mann wie mir in den Park zu folgen. Und so kniete ich über ihr und schüttelte sie, in der Hoffnung, wieder etwas Besinnung in ihren von Panik gepeinigten Körper zu bekommen. Ich drückte sie zu Boden, ganz so, wie ich es in Polizeifilmen gesehen hatte, und wollte ihr Zeit geben, wieder zu sich zu kommen. Weil sie sich jedoch gar nicht beruhigen wollte, hielt ich ihr zu meiner eigenen Belustigung den Mund zu, wohl wissend, wie theatralisch sie und ich aus der Ferne betrachtet wirken mussten. Ich begann, sie auszulachen, ihr ihre Schwäche und Aussichtslosigkeit vorzuhalten.

Ein jeder normale Mensch hätte meine Strategie sofort verstanden, wäre meinem Konzept gefolgt, hätte aufgehört zu kreischen und zu strampeln.

Nicht jedoch sie – wie auch – hatte ihre größte Waffe, ihre Schönheit, sie doch erst hierher geführt. Und wie so viele Male zuvor begann ich wieder, jedes Verständnis für sie zu verlieren.

„Was nun, schöne Frau im Park", schrie ich sie an, während sie hilflos unter mir lag und sich die Seele aus dem Leib zappelte. „Wollen wir vielleicht wieder die Polizei rufen? Wollen wir wieder dafür sorgen, dass ich den Landkreis nicht verlassen darf und mich einmal pro Woche bei der Dienstelle melden muss? Wollen wir mir vielleicht wieder die Schuld für deine Schönheit in die Schuhe schieben? Wollen wir das??!“

Ich weiß nicht wie, doch mit einem Male bekam sie ihre linke Hand frei, krallte ihre Fingernägel in meinen Arm und verpasste mir einen tiefroten Striemen. Ich war geschockt, verständlicherweise. Bis hierhin hatte ich es gut mit ihr gemeint, war offen für den Witz und die Absurdität unserer Zusammenkunft gewesen und hatte es auch nicht an Verständnis mangeln lassen, sei es für ihre körperliche Schwäche oder aber für ihr verantwortungsloses Verhalten.

„Schau, sogar gekratzt hast du mich. Und wie tief, Blut tritt aus der Wunde!“ Sie schien sich ihrer Missetat nicht im Klaren zu sein, blickte mich noch immer an, als sei ich das Ekel, als hätte ich vollkommen die Kontrolle verloren. Ich spürte Empörung in mir aufsteigen und kurz darauf bittere Enttäuschung. Auch diese schöne Frau hatte mich wieder einmal nur arglistig an der Nase herumgeführt. Hatte mich Kraft ihrer Schönheit am Nasenring durch die Manege geführt, mich ganz nah an sich herangelassen – und doch nur Verachtung für mich parat. Ich hatte ihr mein Innerstes offenbart, und sie hatte es mit Füßen getreten. Vollkommen zu Recht war ich mehr als nur empört.

„Sieh nur, was du angerichtet hast!“, brüllte ich sie an, kurz bevor ich ihr die erste Ohrfeige versetzte. „Voll Blut bin ich, aber nicht nur ich, du ja auch, blutig du, blutig ich. Und das nur, weil du dich nicht im Griff gehabt hast, weil du wieder einmal das Naivchen spielen und mit deiner Schönheit hausieren gehen musstest. Weil dir die begehrlichen Männer nicht gereicht haben und du mit deiner krankhaften Sucht nach Bestätigung den Hals nicht voll bekommen konntest! Ja, kreische und kratze nur weiter. Los, hier ist mein anderer Arm, reiß mir die Haut auf, ich will Knochen, Sehnen, Muskeln und Blut sehen! Eben noch habe ich mich umbringen wollen, schau, dort vorn an dem Baum baumelt noch der Strick. Aber das war gerade, und gerade ist vorbei, denn jetzt blute ich. Mein Gott, wie du brüllst, nur weil wir bluten und uns Wahrheiten ins Gesicht werfen, vergisst du deine gute Schönmädchenstube und wirst zur Furie. Wie du auf einmal kratzen und schlagen kannst, Weib! Gütiger Himmel, du machst mich ja ganz lebendig! Sag, bist du vielleicht doch stärker, als ich dachte? Ich wette, du kannst noch mehr aus dir herausgehen, schöne Frau. Lass mich dir hier und jetzt zeigen, dass du kreischen und schlagen kannst, wie noch nie eine Frau gekreischt und geschlagen hat. Lass mich jetzt sofort dafür sorgen, dass du mir bläulich schimmernde Hämatome und dunkelrot blutende Wunden verpasst. Führe mich zum Leben, schöne Frau!"

An jenem Tag, an dem ich mir selbst den Garaus machen wollte, kam ich spät nach Hause. Ich zog mich bis auf die Unterwäsche aus, stopfte meine Kleidung in den großen Müllsack und stellte mich unter die Dusche. Legte danach das Tau zurück an seinen angestammten Platz, verbarrikadierte meine Wohnungstür von innen mit dicken Brettern, gehalten von kräftigen Nägeln. Und ging zu Bett.

DER HÄSSLICHE MANN

Ich bin ein hässlicher Mensch. Grässlich ist mein Äußeres, widerlich meine Gedanken. Die Menschen meiden mich aus gutem Grund. Und meiden sie mich einmal nicht, so zahle ich es ihnen heim, schlage sie mit doppelter und dreifacher Misanthropie in die Flucht, bin ich doch ausgestattet mit Fratze und Fäkalienstab.

Ich bin ein hässlicher Mensch. Hässlich ist mir die Welt, hässlich die Gedanken.

Doch sitze ich an einem Fensterplatz, so fallen mir schöne Gesichter ein. Immer fallen mir schöne Gesichter ein, kaum dass ich Platz genommen habe, kaum dass ich zur Ruhe gekommen bin nach langem und beschwerlichem Gang. Habe mich ursprünglich hingesetzt an ein Fenster, um den Menschen dort draußen bei ihrer Jagd zuzuschauen, der Zeit beim Verrinnen und dem Leben beim Vergehen. Habe mich hingehockt, um noch ein wenig zu zürnen und zu lästern, dem Verfall zu huldigen und weiteren Stoff zu sammeln für meine Pest, die ich so hingebungsvoll über die Menschen bringe. Denn anders kann es gar nicht gehen, anders kann es nicht funktionieren: Einer muss stets der Böse sein. Einer muss bereit sein, sich offenherzig zu Schimpf und Schande zu bekennen. Ein Volk, das nur aus Opfern besteht, ist die längste Zeit Volk gewesen.

Doch kaum schaue ich von meinem Fensterplatz aus nach draußen, richte meinen Blick auf die Überquerung eines Bürgersteigs oder einer Straße, bin kurz davor, mit meinen Augen einer fremden Person zu folgen – schon fallen mir schöne Gesichter ein. Oh doch, so wahrhaftig versuche ich mich diesem stets heuchlerischen und irrläufernden Treiben und Handeln der anderen zu widmen, dem beständig nach Eigenreinwaschung und Selbstüberhöhung gierenden Wirken und Wirbeln der Menschen. Also schaue ich hin, schaue wirklich hin, so erpicht wie ich darauf bin, zum Chronisten unseres selbstverschuldeten Verfalls zu werden. Doch kaum sitze ich an einem Fensterplatz und mühe mich derart ab an dem Sein der Menschen, so fallen mir Gesichter ein. Schon sehe ich nur noch in mich, verfange mich in meinem

Innern und verstricke mich in Selbstbeschau. Mein Menschenhass und mein wütender, geifernder Wahn, sie verpuffen, sitze ich erst einmal an einem Fensterplatz. So sehr es meinem hässlichen Naturell auch entspricht, an jeder Ecke immer nur dem Ekel, der Verdammnis und dem Tod auf der Spur zu sein, begegne ich doch gerade hier, so tief versunken in mir, nur den freundlichen Gesichtern schöner Menschen.

Ja, es ist wahr, es ist das Gesicht der Wohlwollenden, das mir in meinen Gedanken erscheint, kaum dass ich mich hinhocke und mit meinem Hinausschauen in die Welt beginne. Das malerische Antlitz der mir Aufhelfenden, der mich Emportragenden, der mich Umarmenden, der mich sanft Liebkosenden und der mich Küssenden, alles das kommt mir dann in den Sinn. Sitze ich an einem Fenster, so sitze ich also stets wie benebelt und verzaubert da, ganz bewegt und entrückt von all der Schönheit, der ich dort mit einem Male begegne, so tief in mir drin.

„Ich lebe", flüstere ich dann. „Ich lebe." Und verschmitzt lache ich in mich hinein. Lache nicht *auf* und auch nicht *hinaus*, sondern lache in mich selbst, schicke mein Kichern zu all den dort wartenden, so schönen Gesichtern. Es ist richtig, nach außen vermag es mir schon seit Jahren nicht mehr gelingen, ein solches Lachen. Gram durchfurcht mein Gesicht, Getriebenheit entstellt mir seit jeher die Züge. Ich bin es, der für eure Verkommenheit die Birne hinhält, ich bin das Bauernopfer, das eine jede Gesellschaft funktionieren lässt, und so trage ich natürlich auch eine Hässlichkeit am Leibe, wie sie für viele meiner Mitmenschen nur schwerlich zu ertragen ist. Das Leben mit den Menschen, es hat mich hart und unansehnlich gemacht, zum Unappetitlichsten aller Aussätzigen. Euer Spiegel, das bin ich, und schaut ihr hinein, so wird euch schlecht und ganz mulmig zumute.

Doch bin ich ganz allein mit mir und meinen Gesichtern, dann legt sich eine Friedfertigkeit erst über meinen Platz am Fenster und schließlich auch über mich, und inmitten meines Gesichtergewusels werde ich eins mit mir. Umzingelt von all diesen mir erdachten, so wunderschönen Augen, Nasen, Kinn- und Mundpartien entschwinden Miesepeter, Griesgram und Unhold auch aus meinem eigenen Gesicht. Schön werde ich dann mit einem Male. Nicht länger geboren, Scham und Schande zu erzeugen, sondern auf Erden, Sanftmut zu spenden und Liebe zu geben.

Ja, es ist wahr. Sitze ich an einem Fensterplatz und blicke in mich selbst, so erkenne ich noch meine eigene Schönheit, meine Pracht, meine Blüte. Und ich kichere verschmitzt in mich hinein, denn es ist Gott, dem ich in diesen Momenten begegne. Der wahrhaftige Gott, dessen Existenz ich sonst so hartnäckig und verbissen leugne – sitze ich an einem Fensterplatz und schaue in mich selbst, dann begegne ich ihm. In mir drin. Wir fassen uns bei den Händen, der liebe, liebe Gott und ich – und wir tanzen, inmitten all der schönen und warmherzigen Gesichter tanzen Gott und ich, eng umschlungen.

Nur hinaussehen darf und kann ich dann nicht, denn sonst sehe ich nicht die schönen Gesichter, sondern die Menschen dort draußen. Betrachte ich sie, ist es immer ihre Unaufrichtigkeit, die mir so tief und schmerzhaft ins Auge sticht. Deshalb, und nur deshalb, werfe ich den Menschen so beharrlich ihre nicht vorhandene Ehrlichkeit vor und nur deshalb kommt es, kaum öffne ich einmal den Mund, auch schon zu Beleidigungen und Vorwürfen. Spreche ich mit den Menschen über die Menschen, werde ich augenblicklich zu einem Ausspeienden, einem Vulgären. Sie und ihr Heuchlertum sind es, die mich daran hindern, schön zu sehen, zu reden, zu denken – schön zu sein. Nicht ich bin hässlich. Mein erzwungener Kontakt mit ihnen, mit euch, macht mich verabscheuungswert.

„Immerzu siehst du nur die Hässlichkeit, stocherst in Versagen und Niedertracht", sagen jene, die mit dem Finger auf mich zeigen und nichts wissen von mir und meinem Fensterplatz und den so schönen, warmen Gesichtern tief in mir. „Denke und handle endlich verantwortungsvoll, zum Wohle der Menschheit, lass Milde und Güte walten", sagen sie.

„Steckt euch euer beschissenes Verantwortungsgefühl zum Wohle der Menschheit mitsamt eurer Drecksmilde und eurer Drecksgüte doch einfach in den Arsch", sage ich dann immer, unflätig, wie man mich kennt.

Sitze ich an einem Fensterplatz, so höre ich die Menschen, wie sie mich der Dekonstruktion von Leben bezichtigen, der Zerstörung von Schönheit, der sprachlichen Verbreitung von Leid. Verantwortungs- und Orientierungslosigkeit attestieren sie mir, akute Insichselbstversunkenheit und Zupackungsunfähigkeit. Und ich? Ich hocke hier an meinem Fensterplatz, lache verschmitzt in mich hinein, tanze mit Gott und sonne mich im Schein meiner so vielen warmen Gesichter.

„Die Würde des Menschen ist unantastbar", höre ich euch plappern. Und ich frage euch: „Seit wann das denn?" Seit 150 000 Jahren stolpern wir Menschen über diesen Planeten, und wenn es etwas gab, das all diese vielen Jahre hindurch aber so was von antastbar und angrapschbar gewesen ist, dann unsere Würde. Die menschliche Rasse hat überlebt, eben weil ihr die Würde des anderen so herrlich egal sein kann, wenn es darauf ankommt – nur deswegen gibt es uns überhaupt noch! Nichts anderes bestätigen Geschichte und Naturwissenschaft und sogar unser aller Alltag. Simpelster Vorschul-Darwinismus ist das, und man fragt sich, wo all die Menschen nur ihre Gehirne abgelegt haben, wenn sie sich derart scheinheilig durch den eigenen Tugendhaftigkeitskanon sabbern! Hört auf, den Mist von der Würde wiederzukäuen, nur, weil es im Grundgesetz steht. Natürlich steht es im Grundgesetz und selbstverständlich ganz weit oben! Warum bloß steht es ganz weit oben? Weil sich keine Sau daran hält und es nichts mit Menschen zu tun hat, sondern nur eitle Selbstüberschätzung und Selbstbeweihräucherung ist. Aber ihr rafft es einfach nicht, plappert diesen Mist rauf und runter, schaut in eure Spiegel und hofft, dass euch mit jedem erneuten Rauf- und Runterplappern die Schönheit überfällt. Dabei ist genau ein solcher Satz die pure Menschenverachtung. Wer einen so fahrlässigen und menschheitsgefährdenden Satz ins Grundgesetz tackert, gehört nicht weniger als geteert, gefedert und an einem Pranger aus Kot durch Nürnberg oder Würzburg gezogen. Oder meinetwegen auch bei lebendigem Leibe im Ketzer- und Schwadronierergewand in einen vierten Wiedertäufer-Käfig hoch oben an den Dom zu Münster gehängt. Johlen wird die Masse. Wollen wir wetten, dass die Masse johlen wird? Und dann will ich euch sehen mit eurer hilflos aus Schrott und Plastik zusammengekünstelten Reagenzglaswürde!

Wenn ich derart aus der Haut fahre wie soeben und euch meine Grässlichkeit vorführe, dann endlich seht ihr mich an. Ihr seht mich an, haltet eure Köpfe schief und sagt: „Bedenke, du hässlicher Mann – das Lächeln, das du aussendest, kehrt zu dir zurück. Wenn du dich nicht selbst liebst, wirst du auch niemals einen anderen lieben."

Mir wird augenblicklich ganz schlecht, wenn ich das höre, ich beginne mich zu verschlucken an diesem mir selbst auferlegten Auftrag, ein hässlicher Mann zu sein. Die Luft wird mir knapp in Anbetracht eurer angegammelten und abgestandenen Kaugummiautomatensprüche, und so rufe ich mit letzter, wahrlich allerletzter Kraft: „Bullshit! Eselsgeplapper!" Denn während ihr derlei Sätze von euch gebt und in euren Spiegeln nach neuer Schönheit schaut, sehe ich euch nur ein Stück älter und hässlicher werden und begreife einfach nicht, warum ihr das euch, mir, ja der ganzen Menschheit, nur immerzu antut. Große Mahner und noch viel größere Warner seit ihr. Schreitet mit weit geöffneten Augen durchs Leben und bemerkt vor lauter Hinschauen und Hinweisen nicht, dass genau das euer Fehler ist. Das bewusste Wegschauen, das ist es, was frisch kultiviert werden muss, der 24-stündige Schlaf, das permanente Hinwegdämmern − all das gehört zur Rettung der Menschheit eingeführt und etabliert! Wir brauchen keine Hinschauer mehr, die Welt ist vollkommen zugestellt von lauter Hinschauern, man sieht schon gar nichts mehr, so wichtig und breit machen sich die Argusäugigen von euch, die Links- und Rechts- und Dauernd-über-den-Tellerrand-hinaus-Glotzer! „Geht mir aus der Sonne, Dampfplauderer und Gewäschfabrikanten!", brülle ich euch daher zu. Aber ihr begreift es nicht, seid so damit beschäftigt, meine Hässlichkeit zu inspizieren, dass ihr gar nicht bemerkt, dass ihr es seid, die die Lichtstrahlen daran hindern, Mutter Erde zu erreichen. Die Welt und die Menschen − alles hier könnte längst in voller Blüte stehen, würdet ihr euch nicht immer vor die Sonne schieben.

In-sich-selbst-Blicker brauchen wir! Schöne-Gesichter-in-sich-Seher! Hört auf, euch für das Schaffen eures Nachbarn zu interessieren und beginnt endlich, in euch selbst hineinzukriechen, tiefer und immer tiefer. Und ich verspreche euch: Alles wird gut. Alles wird sanft. Alles wird schön.

„Du musst dich selbst lieben, damit du einen anderen lieben kannst", sagt ihr mir. Und ich weiß schon gar nicht mehr, ob ich lachen, weinen oder kotzen muss, wenn ich so etwas höre. Schließlich liebt ihr euch doch auch nicht selbst und seid dennoch dauernd in Partnerschaften und heiratet wild durch die Gegend, setzt Kinder in die Welt. Selbstverliebt, das seid ihr, doch euch selbst lieben, das bekommt ihr einfach nicht hin. Schlendert

Hand in Hand über Marktplätze, damit die ganze Welt euch und euer Liebesglück sehen kann. Setzt euch hin und erzählt in Cafés und Talkshows, an Ampeln und an Tankstellen offenherzig, wie häufig und mit wie vielen Leuten ihr Sex hattet und knutscht und grapscht und fickt in Büschen und Aufzügen und Autos, weil ihr ja so herrlich entdeckt werden könntet dabei. Und ich frage euch: Was hat euch eigentlich so kaputtgemacht, dass die ganze Welt dauernd erfahren soll, wie glücklich ihr seid, aber niemand wie traurig? Warum könnt ihr öffentlich euer Lachen zeigen, niemals aber euren Kummer? Wenn ihr euch selbst so liebt und so furchtbar gut klarkommt mit eurer Menschlichkeit – warum versteckt ihr eure Tränen dann hinter Gardinen und eure Ängste hinter Fassaden? Warum tauscht ihr eure sexuellen Intimitäten in aller Öffentlichkeit aus, aber schließt euch zum Onanieren noch immer verschämt im Bad ein? Weil ihr so gut mit euch selbst klarkommt, weil ihr Menschlichkeit als ein so hohes Gut erachtet? Oh bitte, mir sind keine größeren Menschlichkeitsheuchler bekannt, als ihr es seid! Vor-euch-selbst-Abhauer seid ihr, geradezu inbrünstig fokussiert auf andere, nur um nicht in euch selbst hineinschauen zu müssen.

Warum erzählt ihr niemandem, wie hoch euer Monatsgehalt ist, warum wollt ihr einer politischen Partei nur eure Stimme geben, wenn euch keiner beim Kreuzchenmachen beobachten kann? Warum macht ihr nur im Internet Revolution, postet euch laut polternd durch Foren, kämpft dort für Moral, Anstand und Gerechtigkeit – und unterschreibt das Ganze dann mit Nicknames, nennt euch „stormracer" oder „anneli23"? Ist das der Einklang mit euch selbst, von dem ihr immer faselt? Die Würde des Menschen ist unantastbar – nur ihr verscherbelt die eure täglich auf dem Jahrmarkt der Eitel- und Widerlichkeiten.

Es ist wahr, ich bin ein hässlicher Mann. Ganz eklig bin ich geworden an, mit und durch euch. Die Beobachtung eurer ständigen Bigotterie und die Protokollierung eurer Scheinheiligkeit, alles das kostet Kraft, schlägt Narben, gebiert Pusteln, Pickel und Ekzeme.

Sitze ich an meinem Fensterplatz, dann versinke ich in mir selbst, sehe schöne Gesichter und lache verschmitzt in mich hinein. Es gelingt mir noch nicht oft, aber zunehmend. Mein Interesse an euch schwindet, sogar meine Wut- und Hassausbrüche gehen deutlich zurück und verlieren an Heftigkeit. Allenfalls Absetzbewegungen sind sie noch, letzte zuckende und pochende Zeichen einer Zeit, in der ich ebenfalls einer war, der mit Argusaugen dauernd auf das missratene Treiben anderer geblickt hat. Doch diese Zeit ist vorbei, ich werde gehen. Werde euch alle in jene Belanglosigkeit entlassen, in die ich euch schon vor langer Zeit hätte entlassen sollen.

Seit Jahren predige ich euch, dass ihr allesamt fortziehen solltet, weg, bloß weg. Nun bin ich es, der gehen und zukünftig nur noch in sich selbst anzutreffen sein wird. Sucht dann nicht nach mir. Ganz in mir versunken werde ich sein.

ABSCHIED

Als wir im Frühjahr durch das satte Grün der Wiesen streiften, da griffst du mit einem Mal nach meiner Hand. Wir waren über Stunden durch die Felder unserer gemeinsamen Vergangenheit geschritten, hatten noch einmal jene Plätze aufgesucht, an denen wir ein Stück unseres gemeinsamen Lebens verbracht hatten. Kein Wort hattest du die ganze Zeit über gesagt, und ich hatte es einfach nicht gewagt zu sprechen, zu groß war meine Furcht gewesen, meinen Mund zu öffnen, meine Angst, mich anstatt in einem Sprechen in einem heillosen Daherreden zu verirren. So waren wir stumm nebeneinander hergegangen, und du hast immer wieder nach den Zweigen gegriffen, die die am Wegesrand Spalier stehenden Bäume über unseren Köpfen baumeln ließen. Hast deine Hände nach Blättern ausgestreckt und auch nach Büschen, die unseren Weg kreuzten.

So lange haben wir nebeneinanderher gelebt, dachte ich, während ich dich verstohlen aus meinen Augenwinkeln heraus beobachtete. So viele Jahre haben wir zusammen verbracht, und doch habe ich dich nie derart nach etwas greifen sehen. Nie. Genommen hast du dir immer, dachte ich, doch dein Nehmen, es hat stets etwas Beiläufiges in sich getragen. Eine Spur von Zufall ist in deinem Nehmen gewesen, immer und überall. Nun aber sah ich dich zum ersten Mal nach etwas greifen, sah dich beherzt deine Hand ausstrecken und beobachtete deine Finger, wie sie sich um ein Blatt legten und sich schlossen.

Schließlich, als schon die Gewissheit in mir emporstieg, dass wir nie wieder Worte finden würden, griffst du nach meiner Hand, ganz so, wie du zuvor noch nach den Blättern und Büschen gegriffen hattest. Ich versuchte, mich zu erinnern, wann du zuletzt meine Hand genommen, ob du überhaupt jemals meine Hand gehalten hast. Soweit ich mich zurückerinnere, bin ich immer derjenige gewesen, der deine Hand suchte, sich nach deiner Sicherheit und Geborgenheit sehnte, aus Angst, schon wieder zu stolpern, schon wieder zu fallen. Doch das war einmal und kehrt nicht wieder, verkommt zu blasser Erinnerung und wird aus unseren Köpfen und Leben verweht.

Und so griffst du nach meiner Hand, legtest deine Finger um meine Finger als wären sie Zweige und ich ein Baum. Ich entsinne mich noch, wie seltsam es sich anfühlte, dich neben mir zu wissen und einzusehen, dass du nach mir tastetest und nicht ich nach dir. Hand in Hand liefen wir über die Wiese und einen jeden deiner Finger konnte ich einzeln erspüren, sogar den kleinen. Unwirklich fühlte sich das an. Falsch. Doch als die Momente uns durchdrangen, geradewegs durch uns hindurchwehten, einer nach dem anderen, da entdeckte ich auf dem Grund deiner plötzlichen, mich so überraschenden Geste, deines zärtlichen Händedrucks, dass es nicht die Unwirklichkeit oder die Falschheit war, die mich zu bedrücken begann, sondern das Gefühl einer tief empfundenen Ungerechtigkeit.

„Ich werde das kommende Weihnachtsfest nicht mehr erleben", sagtest du dann.

Ich hatte befürchtet, dass du so etwas sagen könntest, ja, hatte mich aus genau diesem Grund vor einem Spaziergang mit dir gefürchtet und ein jedes Gespräch mit dir gemieden.

„Ich werde das kommende Weihnachtsfest nicht mehr erleben", sagtest du, einfach so dahin. Augenblicklich begannen die Gedanken in meinem Kopf zu rasen. Diese tief empfundene Ungerechtigkeit, sie bekam Füße und Fäuste, begehrte auf, und so wollte ich dich packen und schütteln, dir verbieten, so etwas zu sagen. Dass du deinen Mund halten sollst, wollte ich dir sagen, dass ich so etwas nie wieder hören will, verstehst du? Nie wieder! Und dass ich gleich morgen losgehen werde, um dir ein Weihnachtsgeschenk zu kaufen, ein richtiges Weihnachtsgeschenk, das schönste und wunderbarste Weihnachtsgeschenk, dass du je bekommen hast, gleich morgen werde ich losgehen und es kaufen, wollte ich dir sagen. Du wirst sehen, wollte ich sagen, im Dezember werden wir gemeinsam unter dem Weihnachtsbaum sitzen und dieses Geschenk öffnen, ich schwöre es dir. Du und ich unter einem Baum, so wie hier, so wie jetzt.

Doch all diese Dinge, ich habe sie dir nicht gesagt. Stattdessen blieb ich stumm. Du sagtest, dass du das kommende Weihnachtsfest nicht mehr erleben wirst, und ich wusste, dass es stimmte.

Als wir uns wiedersahen, war es bereits Sommer geworden. Du holtest mich am Bahnhof ab, so wie du mich über all die Jahre am

Bahnhof abgeholt hast. Ich ging auf dich zu, erkannte schon aus der Ferne den, der zu mir gehört – und erkannte dich doch kaum noch wieder. Abgemagert standest du da, deine Haltung mühevoll, dein Blick hilflos. Wir fielen uns in die Arme, und als ich dich hielt und du mich, überkam mich mit einem Mal die Trauer. Der Frühling war in den Sommer übergegangen, und mit diesem schwindenden Frühling war auch das Gefühl der Ungerechtigkeit gewichen, und die Trauer war an ihre Stelle getreten und hatte schon viele Wochen zuvor damit begonnen, mich langsam zu durchdringen. Ich weiß, dass es dir nicht aufgefallen ist, als du dich an meinen starken und gesunden Körper geklammert hast und Hilfe und Schutz suchtest in unserer Umarmung. Gerade bei mir, der ich doch längst matt geworden war. Meine Trauer hatte begonnen, mich schwach zu machen und in dem Maße, in dem du abgemagert warst, war auch mein eigener Kampfeswille gebrochen worden. Ich versuchte zu sprechen, doch es gelang mir nicht, wie erstickt blieben all die tröstenden und wärmenden Worte in meiner Kehle zurück. So standen wir da wie die vielen Jahre zuvor, ein Mann und sein fortgegangener Sohn und verharrten in unserer Umarmung, klammerten uns aneinander. Ich wusste: Du wirst mich nie wieder vom Bahnhof abholen. Du wirst nie wieder dort stehen, so selbstverständlich, als wäre es das Normalste von der Welt. Die Endlichkeit, die Unwiederbringlichkeit, in jenem Moment am Bahnhof habe ich sie zum ersten Mal gespürt.

Drei Tage verbrachte ich mit dir, und die ganze Zeit redetest du. So lange kenne ich dich schon, doch nie habe ich dich derart viel reden gehört, wie in unserem letzten Sommer. Du versuchtest, dir alle Mühe zu geben, dich wacker zu schlagen, lächeltest, scherztest, machtest gute Miene zum bösen Spiel, doch deine Stimme war ganz brüchig geworden, ganz schleppend dein Gang, so tief dein Einatmen und so beschwerlich dein Ausatmen. Trotzdem redetest du die ganze Zeit, während ich stumm und schwach neben dir hocktest und mich zwang, mich daran zu erinnern, dass du dein Leben lang Verbrecher gejagt hast. Im vergangenen Jahr noch warst du hinter Gangstern hergerannt, hattest sie mit vollem Körpereinsatz gestellt. Du warst dein Beruf gewesen, das personifizierte Pflichtbewusstsein, alle Schurken hast du im Griff gehabt, kein Verbrecher hat deinem geschulten Blick entrinnen können. Nur in dich selbst hast du nie geschaut, überflüssig ist es dir erschienen, in dich selbst hineinzublicken, bis du dann eines Tages unter der Dusche gestanden und eine Unförmigkeit unter deiner Bauchdecke festgestellt hattest. Ich weiß noch, wie du mir am Telefon von dieser komischen Wölbung erzählt hast. Ganz seltsam hattest du da schon geklungen, doch ich, ich hatte dich nicht ernst genommen in meiner eigenen so abstrakten und entfremdeten Lebensauffassung. Alle anderen um dich herum waren da schon ganz still geworden, ganz kleinlaut, ganz bedächtig. Ich nicht, ich hatte geredet wie immer, fahrlässig und unaufhaltsam. In diesem, unserem letzten Sommer aber, da habe ich all meinen Mut zusammengenommen und dich darauf angesprochen. Die Scham, sie lag bleischwer über mir, doch du lächeltest und nahmst sie einfach fort. Ganz offensichtlich hattest du bereits begonnen, deine Angelegenheiten zu regeln, wolltest mich in diesem Leben nicht bekümmert und beschämt zurücklassen. Du lächeltest bloß, nahmst wieder meine Hand, so wie du sie schon im Frühjahr genommen hattest, und sagtest: „Es ist gut. Alles ist gut.“ Wie du das sagtest, klang es so sanft und warm. Sicherheit und Vertrauen durchströmten mich, und mir kamen meine Kindheit und meine Jugend bei dir in den Sinn. Als Bildbände liefen sie mir durch den Schädel, ganz so, als wäre ich derjenige, der auf das letzte Licht zuschreitet und nicht du. Ich sah dich an, wie du dort auf dem Stuhl saßest und lächelnd meine Hand hieltest. Ganz plötzlich wurde mir klar, wie sehr ich dich immer gebraucht hatte, wie sehr ich eine ganze Kindheit und Jugend hindurch zu dir aufgeschaut, mich an dich angelehnt hatte. Selbst nach meinem Fortlaufen hatte ich dich gebraucht, in meinen spärlichen Anrufen, den wenigen Besuchen. In diesem letzten Sommer hockten wir nun beieinander, du redetest unentwegt, und ich tauchte ein in die letzten Gelegenheiten meines Lebens, Sohn zu sein. Einen Papa zu haben.

Als wir uns im Herbst begegneten, sahen wir uns zum letzten Mal. Die Schurken in dir hatten dich bereits an dein Bett gefesselt, ich trat zu dir ins Zimmer, und matt lächeltest du mich an. Du wusstest selbst nicht, ob es dein Körper oder dein Geist war, der dir das Aufstehen unmöglich machte, aber du hattest aufgehört, dich selbst danach zu fragen. Leise sprachen wir miteinander, denn mit dem Sommer war mir auch meine Sprachlosigkeit abhandengekommen, hatte meine Trauer der Gewissheit Platz gemacht. Du hattest begonnen, mein Buch zu lesen, meinen Roman, und ich erinnere mich noch gut, wie ich regelrecht zusammengezuckt bin, als ich ihn auf deinem Nachttisch entdeckte. Aufgeschlagen lag er dort, die zornige und zugleich unterkühltunreife Abrechnung eines Mannes, der nicht fähig ist zu leben und zu lieben und seinem Hass auf die Menschen und die Welt freien Lauf lässt. Ein Buch, wie es nur Männer mittleren Alters schreiben können, die zwar beherzt fortgegangen, dann aber doch nirgendwo je angekommen sind. Du nahmst ihn sofort wahr, meinen scheuen Blick auf mein eigenes Buch. Nie hat ein Schriftsteller so traurig auf sein eigenes Schaffen geblickt wie du in jenem Moment, das solltest du später noch sagen, als wir uns voneinander verabschiedeten und bereits wussten, dass wir uns nicht mehr begegnen würden. Nie hattest du vorher eine Zeile von mir gelesen, nie. Wie du überhaupt nie Bücher gelesen hast. Als ich in unserem letzten Herbst in dein Zimmer trat und mein Buch aufgeschlagen auf deinem Nachttisch liegen sah, da wusste ich, dass ich dich verloren hatte. Dass du dich in deinem Bestreben, deine Angelegenheiten zu regeln, längst in der finalen Phase befandest.

Mir war nicht bewusst, wie schön du schreiben kannst, flüstertest du mir zu, als wir uns zum letzten Mal sahen, in diesem Herbst. Ich erinnere mich, wie ich dich ansah und meine Augen sich augenblicklich mit Tränen zu füllen begannen, den ersten Tränen seit Jahren, seit Jahrzehnten. Das hat dich erschreckt und mich gleich mit. Nie haben wir uns weinen sehen. Doch in jenem Moment an deinem Bett, da füllten sich meine Augen mit Tränen und ein Schluchzen begann, mir die Kehle zu verschnüren.

„Lies doch dieses verdammte Drecksbuch nicht!", schrie ich dich panisch an, als ich dich zum letzten Mal anschrie. „Bitte", flehte ich, „lies diesen Schund nicht, nichts darin ist von Wert, gar nichts!„ Du lächeltest nur mild, griffst nach meiner Hand und sagtest mir, dass mein Buch ein gutes und wahres Buch sei, doch ich schüttelte energisch den Kopf, wischte mir die Tränen aus dem Gesicht und wusste es zumindest in diesem Fall wirklich besser.

Als wir an diesem Tag auseinandergingen, wussten wir beide, dass wir uns niemals wiedersehen würden. Die Menschen sprechen oft vom plötzlichen Tod, der über einen geliebten Menschen hereinbricht, so unerwartet, so brutal. Die fehlende Möglichkeit, sich voneinander zu verabschieden, all die kleinen Dinge, die noch gesagt hätten werden müssen – sie schleppen sie als Trauma mit sich herum. Wie beneide ich sie darum, denn als ich an jenem Tag im Herbst aufstand und mich von dir verabschiedete, wusste ich, dass wir uns nicht wiedersehen würden. Seit dem Frühjahr war uns klar gewesen, dass du das Weihnachtsfest nicht mehr erleben würdest, du hattest es gewusst, ich hatte es gewusst. Nicht mit einem Ruck bist du mir entrissen worden, sondern bist mir entglitten, sanft bist du fortgegangen. Hast am Ende, so versichertest du mir, nicht einmal mehr Schmerzen gehabt. Ja, vielleicht ist es wahr. Wir haben Glück gehabt. Uns ist ein Abschied gegeben worden, wie ihn nur die wenigsten Eltern und Kinder geschenkt bekommen. Du hast deine Angelegenheiten regeln können, besonnen und in aller Ruhe. Wir haben zusammen reden und zusammen laufen und beieinandersitzen können und jederzeit um die Kostbarkeit dieser Momente gewusst.

Ich habe dich bei vollem Bewusstsein in den Tod begleiten dürfen, Papa. Sie sagen, ich sei ein Glückskind, Papa.

So erhob ich mich in jenem letzten Herbst von deiner Seite. Stand unschlüssig an deinem Bett und wusste doch, dass es nichts mehr zu sagen und nichts mehr zu überlegen gab. „Zeit zu gehen?", fragtest ausgerechnet du mich. „Ja", sagte ich, „Zeit zu gehen." Ich war bereits an der Tür angelangt, da drängte es mich, innezuhalten und mich noch einmal umzudrehen. Dich noch ein letztes Mal zu sehen. Du lagst in deinem weichen Bett und blicktest mir müde hinterher.

„Ich werde an Weihnachten nicht mehr bei euch sein", sagtest du. „Doch, Papa", flüsterte ich. „Das wirst du. Das wirst du."

Als ich an jenem Tag von dir ging und kurz darauf du von mir, da lächelten wir beide. Du hattest deinen Frieden gefunden, und ich, ich hatte endlich den Schmerz und die Tränen für mich entdeckt.

DAVID WONSCHEWSKI

David Wonschewski, Jahrgang 1977, war über zehn Jahre als Musikjournalist für Radio, Print & Online tätig. Er arbeitete als leitender Musikredakteur für einige der größten Sender Deutschlands – u.a. für 104.6 RTL, Berliner Rundfunk und rs2 und führte Interviews mit internationalen Musikgrößen wie Cliff Richard, Joe Cocker, Paul Young oder den Pet Shop Boys. Seit 2013 sitzt er in der Jury der renommierten Liederbestenliste.

2012 erschien Wonschewskis Debütroman „Schwarzer Frost" bei Periplaneta. In ihm geht er der Erbarmungslosigkeit der Medienbranche, dem menschlichen Scheitern und dem Phänomen der Depression auf den Grund und gibt Einblick in die kaputte Psyche eines Medienschaffenden, der sich in einem gnadenlosen inneren Monolog selbst zerfleischt.

David Wonschewski unterhält das bekannte Liedermacher- und Kleinkunst-Webzine „Ein Achtel Lorbeerblatt" und einen eigenen Blog mit journalistischen Beiträgen über Musik und Gesellschaft und Auszügen aus seinem Schaffen als Autor.

www.davidwonschewski.wordpress.com

EBENFALLS ERSCHIENEN

DAVID WONSCHEWSKI:
„Schwarzer Frost"

Buch, Softcover, 238 S.,
ISBN: 978-3-940767-97-4

*Ein verstörender Einblick in die
Gedankenwelt eines Menschen,
der ein Mörder sein könnte.*

Ein Musikjournalist steht in
seiner Wohnung vor dem Plat-
tenregal und überlegt. Er hat
Besuch von seinem Kolle-
gen Lohwald, einem berühmten TV- und Radiomodera-
tor. Langsam wird ihm immer
klarer, wie sehr er seinen Gast
verabscheut. Er fasst einen
Entschluss: Er wird Lohwald
töten. Hier und jetzt. Dass
er das Potential dazu hat, weiß er schon lang. Denn seit jeher
fühlt er diese Kälte, die ihn taub werden lässt und ihn jeglicher
Menschlichkeit beraubt. Doch dann, als er bereits an der Durchführung seines morbiden Planes feilt, entdeckt er plötzlich etwas
an seinem Gast, das ihn verstört …

Ein misanthropisch- existentialistischer Exkurs in die kaputte
Psyche eines Medienschaffenden, der sich in einem gnadenlosen
inneren Monolog selbst zerfleischt.

WWW.PERIPLANETA.COM

INHALT